every day
每天都
夢到死對頭在撩我

Volume
上

Author
墨西柯

Illust.
MN

Contents

every day
每天都
夢到死對頭在撩我

第一章

誤會

米樂遇到童逸時，第一次意識到自己對首次見面的人，也能厭惡到恨不得抽死對方的地步。

——是夜，H市，嗨酷KTV。

米樂有點受不了KTV包廂裡的氣氛。包廂裡坐了劇組的幾名演員，還有導演、製片人等，大家一起出來說是慶祝殺青，實則是陪贊助商吃飯。

之前在晚飯的酒桌上就是聽到膩的奉承話，以及喝不完的酒，離開酒店後，「狂歡」依舊還沒結束，演員們還在表演唱歌、跳舞來助興。

嘖，噁心。

米樂坐在角落裡翹著二郎腿，表現得十分安靜。

他之前沒有喝酒，所以沒有醉意，冷著臉連個笑臉都不給，跟其他人顯得格格不入。

KTV包廂裡的霓虹燈在他的身上閃來閃去，留下七彩的影子，映襯著他那張無可挑剔的臉……他就這樣靜靜地坐著，當個花瓶偶爾看看也不錯。

其實按照米樂的身分他完全不用過來，不過他來了，就算表現得不盡人意也沒人會主動招惹他，偶爾跟他聊個兩句，沒有冷落他就行了。

米樂扭頭看向一直拘謹地坐在他身邊的年輕女演員，語氣冷淡地說：「醉了就回去。」

女演員慌亂地扭頭看了看他，又好似不經意地看向贊助商。

贊助商的眼神一直往她的雙腿瞟，漂亮的外形加上極好的身材，這位女演員無疑是今天這些人垂涎的存在。

「可以嗎？」她試探性地問。

「不想接受就拒絕，回去了他們也不會封殺妳，別想太多。」

女演員點了點頭，雙手緊緊地握著自己的包包，終於鼓足勇氣對其他人表示自己醉了，非常不舒服，想要回去。

她說話時已經沒人唱歌了，畫面上出現了消防宣傳的幻燈片，讓他們能夠正常對話。

其中一個贊助商立刻起身，笑呵呵地說：「我送妳回去吧。」

「孫哥，我想唱首歌，您也聽聽看我有沒有做歌手的潛質，如何？」

米樂突兀地開口，說完真的起身走向了點歌機。

女演員感激地對米樂點了點頭，拎著包包快速離開了。

贊助商也知道米樂的意思，又坐下了，心中不爽卻不能表現出來，於是點了一首非常噁心的歌，米樂也點點頭，唱了。

這種妥協有些無奈，也是一種令人厭惡的聰明。

女演員也知道，米樂一早就看出了這些人對她圖謀不軌，所以故意過來幫忙應對，此時也是為了幫她解圍。這樣做有點直白，算是為她招惹了人，所以她也得識相，既然解圍了就趕緊滾蛋。

米樂願意唱這首歌，也算是緩和一下贊助商的心情。

這首歌唱完後，米樂又重新回到角落坐下。他也很想離開，但緊跟著離開的話意圖太明顯，會讓贊助商下不了台，於是他對大家說：「我出去透透氣。」

說完拿起口罩跟帽子，出了包廂。

米樂在走廊裡徘徊，拿出手機看到好友傳來的訊息。

花兒子：米樂，你什麼時候來學校？

花兒子：學校換新校區了，寢室也搬了。我本來想幫你留一個床位，結果輔導員不肯，說先住滿了再說，只能到時候看看其他人願不願意換寢室了。

花兒子：還有一件事，系主任想問問你的時間，請你為新生演講，時間不行就安排其他人。

米樂想了想，打字回覆：電視劇已經殺青了，我下星期一就回去。

他回訊息的同時迎面跑來一個人，跑得特別慌亂，跌跌撞撞地，差點撞到米樂，伸手扶了一下米樂的手臂後，居然在他的手臂上蹭了血。

米樂立刻後退了一步躲開，看著那個人跑遠，想要追上去但想了想又作罷。

他是公眾人物，隨隨便便一件事都有可能為父母招惹麻煩，做好人好事都會被說成是作秀，算了。

他扯著自己的袖子，看著上面的血跡嫌棄得直蹙眉，朝洗手間的方向走，想要洗一洗。

與此同時，葉熙雅氣鼓鼓地回到包廂門口，正好碰到走出來的童逸。

童逸手裡拿著一根菸，顯然是菸癮犯了，想去吸根菸。

「怎麼了？」童逸見她的表情不太對，開口問她。

「別提了，從洗手間走出來，居然有一個戴口罩的男人過來摸了我的大腿，我直接一拳把他打到流鼻血了。」

葉熙雅的長相屬中上，但是身材非常辣。身高一百七十八公分，要胸有胸，要屁股有屁股，偏偏還沒有其他的贅肉，在他們體育系是系花等級的。不過她的性格很剛硬，所以平時都當哥兒們居多，至今都沒有男朋友。

童逸腳步一頓，看著葉熙雅的表情後笑了：「他可真不挑人。」

葉熙雅有點氣，對童逸罵罵咧咧地說：「就是啊，慌不擇食到這種程度了，連我這種男人都不放過！」

「不是，連我們的人都敢碰，這傢伙是找死。」童逸說完，抬手揉了揉葉熙雅的頭，「以後這種事情別自己動手，女孩子是用來保護的，我去收拾他。」

葉熙雅愣了愣，有那麼一瞬間被童逸撩到了。

不過她很快就回過神來，對童逸喊：「童逸，你別太衝動了！」

「嗯，我知道了。」童逸擺擺手便離開了。

童逸走到洗手間，本來以為人早就跑了，結果看到那個人居然還留在洗手間的公共區域，扯著自己的袖子洗上面的血。

童逸站在不遠處看著，接著點燃了一根菸，走到男生的身後單手撐著洗手台的邊沿，將男生困在自己的勢力範圍內，俯下身問：「小子，你很囂張啊。」

米樂看到袖子上的血已經很煩了，突然又有一個男人一出現就來挑釁，讓他更加厭惡，冷聲說道：「滾。」

童逸揚了揚眉，沒想到這個臭流氓比他還囂張，問：「你知道那個女的跟我是什麼關係嗎？」

米樂下意識地以為童逸說的人，是他剛剛幫忙的女演員，於是問：「什麼關係？」

「我護著的人。」

米樂的身體往側邊移，離開童逸控制的勢力範圍，扭頭看向童逸。

這樣正面觀察這個人，才發現這個人個子高得有點離譜。米樂的身高有一百八十五公分，在如今演藝圈內虛報身高的小鮮肉裡也算高的，但是在這個人的面前真的不值一提。

這個人比他還高半顆頭，看起來身高將近兩公尺高。

童逸留的是球頭髮型，耳朵兩側更短，幾乎貼著頭皮。這種髮型很考驗顏值，偏偏童逸駕馭得了，還顯得很有男子氣概，似乎他就該留這種髮型，將自己精緻的五官全部都展現出來。

童逸的帥，是侵略性很強的帥。俊朗的眉眼帶著盛氣凌人的氣勢，談吐間帶著痞氣。屬於有點壞，有點張揚，讓人產生不了親切感，看了就會下意識緊張的長相。

一看就不像個好人。

「喔。」米樂隨意回應了一句，聞到菸味就下意識蹙眉，接著轉身離開。

童逸見到米樂要跑，快步追上米樂並拉住他的手腕，迫使米樂再次轉身，身體撞上走廊的牆壁。緊接著，童逸單手撐在牆壁上，利用身高優勢居高臨下地看著他，冷著臉問：

「你知道錯了沒？」

「啊？」

米樂覺得這個人莫名其妙，似乎是精神不正常，或者是故意找碴的。

他也從來沒想過，他也有被人壁咚的一天，他這種身高也顯得很嬌小。

「耍流氓很刺激是不是？摸一下你就能成仙了？你也試試，被摸爽不爽？」童逸說著，伸手順著米樂的大腿摸了一把。

米樂穿著牛仔褲，其實摸起來沒什麼手感，偏偏童逸還不老實，在米樂的屁股上捏了兩把。

米樂雖然每天都不太高興的樣子，卻不是一個會輕易暴怒的人，畢竟他要顧及形象。然而，被人用夾著菸蒂的手捏屁股還是觸犯了他的底線，直接掄起一拳，開始揍人。

「你在說什麼我聽不懂，你恐怕認錯人了。」米樂這樣說。

童逸早就料到米樂會動手，他平常也是一個習慣惹是生非的人，一把就握住了米樂的拳頭，冷笑了一聲：「戴著口罩，身上還有血，出現在案發現場還跟我對了一句話，不是你是誰？」

米樂抬起頭瞪了童逸一眼，接著一記膝擊。

兩個人就此打了起來。

葉熙雅怕童逸鬧得太厲害，回到包廂裡坐不住，又走出來打算看看情況，結果就看到童逸跟一個陌生人打了起來。

葉熙雅趕緊去攔：「童逸！你住手，你怎麼跟其他人打起來了？」

童逸被葉熙雅說得一愣，立刻停手，結果又被米樂結結實實地打了一拳。

葉熙雅趕緊攔住米樂的手，怕米樂繼續打童逸，又聽到童逸問：「不是他對妳耍流氓？」

「不是，之前那個男的身高頂多一百七十公分，也不是穿這身。」葉熙雅這回算是確定了，童逸打錯人了。

米樂抽回自己的手退後一步，「嘖」了一聲，葉熙雅則是對米樂連連道歉。

「對不起啊，兄弟，我打錯人了，剛才有人對我朋友耍流氓，我誤當成是你了，你別生氣，我也讓你摸一把屁股怎麼樣？」童逸趕緊掛個笑臉過來道歉，就像剛才動手的不是他一樣。

「滾。」米樂氣得說話都在發顫。

「你傷到哪裡了？我賠錢給你行不行？我們去醫院看看？傷到臉沒？」

童逸不肯罷休地追著米樂看他的情況，還伸手去拉米樂的口罩。

口罩只被拉下來一瞬間，米樂又快速重新戴好了。

童逸稍微愣了愣神，似乎沒想到自己誤打的人會這麼帥。葉熙雅則認出了米樂是誰，驚訝得眼睛睜得渾圓。

米樂沒多留，轉身就走。

童逸還想道歉，最後得到的依舊是那個字：「滾！」

童逸硬著頭皮問：「要不然你今天唱歌我請吧？」

「不用。」

等米樂走遠，童逸才蹲下來，捂著自己的肩膀喊痛。

「你打了我們學校的校草。」葉熙雅這樣感嘆了一句，帶著一點唏噓。

「我們學校的？」

「對，那個傳說中的星二代，童星出道，考到我們學校都像是鮮花插在牛糞上，還讓你永遠成為不了校草第一的人。」

童逸倒是聽說過這一號人物，但是都沒怎麼關注，不知道長相。

第一，他這個人對其他的帥哥不感興趣，也從來不追星，也只偶爾看看球賽。

第二，他對校草的位置也不感興趣，平常多半是在隊裡練習，不關注校園八卦。

童逸含糊地應了一聲，渾身痛得倒吸一口涼氣，結果葉熙雅居然在關心帥哥：

「你剛才下手不狠吧？」

「就是按照不殺人的狠法打的。」童逸回答。

「那人家不生氣就怪了，也怪我，剛才光顧著生氣，都氣傻了，應該跟著你過來的，這回誤會大了。」

童逸翻了個白眼，問葉熙雅：「怎麼只問我一個，不問問他？」

「喔，對了，他下手狠不狠，要不要我帶你去醫院看看？」

「他是用能殺人的狠法打的……」

葉熙雅扶童逸回去時，忍不住暗暗震驚。

童逸一個身高一百九十八公分的體育生，校排球隊隊長，當了好多年混世魔王，據說小時候還練過散打。居然也能讓這樣的童逸吃癟，那個米樂有兩下子啊。

§

葉熙雅一路上都在跟童逸道歉，想著要怎麼補償童逸，接著跟童逸到了ＫＴＶ的櫃臺。

「今天所有在你們家唱歌沒結帳的房間都我請客，到時候記在我的帳上。」童逸對著服務生說道。

服務生愣了愣，不過很快就反應過來是大少爺泡妞吧，表示知道了。

幾天後，米樂走到停車場，看到自己的車就沉默了。

他的車規規矩矩地停在停車格裡，前面不知道是誰停了一輛奧斯頓馬丁，剛好擋在他的車子前面。出去的路被擋得嚴嚴實實，左右都是其他車，讓他的車根本離不開停車場。

他今天要去學校報到，還約了輔導員談新生致詞的事情，現在時間已經有點來不及了。他繞著車身找了一圈都沒找到車主電話，只能將行李箱放進車子的後車廂，坐在車裡等。

等了半個小時後，他開始不耐煩了，打電話給管理人員。又等了十五分鐘左右，有人過來拖車，等車子移開後米樂才發動自己的車子，緊接著就發現……車子拋錨了。

坐在車子裡，米樂狠狠地拍了一下自己的額頭，覺得自己倒楣透了。

他前幾天在KTV沒忍住火氣，跟一個傻大個打了一架，回去後被贊助商發現端倪，找來監視器畫面威脅他，鬧到了他父母那裡。他父母把事情擺平了，卻也因為這件事情臭罵了他一頓，還扣了他的零用錢作為懲罰。

他打開APP一個個查看，發現連坐車的錢都不夠。

需要收得這麼乾淨嗎？如果知道他把車停在哪裡，是不是連車子也要沒收？

他在車子的每一個角落尋找，終於找到了三個硬幣，準備去乘坐公車。

米樂拖著行李箱，跟著手機APP的導航去了車站，真的很少有這種落魄的感受。

米樂走到車站時扯了扯自己的口罩，左右看了看，注意到周圍沒有多少人才放下心來，坐在月臺的椅子上。

他戴著帽子，坐下後旁人從上往下看，更不容易看到他的樣子。只不過，他就算坐下也有著無處安放的大長腿，十分顯眼，加上衣品不錯，光是坐著不動都能吸引旁人多看兩眼。

米樂在暑假時參演了一部偶像劇，演的是男二，屬於苦戀女主默默付出，最終沒能得到女主角卻十分討觀眾喜歡的角色。

因為這部劇，耽誤了他新學期開學，看到搬校區通知時已經開學一個星期了。

他的學校又有了新校區，他們所有藝術生全都搬到新校區上課，寢室自然也搬了。他只能匆匆地收拾了行李，獨自一個人去學校報到。

米樂的大學是H市十分霸氣的學校。

很多人都說，是H大覆蓋了整個H市，因為每個區都有一個H大的校區。曾經有一對勵志情侶一起考到了H大，以為考入了同一所大學，可以繼續恩愛。結果他們被分在了兩個校區，一個在城市的最南邊，一個在最北邊，最後也成了異地戀。

新校區在郊區。

他在路上看到戲劇社的群組正在拚命吐槽周圍有多荒涼，學校旁的圍欄後面是玉米田，抬頭就能看到山。在校區裡換教室上課不但得走很遠，說不定還得順便爬個百來階的臺階。唯一的優點是空氣品質不錯，讀個書都有種隱居山林的感覺。

郊區的另外一個特點就是交通不方便，去學校只有一輛公車，還半個小時才有一班車。據說車上的人超級多，他只能嘆一口氣繼續等車，準備體驗一下這輛公車的厲害。

不久後，又有一群人走來車站。

這群人頗為惹眼，所經之處必定會引起一群人側目，緊接著又匆匆錯開目光，生怕被這群人問一句：「你看什麼看？」

這群人無論走在哪裡，怕都會是受人矚目的存在。

這群男生從目測看來，平均身高應該在一百九十公分以上，其中兩個男生的身高絕對超過了兩公尺，其中一個甚至有兩百一十公分，這樣的身高在國內已經十分罕見，還聚集在一起，更是顯得聲勢浩大。

其中只有一名身材纖細的男生看起來正常一些，身高估計在一百八十公分左右。一百八十公分在男生的身高裡已經算高的了，但是在這群人裡卻顯得十分嬌小。

他們統一穿著黑色的短袖T恤及寬鬆的短褲，腳上踩著夾腳拖，每個人手裡還拎著一個黑色的袋子，形狀並不規則，看不出來裝著什麼，形象看起來還滿統一的。

這群人結伴而來，就好像來了一股「黑」勢力。

等他們站在車站，米樂才看到了他們身後印的字體。

黑色的T恤，印著筆鋒鋒利的紅色大字：只要勝利，不要友誼。

這些人裡，只有一個人的印字十分特別，稍微小一點的兩個字被框框圈起：「我是」，後面跟著兩個巨大的字「友誼」，連起來就是「我是友誼」。

到了車站後，「兩百一」走到車站邊的小攤子前站定，賣東西的大嬸喉嚨一滾，瞬間變得戰戰兢兢的。好在「兩百一」只是買了幾瓶水而已，他拎著袋子回到人群裡，拿出水來，丟給其中幾個人。

「兩百一」丟得很隨意，其他人還在說說笑笑，然而「兩百一」叫到名字後，所有人都穩穩地接住了水瓶，絕對是磨合過的默契。

最後一瓶水丟給了「我是友誼」。

「兩百一」連看都沒看，直接往後拋，「我是友誼」同樣在跟朋友說笑，抬手就接住了水瓶，擰開來喝一口。

這群人……是……練雜技的嗎？

「我是友誼」伸手攔了一輛計程車，俯下身探頭問：「嶺山去不去？」

計程車司機看了看這群人，再看看這群人手裡拿著的不明物體，一腳油門踩下去，車子直接飛了出去，迅速離開了。

「我靠！」

「我是友誼」看著計程車離開，忍不住吐槽，「什麼意思？看到老子就像瞬間長出了滑翔翼一樣，這架勢是要起飛啊？」

其他人開始嘲笑他：「隊長，放棄吧，你長得就不像好人，還是去嶺山那麼偏僻的地方，一般人都不敢載你。」

「就是啊，你出門就放棄計程車吧。」

「我是友誼」有點不爽，指著自己的臉問：「老子長得很凶嗎？」說完還對他們笑了笑。

「不不不，長得就像小天使一樣。」「兩百一」回答。

「承認自己長了一張家暴臉很難？」「一百八」插刀。

「嘖……」

「我是友誼」放棄了，繼續等公車。

這群人交頭接耳了一陣子，似乎要組團出去吃飯，只留下「我是友誼」一個人在車站。

「是兄弟就陪我一起回學校！」「我是友誼」對他們幾個喊。

「這個兄弟我們不要了，誰願意陪你回去挨教練的罵？」說完，真的走了。

米樂的雙手插在口袋裡，看著這群人離開，再看看「我是友誼」忍不住嘖了一聲。

因為「我是友誼」就是前兩天跟他打架，還打錯人的傻大個。

他看了看時間，已經來不及了，不然他真想繼續等下一輛車，跟這個人在一起都容易智商掉線。

兩個人一前一後上了公車，售票員看了看米樂，提醒道：「你這麼大一個行李箱，要收兩個人的錢！」

居然還是人工售票的車。

「一共三塊錢。」米樂回答，語氣波瀾不驚。

「行吧，上來。」似乎早就習慣討價還價了。

童逸因為這一聲，回頭看了一眼，似乎現在才注意到米樂，仔細看了看唯一露出來的眼睛後認了出來：「喲，校草。」

米樂白了童逸一眼，沒搭理他，繼續往車裡走。

可惜車子實在太擠，他到中途就進退不得了，只能扶著欄杆站著。

「你也去學校啊？」童逸依舊厚著臉皮跟米樂聊天，一直站在他的身邊。

米樂終於意識到，他跟童逸恐怕是校友，心裡更加煩躁起來。

童逸厚顏無恥地誇起他們的那一戰：

「我們也算是不打不相識吧，是不是？我總覺得我們打架那段要是拍下來，絕對是比賽等級的，放到網路上去說不定能瞬間吸粉。美捽都沒有我們激烈，我們那叫美男捽，好看還精彩。」

提起這個，米樂更氣了，如果不是這傢伙，他也不會被人抓住把柄。

童逸笑呵呵地看著米樂，結果又收到一記白眼，但童逸沒看出來自己被嫌棄了，還繼續說：

「你哪裡都滿好的，長得好看，家庭背景也好，就是眼神不太好，特別凶狠。不過我懂你，我也是長得就不像好人，不少人對我都有誤解，唉……」

米樂不理他，拿出手機看未讀訊息。

表哥：我要結婚了，要不要做我的伴郎？

米樂：不。

米樂：我不要。

米樂：不可能。

拒絕三連。

表哥：再商量一下呢？

米樂傳了一組數字過去。

表哥：這是什麼？

米樂：我的肩寬、胸圍、腰圍、臀圍、腿長。

表哥：行，我記住了，伴郎服一共三套，你看看樣子。

表哥：（圖片）×3

米樂：醜得要死，我絕對不會穿。

表哥：你長得好看，穿什麼都好看。

米樂：（圖片）

米樂：西裝那套配這種花色的領帶可以嗎？

表哥：這麼快就連領帶都選好了？

米樂：只能靠領帶力挽狂瀾了。

表哥：好看！好看！

米樂又點開圖片仔細看了看伴郎服，突然覺得不對勁，回頭看了一眼，就發現童逸就站在他身後，在低頭看什麼。他立刻捂住了手機，警告似的瞪了童逸一眼。

童逸被米樂瞪得心裡委屈，只能錯開目光，不再看米樂的限量款聯名鞋。

米樂對於個人隱私非常注重，特別討厭別人窺探自己的生活，所以對童逸的印象更不好了，心裡只有一個念頭：白費了那張帥臉。

米樂再次拿出手機，看到表哥轉了五千元人民幣給他。

看到錢，米樂的心口蕩漾了一下。

表哥：買領帶跟配飾吧。

不過彆扭如米樂，還是拒絕了。

米樂：不用，我不缺錢。

表哥：我有錢燒得慌，幫我花花。

米樂：喔。

接著秒速收了錢。

有錢真好。

米樂最近的確很倒楣，公車行駛到後半段，突然拋錨了。

司機嘗試了幾次都啟動不了，只能對車上的人說：「等後面的車吧，開不了了。」

滿車的人怨聲載道，卻也沒有辦法。

米樂拖著行李箱下了車，抬頭看看夏天的大太陽，再看看周圍，想到後面的車還需要等半個小時就有點絕望。這麼大的太陽會被曬黑吧？

這裡可以稱得上是前不著村，後不著店，只有破損的柏油路及路邊的樹，兩邊延伸的都是土路，估計是通往附近的村子。

米樂左右看了看，發現附近根本沒有計程車可以攔，路邊只停了幾輛小型的殘疾人車。他拖著行李箱走過去，探頭問：「能用電子支付嗎？」

司機笑呵呵地回答：「行！都行，我們也是與時俱進的，跟城裡一樣。」

米樂看了看，將行李箱放在副駕駛座的位置，那裡實在太擠，他決定坐在後面。

剛坐上去就有一個不速之客也跟著上了車，特別坦然。

「一起走，其他車都被其他人搶走了。」

童逸縮著身體，硬是鑽了進來，竟然還滿靈活的。

米樂剛才上車時還注意到童逸站在很遠的地方，怎麼這麼快就過來了？這麼短的時間能走完這麼一段距離，他是百米衝刺過來的？

「滾！」米樂終於跟童逸說話了，不過說出來的話特別不討人喜歡。

「我說你是複讀機啊？翻來覆去就這句話，大不了車錢我出。」

這種車真的很小，米樂坐在面向前方，童逸進來之後只能跟米樂面對面，坐在面向車後方的位置。

他們兩個人的個子都很高，還都是大長腿，這樣強行擠在一起十分艱難，腿放在車裡交叉著，像是再軟一點都能綁一個蝴蝶結了。

司機見車門關上了便啟動車子，米樂也沒辦法再趕童逸下去。

附近的路都很顛簸，周圍的環境很糟，路都沒修過，坑坑洞洞的，車裡還沒有安全帶。

米樂雙手扶著座椅，童逸則是一隻手扶著頂棚固定身體，一隻手伸出去擋在米樂頭頂。

車子再次劇烈顫抖，米樂的身體彈了起來，頭頂剛好撞到童逸的手掌心。

走了一段，童逸忍不住吐槽：

「我今天特別倒楣，停車不到一個小時就被人舉報，車子被拖走了，我還被教練盯上，叫回學校去訓話，現在還碰到公車拋錨。」

米樂聽完，問：「你開的是奧斯頓馬丁？」

「你不錯啊，不少人都不認識我的車是什麼……」童逸說到這裡，突然停頓下來問，「你怎麼知道？」

「我舉報的。」

「你閒著沒事舉報我幹什麼啊？喔……報復我啊？」童逸咬牙切齒地問。

動點腦子行不行？車停在那裡也沒有駕駛，米樂怎麼可能知道車是誰的？跟報復有什麼關係嗎？

「違規停車還有理了？」米樂也懶得解釋。

「得，我得罪過你，這件事就這麼算了，我倒是沒有那麼斤斤計較。」

「我計較。」

「……」

童逸算是發現了，這個人的性格是真的不討人喜歡。他之前有愧於米樂，現在也不覺得有什麼，乾脆懶得再跟米樂套近乎。

兩個人就此沉默下來。

這裡的路已經顛簸到了「汽車高空彈跳」的程度，沒一會兒又到了顛簸的路段。

米樂扶著車身都沒能穩住身體，司機又突然剎車，讓米樂出於慣性，摔倒在童逸的身上。

童逸下意識地扶了米樂一把，低頭看了一眼，忍不住嘴賤：「你這姿勢就像是撲過來投懷送抱一樣。」

米樂的身體一頓，馬上出手去揍童逸。

「嘿！你還囂張了是吧？」童逸也有了脾氣。

童逸原本不想還手，只是擋了幾下，結果米樂沒完沒了，兩個人又在車裡打了起來。

司機也是個人才，因為車身本來就晃，他身體不方便，坐得矮，居然都沒發現後面兩個人在打架。

車子繼續行駛，顛簸的路面教兩個人做人，打著打著就又跌在一起了。

這次，他們終於老實了下來。

米樂扯了扯自己的衣服，整理了一下髮型。

童逸則活動了一下脖子，挪自己的腿，不然就真的跟米樂的腿纏在一起了。

米樂搬過去的新校區在嶺山，名為嶺山校區。窮鄉僻壤的地方，據說旁邊最大型的網咖只有二十台電腦。

米樂拖著行李下車的同時心中一涼，這裡真的太偏僻了。

童逸還是到前面付了車錢，回頭對米樂說：「我們扯平了啊，別打了，不然我教練知道了會把我撕碎。」

米樂拖著行李扭頭就走，根本沒理童逸。

走了一段路，米樂回頭看。

童逸不是跟他走同一個方向，全程用跑的，似乎練過跑酷，速度極快，且越過障礙物時身手敏捷，動作還滿帥的。

米樂路過操場，還看到了大一軍訓的學生喊著響亮的口號。

新校區整體的環境不錯，恐怕是因為校區夠大，所以綠化做得特別到位。

學校中有不少樹木，走在其中可以躲進樹蔭的庇護之下。聽說，學校裡還有小型的瀑布，已經變成情侶聖地了。

米樂先到了輔導員的辦公室，輔導員翻找了半天，最後幫米樂安排了一個寢室。

「藝術系這邊的寢室都滿了，只能找一個有空床的寢室安排給你了，你先將就一陣子，等有其他房間再幫你調過去。」

說是這樣說，但要有空位，也得等這學期過去，甚至有可能是一整年後，不然很少有學生流動。

「無所謂。」米樂依舊是那副冷淡的樣子，他說不定什麼時候就又去拍戲了，在學校的時間並不算多。

「嗯，好在室友有一個是藝術系的，孔嘉安你認識嗎？」

聽到這個名字米樂愣了一下，遲疑了一會兒還是點點頭：「嗯。」

「去吧，十三棟四三八寢室。」

「……」

四三八寢室，數字不錯。

米樂拖著行李箱走到了十三棟，到了四三八寢室門口。

這一層的學生都是陌生面孔，看起來都是體育系的，好多人在走廊裡打打鬧鬧，他們之間的交流似乎不能好好說話，大多都罵罵咧咧的，顯得特別吵鬧，彷彿一腳踏進了菜市場。

走廊上很髒，很多宿舍門口還堆放著雜物。最顯眼的是一隻藍色的拖鞋，後跟都沒有了，躺在走道中間，彰顯著霸道蠻橫。

米樂四處看了看，又看向四三八寢室的門。

門牌的數字雖然很大，但是到了四樓後第一個寢室就是四三八寢室。

他推門發現門是鎖著的，用鑰匙打開門走進去，就看到這個寢室的畫風跟走廊差不多，也是髒、亂、臭的環境。

寢室裡的其他室友都不在。

米樂看了看四個床鋪跟書桌，上面都擺放著東西，根本分辨不出哪張床是空的。

他放下行李箱，調整了自己的狀態後才走進去，到每個床前看上面貼著的名字。

童逸、李昕、孔嘉安。

只有一個床鋪沒有貼名字。

米樂想了想，總覺得除了孔嘉安的名字很熟悉，另一個人的名字似乎也聽過。在哪裡來著……記不清楚了。

他放下行李後又走出去，到附近超市買了一些東西，又拎著購物袋回來寢室。將袋子放在自己的行李箱上面，取出塑膠手套戴上，接著拿出一個大大的黑色塑膠袋展開，放在地面上。

他將自己的床鋪、書桌上、櫃子裡所有的東西全部丟進黑色的袋子裡，確定乾淨之後綁上袋子，丟在一旁。接著取出一條乾淨的毛巾，到獨立浴室內浸濕，出來擦自己的床鋪、書桌。

從床鋪的木板到欄杆，每個縫隙都不放過，書桌擦得更徹底。看到桌面有泡麵乾掉的殘渣，他嫌棄地嘖了一聲。

收拾完畢後，米樂連同整個寢室的地面都收拾乾淨了，其他人的床鋪他連碰都不想碰。

米樂從袋子裡拿出消毒噴霧，對自己的床鋪從上噴到下。

最後一步完成後，他看了一眼手錶，將行李箱丟進自己的櫃子裡，離開寢室去找輔導員聊新生致辭的事情。

——排球館內。

§

「不是吧！」

童逸被教練訓了幾句後才知道是怎麼回事，難怪教練非得在他們休息時把他單獨叫回來。

他之前跟米樂打了一架，米樂的父母居然調查到了他是誰，帶著打架的影片來學校找到了他的教練，讓教練氣得直接把他叫回來。

「這件事你還不承認是不是？小夥子，跟誰學的，這麼流氓！你看你這架勢，就跟調戲小女生的臭流氓一樣，人家不揍你才怪。」呂教練雙手環胸繼續罵，顯然看過影片的內容。

「葉熙雅被耍流氓了，我生氣就想討回來。」

「我警告過你吧？別給我惹事，不然我無法幫你推薦到國家隊去！」

「我發現打錯人，當場就道歉了，而且也盡可能地去補償，但他根本不鳥我！現在居然還鬧到你這裡來了……我最討厭別人玩陰的。」

童逸氣得牙癢癢。

「人家是藝人，一家人都很有名，你跟人家打這麼一架，對人家造成了不良影響，人家的父母找來學校，你還不爽了是不是？」

「不是，有什麼事正面來不行嗎？我不還手，讓他打我一頓，或者我賠錢，要不然乾脆他報警把我抓起來，需要人前一套，人後一套嗎？」

在車上，童逸還在說如果錄下來就好了，但是現在錄下來送給教練了，這就有點過分了。

「你承不承認是自己的錯誤？」呂教練抬手拍了童逸的手臂一掌。

打錯人、不按規則停車都是童逸的錯誤，因此童逸沉默了一會兒悶悶地說：「承認。」

「魚躍十圈，三千字悔過書交上來。」

童逸沒說什麼，直接開始做魚躍。

魚躍一圈就已經十分消耗體力了，更別說是十圈了，呂教練看著童逸做完，坐在椅子上問他：「怎麼樣，還在賭氣？」

「有點生氣。」童逸扠著腰喘粗氣。

「在學校裡把人找出來，再打一頓？」呂教練揚眉繼續問。

童逸喘了半天才說：「我承認都是我的錯，我閉嘴，也不會再惹事，我生氣就是有點……」具體說不出來，就是心裡有點落差，原以為能息事寧人，結果非得鬧大。

教練也沒了之前的嚴肅，嘆氣道：「我費了好大的勁才把你的處分免除了，不過這三千字悔過書不能敷衍，知道了嗎？」

「知道了，我讓李昕好好寫。」

呂教練聽完又給了童逸一掌，拍在後背，讓童逸往前走了好幾步才穩住身體。排球隊的，許多人都是巴掌比拳頭還厲害。

§

米樂回寢室時已經是傍晚了。

社團成員見到米樂回學校了，想要幫他接風洗塵，大家一起聚餐，但被米樂無情地拒絕了。

米樂：「沒興趣。」

拒絕，只需要三個字。

他回到寢室，上樓時就看到一個男生在來回徘徊，見到米樂戴著帽子、口罩也一眼就認出來了，興奮地叫了一聲：「米社長。」

「嗯。」米樂看到孔嘉安後冷淡地應了一聲，神色如常。

「我聽說你以後會是我的室友，太好了，我終於有伴了。」孔嘉安看到米樂，彷彿看到了親人，感動得眼淚都要流出來了。

「你怎麼也在這個寢室？」米樂問他。

「我……晚來報到，前天才來。」孔嘉安吞吞吐吐地回答。

「這個寢室是怎麼回事？室友都是什麼樣的人？」米樂沒有深究孔嘉安晚報到的事情，而是問了這個問題。

「喔，體育系比我們先搬來新校區兩個月，很多人都沒放暑假。這幾天比賽剛結束，這件事情你知道吧？」孔嘉安立刻對米樂介紹。

當初新校區裝修完不久，沒有立刻住人，規定是這學期搬過來。然而體育系有比賽，老校區的體育場館設備老化，外加地方不夠用，他們就提前兩個月搬過來進行封閉訓練，所以先霸占了新校區的一部分寢室。

「知道。」米樂回答。

「四三八寢室原來是接待室，就是用來接待蒞臨的家長，線路跟其他寢室不一樣。其他寢室晚上十一點肯定會斷電，用電超標了也自動斷電，但四三八寢室從來不斷電，二十四小時有電，而且不限制。」

「哦？」這倒是不錯。

「後來體育系不夠住了，就把接待室改成了寢室，門牌是之後才掛上的，以至於數字很大，居然在最前面。這個寢室是……體育系老大住的，原本是最好的寢室，人還很少，只有兩個人，結果我進去了……弄得我怪尷尬的。」

「老大？」米樂聽到這個稱呼忍不住停下腳步。

這裡已經是大學了，還有老大？系霸嗎？幼不幼稚？

「對，個子特別高，還總會有一眾小弟來這個寢室聚會，我……我被他們……」孔嘉安說到這裡，居然眼眶都紅了。

米樂扭頭看了看孔嘉安，低聲說：「你演技不到位。」

「嗯？」

「不用裝哭增加戲劇效果，有事說事。」

「……」傳說中的鑑婊達人果然名不虛傳。

孔嘉安尷尬地清咳了一聲，垂頭喪氣地說：

「就是……整棟樓都是體育系的，只有我一個藝術系的男生，天天被他們叫小娘炮。他們還每天都鬧得不行，特別難相處，你來了就好，我有伴了。」

米樂點了點頭，對他說：「我知道了。」

他們走到寢室門口，就聽到了裡面的說話聲。

「什麼意思啊？東西直接扔垃圾袋裡，來知會一聲拿走不就行了，這麼做有點過分吧？」

「我進寢室後就是這樣了，會不會是老師收拾的？」另一個人問。

「老師能幫你整理得這麼乾淨？頂多過來告訴你們有人要搬進來。」

「名字還沒貼，來的是藝術系的？」

「估計是。」

米樂抬手要推門進去，接著動作一頓。

「藝術系這群娘炮住進來真是晦氣，你看這個呼啦圈，拿來練腰的？還有滿桌子的化妝品，我媽用的都沒有這麼多，我都不知道這都是一些什麼牌子，la……」

「好噁心……」

「哈哈哈哈！」充滿惡意的笑。

米樂用眼睛的餘光看向孔嘉安，看到孔嘉安咬著嘴唇，身體瞬間僵直。

這一次的窘迫不是偽裝的。

米樂推門走進去，就看到了幾個熟悉的面孔。

一百八站在孔嘉安的書桌前，手裡拿著一個面霜，正在看上面的字。兩百一則坐在椅子上，面前的書桌上還放了一碗泡麵，還有兩個人坐在米樂的書桌上。

最後一個人蹲在另外一個書桌上面，手裡拿著手機，似乎正在玩遊戲，在他們進門時說了一句：

「別太過分了。」

從聲音上分辨，童逸是第一次開口說話。之前的嘲諷童逸並沒有參與，還在他們說話過分時制止了一句。

米樂徑直走過去，從一百八的手裡拿走了面霜，放回孔嘉安的桌面上，看向一百八問：「你的父母身體都好嗎？」

一百八覺得很奇怪，這個人是誰啊？怎麼第一句話就問這個？

「都滿好的，怎麼意思？」一百八問。

「既然父母都身體不錯，為什麼不能好好地教你教養呢？」

「靠！」一百八當即怒了，質問，「你什麼意思？」

「有教養的人怎麼會隨便碰別人的東西？」米樂依舊淡然，說出來的話卻冷冰冰的。

一百八走過來想要給米樂一拳，卻被制止了：「司黎，別生氣。」

童逸說完，放下手機跳下桌面，讓人意外的是，他這樣的身高跳下來之後居然沒有多沉重的聲音，反而有點輕盈地站穩後走了過來。

「隊長！」一百八很不爽，他是被人罵到頭上來了。

「道歉。」童逸這樣吩咐。

一百八抿著嘴唇，不肯出聲，也沒再動手。

童逸沒再說什麼，笑呵呵地看著米樂，眼底卻沒有半點笑意，問道：

「新室友嗎？剛才我哥兒們冒犯你了，其實人不壞，就是說話時沒經過大腦，你別生氣。」

米樂看了看童逸，對於他靠近自己有點嫌棄，後退了一步回頭看向孔嘉安。

孔嘉安立刻受驚似的擺手：「沒事！沒事的！」

米樂再沒說什麼，回到自己的床鋪前摘下口罩跟帽子，從箱子裡取出行李箱，打開後開始收拾床鋪。

坐在米樂桌子上的兩個人面面相覷，最後全都離開了，然後看著米樂狂擦自己的桌子。

一百八本來看米樂很不爽，結果看到米樂的長相後突然就愣住了。

兩百一探頭看了看，很快認了出來，睜大了眼偷偷指著米樂的後背，用口型說：「校草！真！的！帥！」

一百八也認出來了，用口型回問：「星二代？」

兩百一點了點頭。

米樂在H大很有名。他的父親是著名導演，他的母親是曾經的影后，在這樣的家庭生出來的孩子沒有考戲劇學院，卻念了H大的藝術系，滿讓人意外的，後來有報導出來才知道是怎麼回事。

原來米樂的母親是H大藝術系畢業的，她很感謝自己的恩師，願意讓自己的兒子也來這裡讀書，繼續跟著恩師學習。

米樂從小成績優秀，更是童星出道，想要考戲劇學院也是有把握的，然而米樂根本沒有參加考試，只報了H大。這種情懷感動了很多人，以至於米樂剛入學就引起關注，在頭條掛了幾天，H大沒有幾個人不知道米樂。

「原來是校草啊！怪不得這麼囂張。」一百八陰陽怪氣地嘲諷了一句，「就是你把東西扔進垃圾袋的？」

米樂轉過身，看著他們三個人，問：「誰是我的室友？」

一百八指了指童逸跟兩百一。

「喔，那請你先出去。」

「啊？」一百八真的是受不了這位校草了，感謝人民群眾的寬容，才能讓這小子安全長大。

「我要跟你們約法三章。」米樂靠著自己的書桌說道，「第一，我不喜歡別人碰我的東西。第二，我不喜歡無關人等進入我的寢室。第三，我不喜歡吵鬧。」

米樂說完，寢室一靜。

一百八想罵人，結果看到米樂接了一通電話，走出寢室。

現在的氣氛簡直太可怕了，孔嘉安不敢多待，跟著跑了出去。

一百八指著門的方向問：「這樣都不收拾他？」

「……」童逸看到米樂之後就覺得心中五味陳雜，現在什麼都說不出來了。

「別生氣，和氣生財，和氣生財。」兩百一趕緊起身勸一百八。

「還約法三章！」一百八氣得要翻白眼了。

米樂掛斷電話後看到孔嘉安在不遠處等，不安分地看著他。

「怎麼了？」米樂問。

「我……不敢回去了，我等你。」

米樂跟童逸不一樣。

童逸長相壞，本質不至於太壞，但是米樂長得不像壞人，然而本質就是一個毒舌到讓人無法忍受，性格挑剔到刻薄的人，是一個讓人又愛又恨的存在。

他們兩個人回到寢室後，一百八立刻過來問米樂：「我們不離開，你能怎麼樣？」

「那我也不客氣了。」米樂回答。

一百八不明白米樂的意思，還以為米樂要打架，誰知道米樂坐下之後就開始傳訊息。

一百八走到童逸身邊，小聲問：「怎麼，這是要叫人了？」

同時還不自覺地露出凶惡的表情來，一看就是在示威。

童逸直捂住臉，不知道該怎麼做了，誰能想到他突然就跟米樂住同個寢室了？這明明是他的寢室，他居然因為米樂的到來拘謹起來。

沒一會兒，有人來敲門，孔嘉安立刻跑過去開門。

來了三個人，進來後找到米樂：「社長，劇本在這裡，我們把需要修改的地方都批註了，你再看看有沒有需要再改改的。」

「簡單介紹一下這個故事。」米樂坐在椅子上翻開看了看。

來的三個人看了看寢室裡面，孔嘉安戰戰兢兢地站在一邊，另外一邊則是體育系凶神惡煞的五個巨人，不由得有點惶恐，不過他們還是介紹了這個故事。

「屬於一個單元故事，就算沒有來看前幾場演出也沒關係。一期是一個小故事，故事主要講述的是一名道士成為了國師，很多人對他不服，其中一名少年將軍尤其嚴重。後來皇上派少年將軍輔佐道士去各處降妖除魔，少年將軍見到了道士的能力，兩個人在磨合中漸漸產生了……」

「感情？」米樂蹙眉抬頭問，「耽美題材是禁止的。」

「不，是牽絆，屬於友誼，道士得到了少年將軍的認可。」

米樂點了點頭，繼續看劇本。

過了一會兒又有人敲門，孔嘉安就像一個手下一樣過來幫忙開門，又走進來五六個人。

「社長，這個是社團招募的海報，還有學長畢業後的一些空缺位置，你看看怎麼填補？」這些人進來後，也是來找米樂彙報工作的。

沒一會兒，寢室就被人站滿了。

一百八看到很不爽，忍不住嘟囔：「這是要比誰人多是不是？我一封訊息就能叫來一群人。」

童逸擺了擺手：「別鬧了，用人把寢室擠滿？到時候真的打起來，手臂都抬不起來，頂多比比誰能擠死誰。行了，你們先回去吧。」

一百八忍不住問童逸：「隊長，你怎麼突然怕了？」

「我是為了你們的未來。」

童逸可是被教練警告過了，如果把這件事告訴自己的朋友，這群傻子估計會去找米樂的碴，所以他只能嘆氣。

罷了罷了，都扯平了。

一百八他們走了以後，童逸爬上床，躺在床上玩遊戲。兩百一則是吃完泡麵後也跟著爬上了床，趴下跟女朋友傳語音訊息，時不時能聽到女生的聲音，只不過聲音很小，聽不清楚具體的內容。

童逸玩了兩局後發現自己今天的手感不好，於是放下了手機，活動時往下看，就看到米樂身邊的人又換了一批，在彙報其他的事情。

真忙啊……

之前來的人叫米樂社長，聽起來滿高大上的，聊的大多是劇本、迎新、排練的事情。接下來來的人叫他部長，聊的都是迎新生晚會的事情。

厲害了，戲劇社的社長、學生會文宣部的部長。

好像也是大二的學生吧？

到了熄燈的時間，四三八寢室才安靜下來，他們的寢室雖然不斷電，但是大燈也得關上。之前就有寢務老師在樓下巡邏，看到燈亮了，站在樓下就喊：「四三八！四三八你們寢室怎麼回事！關燈！」

這個寢室的房號實在太難聽，這樣一喊就跟在罵街一樣，讓他們寢室一喊成名。他們可丟不起這個臉，後期也就不開大燈了。

米樂坐在書桌前打開檯燈，繼續看劇本。

童逸很晚睡，俗稱修仙黨。他淩晨兩點才準備睡覺，一扭頭就看到米樂還在奮戰，不由得佩服。不過米樂愛崗敬業也不關他什麼事，蓋上被子睡覺。

而米樂淩晨三點半才爬上床睡覺，迷迷糊糊間做了一個奇怪的夢。

夢裡他一直走一直走，像走不到盡頭一樣，周圍的景物都是新校區的樣子。

突然，身後跑出一個人到他身邊，伸手捏了一把他的屁股，接著拔腿就跑。米樂氣得不行，追了過去，只看到那個人身材高大，像練過跑酷一樣，他怎麼也追不上，距離越拉越遠。

醒過來後，米樂躺在床鋪上看著天花板，扭頭看向另外一邊。

這個時候他才發現，對面兩個人的床鋪非常特別，似乎是照顧他們兩個人的個子高，腳底下的欄杆都沒有了，只留下外面一圈，讓他們睡覺時可以把腳伸出去。

童逸跟李昕兩個人是頭對頭睡的，跟米樂完全不同方向，所以一扭頭就看到兩個大腳丫子以及半截小腿，腿上的腿毛都顯得十分招搖。

他坐起身來看了看寢室，再看看時間，早晨八點十分。

抬手抓抓頭髮，米樂爬下床準備去洗漱，就看到童逸趴在床上，頭正扭在外側睖著眼睛看他，似乎是被吵醒了，還沒緩過神來。

兩個人對視了一瞬間後，米樂突然想起自己狂奔了一整晚的夢，於是瞪了童逸一眼。

童逸被瞪得莫名其妙的，接著目送米樂進入浴室。

這人……什麼毛病？

§

米樂開學後比較忙，因為很晚選課，課程表亂七八糟的，還選了兩門不相關的選修課，聽說非常難過。之後還要管理戲劇社的事情，還有文宣部的事情要處理，所以他早早就出了門，第一件事就是去了文宣部辦公室，安排兩個副部長的工作。

走進去就看到左丘明煦笑咪咪地坐在椅子上，單手撐著下巴看著部門裡的其他人說：「哎呀哎呀，好麻煩，不如我們就延續去年的方案吧，反正新生們沒參加過去年的迎新晚會。」

左丘明煦是一個看起來十分輕浮的男生，偏偏長得好看，臉小加上身材修長，笑咪咪的一雙眼睛配上小嘴巴，長得很精緻。他之前在戲劇社反串過一次，意外地像御姊，使不少人稱呼他為老大。

米樂跟他認識得早，總覺得他整天花枝招展，就像朵花，所以一直叫左丘明煦為花兒子。

偶爾開玩笑時，左丘明旭也會叫米樂一聲：「帕帕。」

米樂跟左丘明煦是好友，兩個人站在一起就是米樂一臉冷漠，左丘明煦一臉燦爛的微笑，反差感很強。

米樂把文案往桌面上一扔：「就算方案一樣，那主持人的臺詞呢？我在你們的稿子裡看到了三年前的流行詞，你們是走復古路線？改一下能累死？」

其他人立刻不出聲了。

「小米米真嚴格呢！」左丘明旭感嘆了一句。

「你帶頭偷懶，是怎麼被選上副部長的？」

「人緣好？」

米樂還以「和善」的目光。

「老師交代說新校區要舉辦一場籃球賽，溝通一下感情。」左丘明煦趕緊轉移話題。

「新校區有哪幾個系？」

「我們藝術生跟體育生，還有新聞學跟經濟學的學生。」

另外一名成員忍不住抱怨：「要我們跟體育生比？簡直在給體育生當背景板，怎麼不舉辦歌唱比賽？」

「最可怕的還是籌辦這件事情。」另一個人跟著感嘆。

大學跟之前的全校運動會不一樣，經常有不響應號召的學生，能不能辦起來，陣仗過不過得去真的很考驗人。

「什麼時候舉辦？」米樂問。

「新生軍訓完就開始了。」左丘明煦回答。

「跟體育部的溝通一下這件事情。」米樂坐下來繼續看面前的策畫案，手裡拿著筆一下一下地點著桌面，弄得其他成員都十分緊張。

左丘明煦立刻清咳了一聲，開始交代其他人該如何去做、去跟誰溝通，接著把所有人都支開了。

「下午忙什麼？社團？」左丘明煦問米樂。

「我車壞了，剛拿到錢，得去修車，還要買點東西，我新宿舍裡還有很多東西沒有。」

「行，我陪你去。」

「不用陪你女朋友？」

「她啊……」左丘明煦忍不住笑了笑，帶著點苦澀：「她不召喚我去侍寢，我們就根本不會單獨出去，約會啊、禮物啊統統不用，我們都嫌麻煩。」

「你們也是有趣。」米樂低頭繼續看企畫案。

左丘明煦跟他的女朋友是從同一所高中考進來的，高中就在一起三年了。然而，如果不是左丘明煦偶爾會跟米樂說了一句他們分手了，米樂都不知道他們在一起了。不過沒過多久他們又自己和好了，根本不用其他人操心。

左丘明煦也有自己的車，開車帶著米樂回到米樂停車的地方，找了修車的公司來拖車帶走，接著去了市場。

「保險櫃？」左丘明煦忍不住湊過來問。

「嗯，宿舍有其他人，不太熟，我不喜歡別人碰我東西，就鎖在保險櫃裡面。」米樂在貨架上挑選合適的保險櫃。

左丘明煦也知道米樂有多龜毛，點了點頭，又問：「不試著換寢室？」

「我的室友滿惡劣的，誰去都會覺得不舒服，我也不能害了別人。」

「體育系的？」

「一個叫童逸，一個叫李昕，你聽說過嗎？」

左丘明煦立刻點了點頭：「童逸不就是校排球隊的主攻手嗎？滿有名的。人稱最快的主攻，因為隊服是黑色的，所以外號叫小黑豹，速度特別快。」

米樂點點頭，回憶起了童逸的速度，的確很快。

「我們學校的排球隊十分有名，沒少參加比賽為校爭光，剛結束的比賽又是第一名。男排教練是國家隊退役的運動員，童逸那批體育生都是高中時就被看中，跟學校簽約進來的，也是滿有實力的。」

「喔。」

「你打算怎麼辦？」

「呵。」米樂冷笑了一聲。

「了解。」左丘明煦點了點頭，知道米樂肯定吃不了虧就是了。

童逸回到寢室，將包包丟在自己的書桌上就看到米樂的書桌上放了一個小型的保險櫃，書桌下面還放了一個稍大一點的保險櫃。

桌面上倒是很乾淨，除了一盞檯燈就沒有其他的東西了。

他沒太在意，走進浴室打算洗漱，就看到洗手臺上放了一個小型的保險櫃，看大小頂多能放一個漱口杯跟其他一些小型洗漱用品。

「我靠！」童逸忍不住感嘆了一句，終於被米樂震驚到了。

再去看馬桶，馬桶旁也放了一個保險櫃。他探頭探腦地看了看，發現這個保險櫃好像忘記鎖了，從縫隙能夠看到保險櫃裡整整齊齊地放了兩捲面紙。

需要這樣嗎？面紙鑲金邊的？

洗漱到一半，他的其他隊友就推門走進來，吵吵嚷嚷的：「火鍋火鍋！隊長，把鍋子拿出來，我們開飯啦！」

童逸用毛巾擦臉時走出來，看著他們有點遲疑，怕米樂回來，看到寢室裡坐了八九個人聚在一起吃火鍋會發飆。

不過想了想，也沒說什麼。只有這個寢室插上電源之後不會斷電，他們食材都買好了，不可能不吃啊。這個學校附近窮鄉僻壤的，也只能買點東西滿足自己的胃了。

「李昕呢？」童逸問。

「陪女朋友去了。」

「其他幾個人也陪女朋友去了？沒聽說他們脫單了啊。」

「沒有，看大一學妹軍訓去了，聽說昨天成功要到了學妹的微信，今天就去送水給人家了，特別殷勤。」

童逸笑了笑沒再說什麼，走出來跟著一齊吃火鍋。

米樂回到寢室時，正好看到他們吃得正嗨，滿屋子都是火鍋味，就連米樂的書桌上都放了一些袋子，甚至沾上了醬汁。

童逸立刻對米樂說：「抱歉啊，我們吃完就走，一會兒我會叫他們把你那裡收拾乾淨，實在沒地方放東西了。」

弄髒他的桌子，這種事情就算是左丘明煦，米樂都不會原諒，更何況是童逸了。

米樂沉著臉看了看後說：「穿上褲子，有女生來。」

屋子裡還有幾個人只穿了四角內褲。

屋子裡的人都不太在意，笑呵呵地說：「沒事，沒光著屁股就好，我們對自己的身材都非常有自信。」

等人進來後，這群人都後悔了。

來的人是宮陌南，H大校花。

宮陌南看了看米樂的寢室，說道：「你的寢室可真髒。」

「嗯，以後不會再讓妳來了。」米樂打開桌上的保險櫃，取出一份文件遞給宮陌南，「喏，主持稿。」

米樂跟宮陌南只進來一會兒就出去了，離開時米樂問：「妳主持時可不可以笑一笑？」

「可以。」

「跟左丘搭檔？」

「不想，換個人吧。」

等他們兩個出去，吃火鍋的人才回過神來。

「好像是……校花吧？」

「嗯……真漂亮啊，看到以後整顆心都蕩漾了。」

「校花跟校草走在一起，的確很養眼啊，看起來就很配。」

童逸又夾了一塊肉，盯著門口說：「他們只是同系的，那個米樂是文宣部部長，好像還是什麼戲劇社的社長。」

「校花是戲劇社的副社長。」一百八嫉妒得牙癢癢。

「啊啊啊！剛才校花好像看了我一眼，我的這條花內褲性不性感？」一個人站起來晃了晃。

「你趕緊坐下來吧，不然我們吃的都要吐出來。」童逸敲了敲鍋邊，對那個人說。

「隊長！把校花搶過來！」其中一個人突然大吼了一聲。

「對，讓我們體育系揚眉吐氣！」

「隊長，你該談戀愛了，我跟別人說你沒談過戀愛，一般人都不信。」

童逸看著他們，翻了一個白眼：「滾蛋，我沒時間。你們激動個什麼？是排球不好玩了，還是葉熙雅不好看了？」

「葉哥是不錯，但是……她真的是我哥啊！」一百八嘆氣。

「隊長，你不會對葉熙雅有意思吧？」另外一個人問。

童逸再次搖了搖頭：「不，學校裡我能記住名字的，就這麼一個女生。」

其他人都沉默了。

真是白費了童逸這張帥臉，活得像和尚一樣。

童逸親自幫米樂收拾好了桌子，收拾完後想了想，還在米樂的桌面上放了一袋辣條、一袋餅乾，算是賠禮道歉。結果米樂回來後看著桌面上的東西，扭頭問童逸：「你放的？」

寢室裡只有他們兩個人。

「嗯。」童逸正在玩遊戲，坐在椅子上，長腿翹在書桌上正投入，根本沒空搭理米樂。

米樂將東西丟過來，說了一句：「不用。」

童逸抬眼看了一眼，沒出聲。愛拿不拿。

「我說過，我們約法三章，你還記不記得？」米樂突然提起，「你可以帶人進來寢室，我也可以。你可以把我的桌子弄髒，我也可以，我們沒必要這樣互相干擾下去。」

「你帶人來吧，我無所謂，而且你的桌子我也幫你收拾好了，無所謂吧？」

「有所謂。」

童逸還在玩遊戲，又按了幾下才回答：「你這麼斤斤計較不好吧，你以前沒有室友嗎？他們是不是都特別討厭你？」

「我尊重我室友的個人習慣，他們也尊重我，所以我們相處得還可以。」

「我的習慣就是朋友想過來就過來，進了我的寢室就隨意，大不了我收拾，你能不能尊重我的習慣啊？難不成平常你們家親戚去你家玩，你還會把人家趕出去？」

米樂煩得直蹙眉，抬手揉了揉自眉頭：「這不是你們兩個人的寢室，帶來一群人吵吵鬧鬧，會打擾到其他人。」

「對，這是四個人的寢室，你能不能別干擾其他人？」童逸打完了一場遊戲，將手機丟在桌上，發出「咚」的一聲。

等童逸轉過椅子看向米樂，兩個人四目相對後，寢室裡立刻彌漫著一股火藥味。

「所以你的答案就是不行嗎？」米樂問。

「對，你要是受不了就找人換寢室，反正我在這裡住習慣了，不換。」童逸說完，拿起手機傳訊息給李昕，詢問他什麼時候幫自己帶飯回來。

米樂低垂著眼眸，想了想後問：「你們體育部的副部長是誰？」

這是學生會方面的工作了。之前的體育部部長畢業了，之後想聯繫副部長，發現群組裡及各種檔案裡居然查無此人，根本聯繫不上。

之前米樂很忙，學生會的很多活動都沒參加，外加H大分了好幾個校區，學生會弄得十分複雜，依舊是幾個校區一個學生會，學生會成員各分布在幾個校區，工作非常麻煩，以至於米樂至今都沒見過體育部的人。

童逸扭頭問：「有事？」

「嗯。」

「什麼事？」

「……」米樂蹙眉，扭頭看向童逸，有一種不好的預感。

童逸指了指自己的鼻子：「副部長是我，另外一個是田徑的。」

「你有他的聯繫方式嗎？」米樂問，直接無視了童逸，不打算跟童逸溝通。

「沒有，我們打了一架之後就互不來往了。」

「……」體育部這麼自由奔放，也難怪查無此人了。

「學校長官說要舉辦一場新校區的籃球賽，聯絡感情。」米樂最終還是開口了。

「喔。」

「這個需要我們兩個部門配合。」

「你們加油吧！」一竿子，將所有的事情推給了文宣部。

「也需要你們的配合。」

童逸特別不想管，低頭再次傳訊息給李昕：『**趕緊回來，幫我處理點事情。**』

「我們部門負責宣傳工作，海報已經在製作中了，還有……」米樂走到童逸身邊說。

「你不用跟我說，說了我也記不住，等等李昕回來後你跟他說。」

米樂立刻不再說話了，走回自己的床鋪前，對著書桌噴消毒噴霧。

童逸扭頭看了一眼，怎麼看怎麼不爽。需要這樣嗎？

就好像故意的一樣，沒一會兒，童逸叫自己的隊員來，李昕也回來了，幫童逸帶了晚飯。

一群人在寢室裡嘰嘰喳喳地討論籃球賽的事情，嗓門很大，還鬧哄哄的。

李昕，也就是兩百一，雖然個子高，但是脾氣還不錯，在排球隊裡看起來很特別。他客客氣氣地跟米樂詢問了情況，還拿著筆記筆記。

兩個人交接完了之後，米樂取出戲劇社的劇本看，然而寢室裡吵吵鬧鬧的，根本看不下去。

米樂抬起手腕看了一眼時間，遲疑了一會兒，拿著劇本走出寢室，去了寢務老師的房間，坐在裡面安安靜靜地看劇本。

長得帥，還是明星的好處在這裡就能體現出來：寢務老師都喜歡他。

§

新生軍訓結束了。在典禮上，米樂要作為優秀學長為嶺山校區的新生致辭。

原本沉悶的會場，在老師說「接下來由米樂同學……」後，後面的話說了什麼都不重要，聽到名字就夠讓台下的學弟學妹們沸騰了。台下爆發出震耳欲聾的尖叫聲，竟然蓋過了音響的聲音。

一個正經的會場，硬是出現了演唱會一般的震撼場面。

米樂，如今的人氣小鮮肉，雖然作品沒有很多，但也因為長得帥、家世好而紅得一塌糊塗。

最近這幾天，整個嶺山校區都在跟米樂偶遇。米樂跟左丘明煦一同去食堂吃飯的相片被拍下來，都上了熱門。

好多H大嶺山校區的學生都覺得自己幸運，居然能夠跟米樂同校。在生活裡遙不可及的大明星會出現在他們身邊，有人跑去跟米樂要簽名或者合照，米樂都不會拒絕，簡直就是天堂啊。

至於童逸他們排球隊剛比完比賽，有幾天假期不用去訓練，所以懶散得不行。此時他們就混進了新生的隊伍裡，打算認識一些學妹。

童逸是被其他的隊友硬拉過來的，他們總覺得有童逸在，他們的平均顏值都會提升。

不過，看到米樂上場後的震撼場面，他們忍不住撇嘴。

「如果這群學弟妹知道他們的偶像在我們宿舍裡都沒有人搭理他，會有什麼想法？」一百八忍不住問。

「也只有我們體育系男生不太追星，前兩天有別的寢室的人過來幫女朋友要米樂的簽名，米樂也給了。而且，他已經待在寢務老師那裡三天了。」兩百一跟著說了一句。

「嘖，現在寢務老師看到我們幾個就不順眼。」

童逸嘴裡叼著棒棒糖，坐在椅子上看著米樂從容地上臺，開始演講。

平時米樂話不多，不過童逸還是發現了，米樂說話的聲音很好聽，是標準的普通話，說話時字正腔圓，有點電視臺主持人的風範。估計是米樂特意練習過，才會說得這麼標準。

此時米樂站在臺上，全程脫稿演講，從容淡定，臉上還有一抹淡淡的微笑，整個人都似乎在發光。

真的很帥啊，就是性格太討人厭了。

童逸托著下巴又看了一會兒，突然感覺自己被米樂的目光掃到，讓他身體一頓。

很快米樂就移開了目光，讓他覺得剛才只是一種錯覺。

也是，米樂演講就是要看臺下，估計是無意間看到的。

典禮結束後，接著就是迎新晚會了。為了能讓他們玩得開心，長官們都離開了，場館內立刻喧嘩起來。

迎新晚會的主持人有四個，其中有宮陌南跟左丘明煦。不過他們只有在四個人一起出來時才會上臺，其他時間都是跟另外一個人搭檔。

表演節目的有學長姊，藝術系的居多，更多的還是大一新生們的表演，看起來很有意思，不過童逸對這些不感興趣，坐在台下直打哈欠。

這時，場內開始起鬨喊著：「米樂！米樂！米樂！」

「真的要開演唱會了？」童逸忍不住問了一句。

「長得帥真好啊……」一百八有點羨慕。

起鬨了一陣子後，米樂還是上臺了。

他要對新生致辭，所以穿著很正式，此時上臺後手裡拿了一把吉他，坐在舞臺上，身邊是宮陌南幫他調整麥克風支架，畫面看起來還滿和諧的。

因為襯衫有點拘謹，米樂特意解開了領口的兩顆釦子，這也引得台下女生一陣尖叫。

排球隊嫉妒得直咬牙。

一百八一拍大腿：「媽的，雖然不想承認，但是這傢伙真的很帥啊，就跟種馬小說裡的男主角一樣，要是花心一點，後宮都會布滿H大吧？」

童逸一直看著臺上的那個男生，問一百八：「不覺得他有點假嗎？」

「怎麼？」

「跟我們相處時死氣沉沉的，現在卻笑呵呵的。」

「可能是因為討厭我們吧？你看到田徑那群雪橇犬不也是死氣沉沉的？」

童逸的胸口彷彿中了一箭，直紮心口。

調整完畢後，米樂終於開始自彈自唱了。

很老的歌，校園民謠，偏偏米樂的聲音清澈，唱歌時格外溫柔，一開口就讓人的心口一蕩，好聽！非常好聽！

童逸靜靜地看完米樂的表演後，只說了一句話：「嗯……是滿帥的。」

米樂唱完歌準備下臺時，再次看向童逸他們那邊。

想不注意到這幾個人真的很難。有高年級的學生混進來很常見，他們也不會阻止，但是這幾個來了之後，坐下就跟其他人站著一樣高。

米樂在臺上時掃視了一眼，認出了他們幾個才確定，嗯，的確是坐著的。

等他唱完歌，站起身就看到排球隊齊齊對他比了中指，舉得老高。

米樂依舊微笑謝幕，轉過身後就冷下臉來。一群討人厭的傢伙。

表演結束後，還有自由活動時間。H大的嶺山校區第一年入住，外加有足夠的場地，這一次的迎新準備得尤其用心，最後還有聚餐的環節，所有學生都可以參加。外聯部聯繫了投資人，贊助了烤肉等食材、器械，非常豪氣。

能夠拉來這樣的贊助其實也不奇怪，首先是允許這家公司在學校裡號召辦他們的電話卡，學校出人配合。剛來學校的大一新生需要換本地的卡的話，自然要來他們這裡。還有就是，嶺山校區如果辦校園寬頻，就只有這一家公司可以，其他的都不許辦。有利益往來，他們當然願意提供贊助。

聚餐時，許多人都來湊熱鬧，還有學長過來勾搭大一學妹，一群大一男生也成了學姊們調戲的目標。小鮮肉當然是嫩的最可口。

米樂的身邊聚集了一群粉絲，排隊要他的簽名。文宣部的人乾脆搬來一張單獨的桌子，拿了一個小夜燈，方便米樂幫忙簽名不會太累，身邊還有其他成員控制秩序。

米樂不驕不躁，一直溫柔地配合，還會跟這些人合照。雖然他也知道有些人估計不是他真的粉絲，只是想跟他合照發個動態，炫耀一下。

然而，他不想拒絕，萬一傷到真正粉絲的心就不好了。

他忙碌時，就注意到另一邊似乎也很熱鬧。一組拍完照後，他回頭看了一眼，發現是童逸他們身邊圍攏著一群女孩子。

童逸原本只是坐在桌子前吃烤肉，是一百八跟其他的隊員到處亂撩，不知道怎麼做到的，居然吸引了一群人過來。

「隊長，我們身邊的女生不比米樂那裡少。」一百八好勝心特別強，對童逸說道。

童逸很疑惑：「為什麼要跟他比？」

「我覺得你更應該是校草！」

童逸很無奈，看著這群女孩子又不好冷下臉來。那不就跟米樂一樣了？

「啊……要不然我表演一個小技能吧。」童逸看著她們說。

「好！」

「好厲害啊！」

「你特別帥！」

童逸笑得有點假，還沒表演呢，這樣就厲害了？

不過身邊的人很配合，遞了紙跟筆來。童逸接過來後開始表演，雙手同時握筆，同時寫字。重點在於一隻手寫一首詩，內容完全不一樣。

女生們開始驚呼，大聲議論：「看過《神雕俠侶》小龍女會這個，你這個比她還升級了。」

「喔喔喔，左手畫圈，右手畫圓？」

「兩隻手同時寫兩首詩，根本是分裂了吧？而且……字還好好看。」

「我很小就開始練了。」童逸寫完之後回答，將筆隨手丟在桌面上。

他打排球時之所以攻擊變化莫測，就是因為左右手都可以用，讓人無法預測。攔網的人如果預測錯了方向，就會錯開半個肩的位置，讓球從縫隙穿過去。

這是童逸特有的技能，被不少人譽為王牌必殺技。

周圍響起了尖叫聲，還有女孩子的起鬨聲，還因此吸引了另一批人來，非得讓童逸再表演一次。

左丘明煦站在周邊看了看後，小聲感嘆了一句：「厲害了。」

難怪大一就成了H大排球隊的王牌，大二就成了隊長。

童逸見情況有點不妙，拉了拉兩百一的袖子。兩百一點了點頭，兩個人突兀地站起身來，就好像在人群中突然立起了兩根旗杆。接著，兩個人快速跑走了，速度快得像成功偷了誰的錢包，拔腿就跑。

之後排球隊其他人滿載而歸，大多是有女孩想認識童逸，要童逸的微信帳號，他們就說：「不知道隊長願不願意，不如妳先加我，我問過他之後再告訴妳？」

等聚餐結束後，米樂帶領著自己社團跟學生會的人整理場地，不少米樂的粉絲也跟著留下來幫忙打掃。

米樂走到童逸待過的桌子前拿起兩張紙看了看。

「確實有點厲害啊。」左丘明煦這樣感嘆。

「長得其貌不揚的，字寫得倒是不錯。」米樂看完之後只有這句評價。

「其貌不揚？我怎麼覺得滿帥的啊？」左丘明煦笑了笑，小聲問米樂，「其實說真的，如果不是你比較紅、得到的票多，你覺得校草還能是你嗎？」

「怎麼，還輪得到他？」米樂不爽地問。

「不，會是我。」左丘明煦指了指自己。

米樂笑了笑，想要罵人卻沒說出什麼，最後點了點頭：「我還滿喜歡你的自信。」

「我也很喜歡啊！」

§

米樂早晨起床後，就發現童逸跟兩百一比他早起。

從今天起，排球隊就恢復訓練了。

米樂的化妝品不比孔嘉安的少，而且更多。面膜就裝滿了一個儲物盒，還有其他的東西也是琳琅滿目。

他每天早上都會整理自己的髮型，用一個髮夾夾住髮線下方，用吹風機吹一吹，再用髮蠟抓頭髮，這樣頭髮能夠蓬鬆一些。

他現在已經出道了，每天都要注意自己的形象，不然被拍到私底下的形象也能被人黑一波，這也是無奈之舉。

他從小就接受過專業訓練，從舉止德行到說話的禮儀、走路的姿勢都要接受培訓，他會幫自己化妝，還要去看流行資訊，搞定自己的服裝搭配。每天都要控制飲食，保持體型，抽空就要去健身。

他有人設，溫潤如玉的少年，其實他實際上並不是這樣的……

今天比較特別，在他整理髮型時，身邊站了兩個很高的「哈士奇」圍觀。

「有事？」米樂問童逸跟兩百一。

「學習一下怎麼弄頭髮。」童逸回答。

「啊？」

「你看我的頭髮就知道我有多不擅長整理髮型了，直接剪短，不用打理。」

「那你為什麼不直接剃成禿頭？」米樂問。

「我紫外線過敏，剃成禿子後我的防曬得塗到後腦勺，麻煩。」

好像很有道理的樣子，米樂居然無言以對了。

米樂整理完頭髮，放下髮蠟，兩百一愣愣地問童逸：「逸哥，你總結出什麼技巧了嗎？」

童逸抬手托著下巴，故作深沉地回答：「大致就是趁頭髮還在空中停留，尚未反應過來時，一把抓住！時機要准，手法要穩。」

「GET！」兩百一跟童逸擊掌慶祝。

米樂：「……」

神經病啊！頭髮不要面子的？

這時有人敲了敲門，也不等開門就說：「隊長，我走了。」

「喔！」童逸在屋子裡回應。

過了一會兒，又有幾個人來寢室裡，拎著一袋小籠包：「隊長、李昕，幫你們帶的。」

米樂嫌棄地看著這些人像走城門一樣，又離開了。

過了一會兒，又有人進寢室：「幫你們帶了豆漿！」接著就走了。

米樂整理好包包的功夫，又有人進寢室了，絮絮叨叨地說昨天認識的學妹有多漂亮。

「米樂，包子要不要？」童逸站在桌子前整理早餐時扭頭問米樂。

「我們很熟嗎？」米樂反問。

「抱歉，以後不給了。」童逸吃癟後回答。

「非常感謝。」

等米樂走出去，排球隊的成員忍不住感嘆：「我靠，這傢伙怎麼這麼不知好歹啊？」

「大明星，鼻孔朝天啊。」

「這麼厲害怎麼不出去住？」

「這附近真的沒什麼能住的地方，你讓大明星去農村住土炕？」

這個時候，又有人進來：「隊長，我幫你帶了烤玉米！」

「過來一起吃。」童逸招呼他們都進來。

米樂上課回來後，走進寢室就看到自己的書桌上有一杯豆漿，倒了，流了整個桌面，邊沿還在往下滴，在椅子上濕了一片。

他再看看其他的桌子，上面還有裝包子的塑膠袋，一個小碟子裡放著醋跟蒜末，在熱天裡散發出更濃郁的味道來。

窗戶敞開著，風呼呼地吹進來，將米樂的劉海吹到了頭頂。

他握緊了拳頭又鬆開，在沒有其他人的房間裡罵了一句：「靠！」

這幾日的疲憊加上寢室裡的破事，讓米樂有點撐不住了。他甚至沒有去管桌面，而是爬上床躺下休息。

天氣很熱，嶺山校區又在大片的森林裡，知了像成了災，成片地發出聲嘶力竭的嘶吼，讓夏日的氣氛更焦躁幾分。

他沒有打開空調，只是扯著毯子蓋在肚子上睡覺。

疲憊時的夢總是奇奇怪怪，眼前是光怪陸離的影像，緊接著他又回到了國中的教室裡。

他站在自己的書桌前，桌上都是垃圾。

有人將自己的便當扣在他的桌面上，湯汁流淌了半個桌邊，還在滴答滴答地往下滴，滴在他的椅子上，書包也被染了一片汙漬，香蕉皮、蘋果核也堆放在那裡。

周圍是吵鬧的聲音：

「就是他吧，星二代，厲害死了……」

「寫個情書給他還要交給老師，逼得人家小女生轉學。」

「垃圾！！！」

「垃圾人坐垃圾座位。」

不！不是的！不是他做的！

他收拾好了桌面，用濕紙巾擦書包，拿出來的書都帶著黃色的邊緣，看起來十分噁心。

從書桌抽屜裡掏出書來，碰到了柔軟的東西，低下頭看——是一隻老鼠屍體。

他嚇了一跳，然而他沒有大叫，故作鎮定地將屍體清理掉。

不能露出軟弱，不能讓人看到笑話，這是他的倔強。

畫面一轉，他回到家裡，丟掉書包對兩道身影瘋狂地喊：

「為什麼要進我房間！為什麼要偷看我的東西！我沒有隱私嗎？」

眼淚啪噠啪噠地下墜，砸在領口跟地板上，那兩個人居然不屑地笑了。

「你以後會是藝人，你註定不會有個人隱私，你隨時都要等著你的隱私被曝光的一天。」

「為什麼要那麼做！為什麼要送到學校去？」他握緊了拳頭問。

「你為什麼要留著，丟掉不就好了？難不成還準備跟那個小女生在一起？你談戀愛都會是成名後被挖的事情，我保護了你，也保護了她！」

他低下頭看著自己的手……

這是誰？

這不是真正的他，他本來不是這個樣子的……

「因為你們……我根本沒有朋友。」他這樣說。

「沒有朋友滿好的，這樣能夠出賣你的人就少了。」

「放了我吧……」

高大的身影俯下身，捏著他的臉頰，沉著聲音說：「你出生在這個家庭，享受這個家庭帶給你的一切，你就要承受這些，明白了嗎？」

米樂突然從夢中驚醒，睜開眼睛就看到童逸站在他的床邊。

兩個人四目相對，都很詫異。

童逸看著從米樂眼睛裡滴落的眼淚，不由得一愣。而米樂剛睡醒，有點迷糊，之前不知道做了什麼夢，讓他瞬間清醒。然而頭髮蓬鬆地搭在頭頂，髮尾有點翹。

原本有點不好相處的人，哭時居然……有點萌，還滿……呃……童逸心口悸動了一下。

米樂回過神來，抬手擦了擦眼睛，就聽到童逸解釋：「桌子我幫你收拾乾淨了，我把我的椅子換給你。」

說完，還晃了晃手裡的抹布。

米樂看著他，沒說話。

「我跟你解釋一下，我叮囑過他們別靠近你的桌子，結果早上有個傻子進來後忙著跟學妹聊天，豆漿就隨手放在桌子上了。結果教練突然通知集合，我們特別慌亂，那傢伙拎起包包就走，撞翻了豆漿。我總覺得不好，他們去吃晚飯時，我就回來幫你收拾了。」

米樂：「……」

「作惡夢嚇哭了？」童逸問他，「你不用害怕，我從小就經歷各種靈異事件，比如一個倒完水的杯子突然出現在我面前，或者是玩時有球要砸到我，結果被一個透明的屏障擋住。我早就淡定了，我是在靈異窩裡長大的。」

「滾。」米樂這樣說。

童逸解釋時還笑呵呵的，緊接著表情以肉眼可見的速度變化，變得有點憤怒。

「行，我滾。」童逸點了點頭，接著轉身進了浴室，丟下抹布後直接離開了寢室。

米樂坐在床上，看著安靜的寢室許久沒有動。

第二章

入夢

米樂跟左丘明煦到排球隊時，看到排球隊的成員全部躺在地上，擺著統一的姿勢，看起來特別妖嬈。

所有人的身體躺在地面上，一條腿勾起，擺在另一條腿上面，用手按著膝蓋的位置，如果露個肩膀就是電視劇裡典型的誘惑姿勢了。

「好像是在拉伸。」左丘明煦見米樂愣了一下，小聲解釋。

「我知道。」依舊是面無表情。

「雖然知道，但是還是好想笑。」

「……」米樂也有點想笑，但是維持得特別好。

童逸看到他們兩個人立刻蹦了起來，彈跳力驚人，沒用手扶著就站起身，走過來質問米樂：

「你要找事是不是？」

米樂來他們這裡，是又要找教練告狀了？

「我們的工作已經做完了，如果不需要配合，籃球賽你們自己搞。」米樂冷著聲音回答，本來他就不願意摻和。

童逸發現自己會錯意了，點點頭後叫了一聲：「李昕。」

李昕立刻跟著起身過來，笑呵呵地看著他們兩個說：「來啦，呃……我幫你們倒杯水？」

「不用，說幾句就走。」米樂回答。

「行，你們來了就蓬蓽生輝！蓬蓽生輝啊！」

左丘明煦被兩百一逗笑了，跟著兩百一到座椅的位置，說了他們這邊的工作，詢問體育部的想法，該如何舉辦。

一百八氣勢洶洶地跟了過來，一直在怒視米樂，一副小狗在呲牙示威的樣子，實則配上他那張娃娃臉，一點威懾力都沒有。

米樂根本沒理他，交接完工作就離開了。

「報名表格我們列印完幫你們送過來。」左丘明煦說。

「麻煩了，我們這邊開始訓練了，不然我們去取也可以。」兩百一依舊客氣，因為態度恭恭敬敬的，都有點弓肩了。

實在是太高了。

「沒事，我們辦公室離你們的訓練館不遠，看到前面那棟了沒？正對著人工湖的，就是我們的大樓。」左丘明煦指著介紹。

「是滿近的。」

米樂跟著左丘明煦離開，根據體育部的想法修改了報名表格，接著列印。

列印完，左丘明煦收到了一條訊息，看著手機螢幕遲疑了一會兒說道：「帕帕。」

「嗯。」通常他這麼稱呼米樂，就是有事求米樂了，米樂也很淡定。

「我家女王叫我。」

「去吧。」

「你自己去時別打起來。」

米樂整理好表格後看向他，問：「你當我傻？他們人多勢眾，我一個人去踢館？」

「也是……」左丘明煦晃了晃手機，對他說，「那我去了，我們家那位脾氣很大，晚到就要分手了。」

「好。」

米樂整理好報名表格後，再次去了排球館。

這個時候，排球館內已經開始訓練了，正在打練習賽，他走進去時正好看到童逸以極快的速度躍起，將球扣過球網。

「砰！」的一聲砸在地面上，接著彈起，飛得老遠，拍下去時力道可想而知。

打排球時的童逸跟平時吊兒郎當的模樣並不相同。此時的童逸很有氣魄，有一種所向披靡的架勢。或許是因為鼻梁很高，顯得童逸的眼眸十分深邃，認真地盯著對面時，眼中全是肅殺之氣。沒有友誼，只有勝利。

眼神足以說明一切。

「校草！」葉熙雅走到米樂身邊叫了一聲，笑得特別蕩漾，簡直恨不得伸手去摸。這是真的米樂啊……

「你好。」米樂冷淡地回應。

「你找童逸嗎？」

「對。」

葉熙雅伸手指了指報名表格：「我之前聽李昕說了，你把表格給我就好了。」

「妳也是體育部的？」

「不，我不是，我只是隔壁女排的，偶爾會過來幫忙，算是球隊的經理，平常會幫忙打雜。童逸是體育部的，身邊有我跟李昕兩個祕書。」

「喔。」

葉熙雅接過報名表格後，看到米樂還在看比賽，於是問：「童逸打排球時是不是滿帥的？」

米樂：「……」

「李昕是二傳手，他們以前讀同個學校，配合好多年了，一起被我們學校簽進來。剛結束的比賽，我們童逸是最佳主攻手加MVP！李昕是最佳二傳，我們H大也是全國大學生的第一名，厲害吧？」

米樂側過頭看葉熙雅，問：「女排不用訓練嗎？」

葉熙雅清咳了一聲，接著說：「我是替補，參加完基礎訓練就沒什麼事了，我就過來幫忙。」

「記得隨時跟我溝通。」米樂又指了指報名表格。

「可以加你微信嗎？」葉熙雅興奮地問。

米樂想了想後點點頭：「可以。」

接著拿出手機，準備跟葉熙雅加好友。

「喂！我們排球隊的女神你隨隨便便就加好友了？」一百八似乎早就注意到他們了，立刻殺了過來。

葉熙雅急了，趕緊攔住一百八：「你別搗亂，我好不容易能加男神好友！」

「不行，我不同意！」一百八不願意。

米樂看著他們兩個人，放下手機問：「那我跟誰交接工作？」

「我我我！」葉熙雅一腳踹開一百八，瞧這架勢不應該打排球，應該踢足球。

童逸那邊的比賽被打斷了，於是走過來，從一旁的雜物裡拿來自己的包包，取出手機：「聯繫我吧。」

「喔。」

然後兩個人互加了好友。

等米樂離開後，葉熙雅仰天長嘯：「啊啊啊啊！司黎，你壞我好事！」

「妳就別肖想了，性格那麼差的男生要是戀愛也是垃圾堆裡的男朋友。」

「戀愛我根本不想啊，怎麼可能會看上我？校花跟在他身邊一年也沒擦出什麼火花來，可是那是米樂啊！米樂啊啊啊啊啊！」

葉熙雅走到童逸身邊：「哥，米樂的帳號給我一下。」

「不行，妳還小，不能戀愛。」童逸回答，笑得特別慈祥且欠揍。

排球隊整日勾搭學妹，自己家的妹子卻護得離譜，他們不吃窩邊草，也不許別人吃。

葉熙雅再再再再再一次決定，她要辭職不幹！

童逸手點著螢幕，弄了一會兒才結束。

「逸哥，幹什麼呢？」一百八問童逸。

「發一條動態。」童逸回答完後將手機放回包包裡。

一百八拿來自己的包包，取出手機看了一眼，童逸沒更新動態啊，沒發送成功吧？

米樂離開後，鬼使神差地打開微信，看了一眼童逸的動態，最新一條就是幾分鐘前發的：

『你，就是你！我去你大爺！』

米樂看著螢幕翻了一個白眼，將手機放進口袋裡。

這個人果然討厭。

米樂上完課還要去戲劇社盯著他們排練。

雖然他今年也是大二，有些人是他的學長，但是米樂的實戰經驗多，童星出道的經驗自然不是蓋的，很多人都願意得到米樂的指點。

米樂這個社長並不算是掛名，只要有時間一定會過來看看，也算是盡職盡責。

從社團回來後，走進寢室推開門就聽到了啤酒瓶滾動的聲音。

米樂：「……」

他推門走進去，就看到寢室裡果然一片狼藉，一堆下酒菜堆在寢室中間的一個小方桌上，一地的啤酒瓶。他再看向自己的桌子，上面沒有東西，不過椅子被搬到小方桌前面了。寢室裡沒有其他人在，只留下一屋子的酒味，甚至還有一股臭腳丫的味道。

他看著寢室，有點無奈。

現在的體育生比完賽都這麼放縱嗎？他還以為運動員都不喝酒。

他走進浴室準備洗漱，接著就看到自己放在洗手台旁的保險櫃掉進了洗手台裡。他扶正後打開，看到海藻面膜的蓋子開了，灑得到處都是。

抬手揉了揉眉頭後，米樂沉默地收拾好。

洗漱完畢後，米樂回到自己的書桌前取出自己的化妝品開始化妝。

這次並非平常的日常妝，而是戲妝，在童逸跟李昕回來時，米樂已經化得差不多了。

童逸進來後到浴室沖腳，還在跟李昕聊天，李昕則像個保姆一樣，開始收拾寢室。

「學勝是不是來我寢室脫鞋了？屋子裡怎麼這麼臭？」童逸進來後就問。

「好像是脫了，窗戶開著都沒用。」

「他那玩意兒就跟生化武器一樣，半天都不散，香水要是有他的那種殘留度，準是香水裡像小強般的存在。」

米樂低頭傳訊息，接著一直盯著手機看，看到左丘明煦傳來訊息後站起身來，說了一句：

「童逸，我有話要跟你說。」

童逸探頭出來看了看，接著穿著拖鞋走過來問：「怎麼？」

緊接著就發現米樂有點不對勁。

米樂的嘴角似乎有一塊傷口，隱隱約約還有點血跡，顴骨的位置還有一塊瘀青，看起來就像是被揍了。

米樂見到童逸過來了，還伸手拉了童逸一把，讓童逸面對自己站著，之後猛地自己後退，身體撞在了櫃子上，發出巨大的聲響。

童逸愣愣地看著米樂發瘋，一臉茫然：「？？？」

這時突然有人破門而入，左丘明煦看到這個場面後立刻質問童逸：「你怎麼打人啊？」

童逸扭頭看向左丘明煦，依舊一臉疑惑：「啥？」

在左丘明煦的身後還跟著寢務老師及一名學生會的成員，如果童逸沒記錯，這個人是公寓管理部的。

寢務老師進來就喊了一句：「住手！」

這一聲把童逸跟李昕都震住了，真的是喊得蕩氣迴腸。

童逸跟李昕簡直是一模一樣的莫名其妙臉。

米樂在這個時候站直了身體，抬手擦了擦嘴角，手背沾上了血跡，抬頭瞪了童逸一眼，眼眶居然紅了。

童逸差點都相信自己剛才打了米樂。

「我沒事。」米樂說。

「還沒事呢？都出血了！」寢務老師誇張地大叫。

童逸終於回過神來，指著米樂說：「不是我打的，我也不知道他是被誰打了，不過他這麼討人討厭，肯定很多人想揍他。」

「剛才我們都看到了，不是你，難道還會是米樂自己打自己？」寢務老師問。

「你們怎麼回事？」學生會的成員跟著問。

「他們在寢室喝酒弄得很髒，我就抱怨了兩句，沒想到讓他生氣了。」米樂跟寢務老師說。

童逸都震驚了，這是什麼玩意兒啊？

「你……你剛才叫我說話，什麼都沒說呢……我可沒碰你啊！」童逸結結巴巴地解釋，真是所有事情來得他措手不及。

「我以為在這個寢室讓一讓可以息事寧人，沒想到還是鬧成這樣。」米樂說完，居然鼻子一酸，哭了出來。

並非嚎啕大哭，而是很想忍著，但是因為真的受了委屈，眼淚不受控制地往下掉。

童逸扭頭看著米樂，簡直是嘆為觀止。他第一次親眼見識到什麼叫演技，還是在最前排，沒買票的真實看到，還是看得最清楚的一個。

可是……他怎麼看得這麼委屈呢？他是被耍的那個！

「必須上報給輔導員和你們的教練，優秀學生也不能無法無天！」寢務老師氣得不行。

前幾天米樂就往他的房間跑，說寢室太吵了，他需要安靜看劇本，寢務老師已經知道了一些四三八寢室的惡行。之前寢務老師就知道這群體育生的胡鬧程度，自然印象越來越差。

今天左丘明煦突然來找他們，說是四三八寢室已經上升到暴力了，希望他們去制止一下。寢務老師很喜歡米樂，看到米樂居然被揍了，氣得不輕。

童逸一聽就慌了，趕緊攔著：「別別別！我真的什麼事情都沒做，別跟我教練說。」

他也知道，這種事真的百口莫辯。寢室裡沒有監視器，目擊證人只有李昕，現在李昕傻呼呼的還沒反應過來，要是幫童逸作證，也會被說成是統一口徑。

最氣的是米樂會演，弄得真像是那麼一回事。就剛才那個場面，還有米樂撞到櫃子的聲音，這群人妥妥地認定了這件事情，除非米樂自己承認，不然這種事情真的說不清楚。

真他媽……噁心！

「我現在就打電話！」寢務老師氣得不行，想了想才說，「不，明天就聯繫他們。」

他沒有那些人的聯繫方式，明天才能聯繫到。

「童逸同學，你這次真的太過分了。」學生會成員也這樣說道。

童逸一瞬間就火氣上來了，扭頭看向米樂，罵了一句：「你這個戲精怎麼這麼陰？」

「我只是希望有一個良好的寢室環境。」米樂委屈巴巴地回答，說話時還在掉眼淚，看起來特別委屈。

童逸本來特別火大，看到米樂哭成這樣，居然又氣消了，特別沒有原則。

「約法三章是吧？行行行，你別搞這些，我答應你。」童逸趕緊妥協。

「你確定？」

「君子一言駟馬難追，實在不行，我等等寫個保證書給你行不行？」

米樂盯著童逸看了一會兒，接著點點頭，對寢務老師說：「老師，我不希望這件事情鬧大，我是藝人，要是傳出去會為學校引來負面新聞，造成不良影響。」

寢務老師一聽也猶豫了。米樂的影響力真的很強大，要是傳出去，估計會有米樂的粉絲鬧到學校來，童逸說不定會被開除。

童逸可是教練以及學校長官的心頭肉啊。

「那……怎麼辦？」寢務老師問。

「既然他願意跟我好好相處，這件事就先算了吧，我沒事。」

寢務老師還很糾結，而左丘明煦見到米樂的目的達成了，也過來勸，跟米樂一唱一和。

最後在一群人的監督下，童逸特別委屈地寫了一份保證書，還印了個手印。

等所有人都離開了，左丘明煦才回來笑呵呵地問童逸：「籃球賽的事情，我們還能和平地一起合作嗎？」

「恐怕不能。」童逸陰森森地回答，還瞪了米樂一眼。

左丘明煦趕緊解釋：「我只是個群演。」

童逸：「靠！」

如果不是教練那邊警告過他，他如果再惹事，後果會十分嚴重，甚至會影響到他的前途，他絕對不會認了這份罪名。他本來就什麼都沒做，米樂臉上的傷也不是他打的！

但是他不妥協的話，不保證米樂會不會再鬧出別的事情。

「如果你們一開始就聽，我也不會這樣做。」米樂回答。

童逸冷笑了一聲：「你他媽把我們打架的事情舉報到我教練那裡去，得到甜頭了是吧？還用這件事情威脅我？」

米樂有點詫異，解釋道：「這件事情我並不知情，估計是我父母在沒通知我的情況下做的。」

「什麼樣的父母就教出什麼樣的孩子。」

米樂聽完沉默了一會兒，左丘明煦清咳了一聲，打算勸米樂一句，畢竟他知道米樂家裡的事情，結果就聽到米樂說：「不過，就算被舉報了也是你活該，他們因為這件事被人威脅了。」

童逸坐在寢室裡半晌，罵了一句：「靠，真他媽悶！」

米樂對左丘明煦擺了擺手，示意他可以走了。左丘明煦立刻跑得遠遠的，生怕血濺到自己身上。

童逸氣得不行，到走廊裡打電話給童爸爸。

「爸！我受委屈了，這個寢室住得我好委屈，你在我新學校旁邊買一塊地，幫我蓋個別墅讓我去住！」

童爸爸聽完就火大了：『讓你跩得，還幫你買塊地，你怎麼不把學校買下來呢？你去家裡的墳前抽根菸，是不是都能被你吹牛成祖墳因為你冒青煙了？上個學不夠你囂張，打個排球劈劈啪啪的，真的以為自己是托塔李天王了？』

「不是，我被我室友陰了，我委屈死了。」童逸聽完童爸爸的吐槽，委屈得不行。

『你被人陰陰也行，光長個子不長腦子，我看到你犯蠢的第一天，就知道早晚有一天社會會教你做人。你要是生氣就打回去，大不了不打排球了，回來繼承家產，我們家的礦又多了不少。』

「我不願意當土豪。」

『我說你都二十幾歲了，能不能現實一點，有錢不就行了？』

「爸，我今年十九歲。」

『啊……沒到二十嗎？那我之前幫你過的是多少歲生日？』

「十八歲的。」

『……』

「……」

『你能不能有點出息，努努力啊？爭取早點二十歲？』

「不是……不到二十歲是我努力就好的嗎？」

『什麼都指望不了你，歲數都趕不上。』

「算了，爸，我自己看著辦，你早點睡覺吧。」

童逸掛斷電話後嘆了一口氣，他爸好像還沒他可靠。

§

童逸寫完保證書後，就跟自己的隊員說了以後不要來他的寢室。李昕在群組裡大致說明了當時的情況，氣得不少人想衝過來揍米樂一頓，都被童逸攔住了。

童逸：最近教練在推薦我們，我們不能讓他丟人，你們別惹事，我想辦法收拾他。

大義凜然地過了第二天，就又有人來童逸的寢室。

當時米樂正在桌前整理自己的頭髮，童逸則是在一排球鞋裡尋找一雙今天穿的，這時就有人砸門後直接走了進來。

童逸嚇了一跳，回頭就看到李昕的女朋友來了。呃……確實忘記告訴李昕的女朋友了。

童逸下意識地看向米樂，見到米樂也在看他。

童逸聳了聳肩，小聲說：「漏網之魚，我也不知道。」

米樂點了點頭，扭頭看向李昕的女朋友。

不愧是兩百一的女朋友，身高估計有一百八，女排的？還是女籃的？

「李昕，我們分手吧！」李昕的女朋友直截了當地對仍舊在上鋪整理床鋪的李昕說。

李昕嚇了一跳，一下直起身，接著撞到棚頂，撞得結結實實的，疼得哀嚎了一聲。

「怎麼了？」李昕問。

「去你的金鏈子！」女朋友從口袋裡取出一條金項鍊，直接拋過去砸在李昕的臉上。

「怎麼了？不喜歡嗎？」李昕趕緊下來問她。

「不喜歡，我爸送我媽都不會送這玩意兒。」

「這是逸哥幫我出的主意，說送這個實惠。」

李昕女朋友瞪了童逸一眼，接著質問李昕：「你問童逸？你都不如問村子東邊的驢。」

「這就有點不對了，你們吵架怎麼能連累無辜群眾呢？」童逸聽完滿不爽的。

「你們和女生談戀愛是不是除了多喝熱水，說妳這麼想我也沒辦法之外就沒有別的話了？」她問童逸。

「呃……是，妳這麼想我也沒辦法了。」

李昕女朋友氣得不行，又對李昕吼了一句：「分了！以後別聯繫我了，我拉黑你了！」說完扭頭就走。

李昕昨天晚上看到米樂坑童逸就覺得一頭霧水，後來看童逸寫保證書才明白是怎麼回事。今天被甩，同樣一臉迷茫，問童逸：「逸哥，怎麼回事啊？禮物送得不好嗎？」

「我覺得，估計是你送的金鏈子不夠重！」

「是這樣？」

「估計是吧……」

米樂放下吹風機，回頭看向他們，忍不住笑了笑。

「你想不想分？」米樂問李昕。

李昕搖了搖頭。

「那就趕緊去追，現在不追出去，等她冷靜下來你也徹底完蛋了。」米樂說道。

李昕趕緊拔腿就跑，因為著急，腳底下還滑了一下。

寢室裡就只剩下米樂跟童逸了。孔嘉安估計在跟男朋友同居，回寢室的時間很少。

童逸問米樂：「你是不是只有在別人過得不好時，才會笑呵呵的？」

米樂有點疑惑，問：「為什麼這麼問？」

「我寫保證書時笑了一次，李昕被甩，你看熱鬧後笑了一次。」

米樂自己都沒反應過來，過後也只是感嘆：「觀察得還真仔細。」

童逸沒再回答，盯著自己的球鞋繼續看。

「你這身運動服，適合穿黑色的那雙。」米樂又突然開口。

童逸伸手去拿球鞋，想了想後，偏偏拿了金黃色的球鞋穿上。

接著，米樂表情冷漠地看著童逸上下身不協調地走出寢室。

童逸開著自己贖回來不久的車，在路上狂按喇叭，叭叭叭地行駛。旁邊騎著自行車，輕鬆超過童逸的人還回頭看了看童逸的車，比了一個中指。

童逸好勝心強，開始跟自行車飆車，一路上都沒有紅綠燈，童逸愣是沒超過自行車，還被甩得遠遠的。

童逸坐在車裡開始暴躁地咆哮：「啊啊啊啊啊！怎麼這麼氣人！」

他剛考到駕照不久，開車時渾身緊繃不說，還不敢開太快，不然心臟都要跳出來了。他把一輛好端端的車開成了老爺車，還把自己累得要死。

打排球時以速度著稱的童逸，在跟自行車飆車敗北後開始安安分分地開車，正常行駛四十分鐘可以到的地方，童逸開了兩個小時。

車子駛進社區，桿子升起來後，他剛想擺手示意就發現警衛室根本沒人。

社區好像不是自動化的……

童逸沒管，繼續往裡面行駛。

童逸他爸不是普通人，腦袋不太對。他們這個社區幾年前發生過命案，一家四口被人殺害，還是分屍的死法。為了藏屍體，凶手分了一個月才完成，將屍體埋在社區的各個角落。比如東邊一個爸爸的頭，西邊一個女兒的腿，分布還很均勻。

房子也被凶手收拾得乾乾淨淨，事情也隱瞞了一陣子。但是紙包不住火，事情爆發後社區的住戶都瘋了，好多人都搬走了，總覺得社區裡陰氣森森的。

如果童逸家的房子是之前買的還行，偏偏童爸爸是在之後買的。

首先，這裡的房價便宜到像白撿的一樣。其次，童爸爸不知道在哪裡聽說的，說什麼陰宅出秀才，童逸在這裡住能考上大學。

童爸爸沒受過什麼教育，就是有錢，就希望自己的兒子以後會是個大學生。童爸爸至今仍覺得童逸能上H大，也是因為在這裡住，所以，童逸是在這裡長大的。

童爸爸忙，沒時間常過來，童逸是被保姆帶大的。

他身邊的保姆早期換得像公車上上下下，幾天一個，實在是因為這個社區嚇人。後來來了個膽大的，拿高額工資也願意拚命，童逸甚至聽阿姨感嘆過：「這份工作就像在火葬場值班一樣，雖然嚇人，但是高薪。」

童逸將車子開到自家後停車，沒有進家門，而是去了不遠處的另外一家，站在門口抬手準備按門鈴，門卻在這個時候開了。

童逸每次來見許哆哆，都要先做深呼吸。

淡定……淡定！要是鬼會傷人，他也不能活到今天。

童逸從小就住在這一片別墅區，最角落的一個獨棟別墅引起了他的注意。這裡經常換保姆，似乎沒有大人，只有一個小女孩在這裡住。

他沒心沒肺的，總是來跟許哆哆玩，後來漸漸發現到許哆哆的不對勁。因為許哆哆神神叨叨的，還是一個信奉玄學的，真的有那麼一點門道，怪厲害的。結果他也膽大，竟然沒在意，還真的成了許哆哆的青梅竹馬。

童逸坐在客廳沙發上玩著手機，許哆哆從樓上自言自語地下樓，然後坐在童逸身邊。

他低頭看一眼手機，再看向許哆哆，許哆哆手裡就憑空多了一杯飲料，然後說：「謝謝。」

他朝空氣看了一眼，看到許哆哆手裡又憑空多了一杯飲料，遞給他。他伸手接了過來，也對空氣說了一句：「謝謝。」

童逸喝了一口飲料，點開動態看到米樂居然更新了，三張戲劇社的大合照、一張自拍。

米樂是藝人，自拍自然不用說，好看得跟不是真人一樣。因為對米樂特別厭煩，他忍不住嘟囔：「傻子。」

嘟囔完，又把圖片放大，看看米樂的臉，然後又看了看其他人，鬼使神差地將相片存下來。

「誰啊？」許哆哆問。

「和我同一個寢室的愛找碴的，每天都找事。」

「喔……」許哆哆故意拉長聲音，應了一句。

「嗯，是不是長得很好看？」說著，舉起手機給許哆哆看米樂的相片。

她隨便看了兩眼，就回答：「還行吧。」

「就還行？我就是覺得他長得還不錯，才寬宏大量地讓他安安穩穩地跟我同寢到今天。」

「喔，今天來我這裡有什麼事？」

「妳有沒有什麼招數能收拾他？」童逸突然回來的意圖就是這個。

「嗯？怎麼收拾法？」許哆哆還滿感興趣的。

「最好能讓他意識到自己的過分！」

許哆哆立刻打了一個響指，沒一會兒拿出了一張符篆給童逸：

「這個符篆你塞進他的枕頭裡，只要他枕著枕頭睡七天，就能讓他七日後立刻暴斃。」

童逸本來還捏著符篆來回看，聽完就趕緊扔給許哆哆，生怕自己多碰也會跟著暴斃。

「不需要這樣。」

許哆哆又拿出一張符篆來：「這張也可以，你在後面寫上他的生辰八字跟你希望他得的疾病，各種癌你隨便選，讓他慢慢地被折磨死亡。」

童逸愣了愣，問：「宮頸癌和乳腺癌能寫嗎？」

許哆哆直接把符篆拿回來，問：「那你想怎麼樣？」

「就是收拾他，我不能揍他、不能罵他的，太委屈了。」童逸繼續盯著許哆哆看。

「喔，怎麼收拾？」

「我就是來問妳的啊。」

「給你一個倒楣符？但是你拿回去的路上也會倒楣。」

「我就想痛痛快快地打他一頓，還不會犯錯誤。」

「套麻袋啊。」

「也行，但是……一想就是我。」

許哆哆雙手環胸，看著童逸半天，最後說：「要不然這樣吧，我想個辦法，讓你能夠進入到他的夢裡，你去他的夢裡折磨他，讓他天天作惡夢，或者乾脆在夢裡揍他。」

「啊……也行，我該怎麼做？」

許哆哆抬手在童逸的額頭點了一下，接著說道：「行了。」

「這就……行了？」

「對，不過有前提的，就是他得夢到你，你才能夠進入他的夢裡。如果你強行進入，會讓他的七魂六魄發生混亂。」

童逸一聽就不高興了，問：「這……太苛刻吧，他要是永遠都夢不到我，我是不是永遠都收拾不了他？」

「日有所思夜有所夢，你白天在他那裡刷滿存在感，他晚上說不定就會夢到你了，然後你就進去收拾他。」

「喔……」童逸仔細想一想，覺得好像滿有意思的。

喝完飲料童逸就站起身：「那行，我回學校作夢去了。」

接著開著自己的車，一路叭叭叭地行駛回學校。

途中遇到老太太過馬路，他準備踩剎車讓路，後來發現自己開到人行道時老太太已經過去了，於是他繼續叭叭叭地行駛，漸漸習慣了被自行車超車。

這回不會鬱悶了，反而滿快樂的，他就快能收拾米樂了！哈哈哈哈哈哈哈！

童逸回到嶺山校區後，就覺得自己跟以前不一樣了，他有特異功能了。他非常興奮地吃了晚飯，又在排球館興奮地訓練到閉館，才興致勃勃地回去寢室，回來就看到米樂坐在書桌前，正在改劇本。

童逸在心裡想著：小子，你等著吧，看我怎麼收拾你。表情也跟著得意起來。

米樂覺得童逸有點不對勁，扭頭看向童逸，就看到童逸來不及收回去的囂張模樣。

「有事？」米樂問。

「沒有，你什麼時候睡覺？」

「改好了就睡。」米樂回答完，想了想後補充，「如果你嫌亮，我可以去寢務老師那裡。」

「你可別去，去了好像我又欺負你了一樣。」說完就去洗漱，之後上了床。

躺在床上，童逸就開始觀察米樂。

十一點了，米樂沒有睡覺的意思，他繼續玩遊戲。

十二點了，米樂上了一次廁所，回來繼續改劇本。

兩點後，童逸堅持不住先睡了。睡著之後，童逸發現許哆哆沒唬他。

他進入睡眠後就發現自己是有意識的，進入了一個黑暗的空間裡，這時，突然出現了一道聲音問道：「你是誰？入侵者。」

童逸嚇了一跳，四處看了看，最後在一個地方看到了一頭小豬。看起來圓鼓鼓的，有點像小豬嘟嘟。

「啊，我是許哆哆的朋友。」童逸自我介紹。

「來此何意？」

「來……要去一個討厭鬼的夢裡收拾他。」

小豬嘟嘟想了想後突然靠近童逸，讀取了什麼東西後說：「嗯，我是食夢貘，可以幫助你。」

啊……食夢貘啊，長得跟小豬嘟嘟一樣，像卡通人物，一點也不霸氣。

童逸在這裡等了一會兒後問：「我要怎麼才能進去？」

「他沒夢到你，所以你進不去。」

「也就是說，他沒夢到我，我就要一直在你這裡待命？」

小豬嘟嘟想了想，突然變出來一個排球訓練館來。

「如果你覺得無聊，可以練一下排球。」

童逸非常嫌棄地問道：「我不想在夢裡也打排球，能不能幫我放個電影？」

「我讀取的是你的腦容量，將你所看所思所想變為你的夢境，你的腦袋裡都沒記住一個完整的電影。我讀取了一些，發現你最近的腦袋裡除了米樂就是排球，只能變出這個來。」

童逸：「……」

童逸保持了最後的倔強，沒有在夢裡打排球，而是坐在場館內玩手指頭，玩了整整一夜……

第二天，童逸醒過來就覺得渾身疲憊不堪，真的是殺敵一千，自損八百。

米樂正站在鏡子前剛塗完打底，頭頂上還有髮箍將頭髮全部攏在頭頂，一回頭就看到童逸死氣沉沉地下了床，還頂著兩個黑眼圈。

米樂忍不住問：「沒睡好？」

童逸一聽就火了，大聲抱怨：「還不是因為你！」

米樂揚了揚眉，看到童逸氣急敗壞地去了浴室，很快就猜到是他之前算計了童逸一次，他估計還沒消氣。

想一想就忍不住笑，不過又很快忍住了。

§

米樂找到自己選修課的教室，推門走了進去。他通常會準時跟著上課鐘聲上課，不是遲到，而是因為他怕提前進去，會引來其他的學生黏著他，讓他不能好好上課，這樣還好一點。不過這種方法只能維持一陣子，不久後他的課表就會被人公布出來。

他走進教室時，一抬眼就看到兩個人站著，還以為是老師讓遲到的學生罰站。找到座位後他仔細看看才鬆了一口氣。不是罰站，他居然跟童逸、李昕選了一樣的選修課。

童逸只比文盲好一點點。

他小學時也是經常考滿分的人，結果到了國中後發現……他應該是個學渣。

為了讓他上大學，童老爹想到了體育生這個方法。他對兒子的認識也算深刻，畢竟是一個四肢發達、頭腦簡單的存在。

童逸最開始不是打排球，而是去了籃球隊，後來晃來晃去、陰差陽錯之下又去了排球隊，沒想到就此打出了名堂來。

在童逸高二時，就有大學來找童逸簽約，但是童逸的教練沒放人，讓童逸再看看，在高三時被現在的呂教練看中，單獨約談後，童逸跟H大簽約了。畢竟H大的排球在國內也是首屈一指的，教練更是資深。

李昕也是同樣的成長路線，兩個人配合五年多了，關係算最好的。

而童逸到了選課時，兩眼一黑。

這個是什麼玩意兒？這個課又是幹什麼的？就不能不選嗎？

他糾結來糾結去，最後點了幾堂課，這個選修課就是被童逸亂點的。

聽到教室裡有騷亂，童逸回頭就看到米樂也進了教室，立刻問李昕：「我們走錯教室了？」

李昕看了看後回答：「沒錯啊！」

開始上課後，米樂的聽課狀態就是認真聽講，全程記筆記。他從小就是學霸，聰明加好學，讓他的成績一直都不錯。外加他是藝人，他的成績一直被人關注著，讓他不能被當，所以上課時很認真。

童逸跟米樂完全相反。

童逸坐下後聽著老師講課，接著驚喜地發現，他就算真的聽課也完全聽不懂，選課時聽到名字不理解也不意外。而坐在他身邊的李昕也像個傻子，一副丟了魂的模樣。

我是誰？我在做什麼？我為什麼在這裡？

他們兩個人對視了一眼，然後一起打瞌睡。

盛夏的課堂，空調為學生們帶來了一絲清涼，然而這個季節似乎十分容易犯睏，加上老師講課時的聲音軟綿綿的，就好似催眠曲，童逸沒一會兒就睡著了。

這個時候，站在講臺上的老師問台下的同學：「這個觀點你們同不同意？」

台下有學生回答：「同意！」

童逸聽到這一聲之後瞬間驚醒，坐起身來看向周圍，眼神驚恐又迷茫。

怪就怪童逸實在太高了，這樣坐起身來都顯得十分突兀，於是老師問童逸：「這位同學是有不同的觀點嗎？」

童逸尷尬了一瞬間，然後笑呵呵地回答：「沒有，我叫童逸，剛才你們喊完我就下意識覺得是在叫我。」

緊接著哄堂大笑。

這門選修課很冷門，不然米樂也選不到這門課。教室裡的人不多，大半個教室都是空的，老師也不在意，似乎早就習慣了，笑了笑之後繼續講課。

有幾個女孩子在小聲議論，接著拿手機偷拍。

米樂單手拄著下巴記筆記，隨意朝幾個女生的方向看了一眼，眼神掃過，幾個女生立刻老實了，然而她們驚慌的樣子暴露了她們的行為。

米樂沒太在意，繼續記筆記。寫著寫著，就忍不住揚起嘴角笑，抬眼看了看童逸的背影，在心裡念叨：這個傻子……

下午的陽光透進沒拉上窗簾的玻璃窗，平鋪在教室內。陽光鍍在米樂的身上，讓髮尾都帶著些許光亮。

女孩子膽子大，明知道被發現了，還是拿手機將米樂的模樣拍了下來。

長相精緻的少年，漂亮的側臉，完美的下顎線，嘴角還含著些許微笑，眼眸低垂卻掩飾不住笑時的溫柔。纖長的脖頸搭配不算突出的喉結，書寫筆記的手漂亮纖長，露出的手腕彰顯著少年的身材纖細，甚至有些瘦弱。

女孩子拿回手機看手機裡的相片，被這個畫面美得心口直顫。

為了連拍，她沒有開美顏相機，手機自帶的鏡頭隨便拍都能把人妖魔化，米樂上鏡卻如此好看。他不紅，誰紅？

女孩子翻了自己的相簿，偷拍了十餘張，沒有一張捨得刪，最後全部留下了。

她再拿起手機，對準童逸繼續拍。童逸似乎不常被偷拍，所以毫無反應，不像米樂立刻就發現了。

因為全班同學的那一聲「同意」讓童逸再無睡意，坐在椅子上繼續聽課，發現自己聽不懂後又想起了自己的死對頭也在教室，於是回頭看向米樂，想看看米樂是不是也什麼都不懂。

米樂也在這個時候抬頭，兩個人四目相對片刻，童逸又轉回頭，低頭玩手機遊戲。

米樂看起來比他聰明的樣子……他沒再自討沒趣。

女孩偷拍時，原本為了凸顯童逸的身高，特意將鏡頭調整到能拍到整個教室，和其他人做對比就能體現出童逸的身高，結果意外地拍到了童逸跟米樂對視的所有過程。

啊啊啊啊啊！女孩子在內心瘋狂尖叫，這個畫面真的是美！炸！了！

整張相片裡，根本看不出童逸回頭時的眼神鄙夷、米樂的眼神嫌棄，而是深情對望。

兩個校草的眼神碰撞，基情無限。

下課後，米樂第一個整理完東西走出教室。童逸跟李昕沒什麼東西需要整理，緊隨其後。

童逸雙手插口袋，走在走廊裡盯著米樂的背影，接著對身邊的李昕說：「你看他的腿細得跟兩根筷子一樣，我把球砸到他腿上，都能把他的腿砸斷。」

李昕也跟著看去，點了點頭：「對，他太瘦了。」

童逸繼續吐槽：「對，是男人就要有肌肉！」

李昕繼續神捧場：「對，是的。」

緊接著前面的人越來越多，都是跟著米樂走，追著米樂要簽名的，人多了就堵得水洩不通，所有人都被堵在走廊裡。

童逸跟李昕看到不爽，直接打開窗戶，衡量了一下後跳了下去。

「有人跳樓了！」

「這裡是二樓吧？」

「個子好高，跳下去像一點事情都沒有一樣。」

「他們是先抓著窗臺，身體垂下去後離地面也沒多高，就直接跳下去了。」

「樓下的學生肯定嚇了一跳，窗戶突然出現兩條腿來，然後一個人跳下去了。」

走廊裡響起驚呼。

米樂扭頭看向窗外，隨意一瞥後繼續簽名。

當天，校園論壇就被出現了一篇文章，半個小時內成了熱門文章，接著娛樂行銷帳號轉載了這個文章的內容，三小時內成為熱搜頭條、熱門頭條。

童逸還沒走出體育館，就莫名其妙地……紅了。

【標題：這節選修課簡直是天堂！】

內容：猜猜我跟誰同一個教室？沒錯，就是每天都在被偶遇的米樂！奉上校草無PS高清無碼偷拍照，手抖時拍的輪廓都好看！（圖片）×8

一樓（樓主）：還是我！這節選修課還有一個意外收穫，就是傳說中的校草選拔第二名，校排球隊隊長，全國大學生排球的MVP獲得者——童逸！（圖片）×2。

二樓（樓主）：意外拍到了兩位校草的對視，基情四射！（圖片）×5。

三樓：樓主，求告知這是什麼課？

四樓：我怎麼從來都不覺得米樂帥？在學校遇到過一次，瘦得跟猴子一樣。

五樓：樓上彷彿眼瞎，米樂弟弟一直是小鮮肉裡未動刀的代表，顏值擔當。

六樓：同不覺得米樂帥，不過做我男朋友剛剛好，我不挑的。

七樓：以前看過一個座位表，周圍都是明星選擇座位的，我覺得樓主待的教室就是這種座位，簡直是H大的VIP教室。

……

二十八樓：是我的錯覺嗎？兩位校草的眼神好像有點什麼。

二十九樓：樓上帶我一個！

三十樓：米樂怎麼那麼好看？居然有人說他不好看，恐怕自己是天仙吧？

三十一樓：免鑑定，我男生，童逸比米樂帥。

三十二樓：看到大家都在噴四樓我就放心了。

……

兩百七十四樓：圖片放大看過了，確實無PS，米樂的皮膚狀態非常可以。

兩百七十五樓：米樂笑得好甜啊。

兩百七十六樓：米樂，你還記得大明湖畔的江西瑤嗎？

兩百七十七樓：果然有人提江西瑤，他們都澄清過了是謠言，兩個人只是普通朋友。

……

一千八百三十日樓：被微博紅人轉發了。

……

兩千九百四十三樓：熱搜頭條了，樓主你紅了。

【櫻桃娛樂V：米樂又又又被偶遇了，只是這次有點不一樣。】

新學期開學後，米樂沒有工作，正常上學，無疑是H大的節日。這一次，米樂偶遇了H大的體育系系草，兩個人在教室內對視一眼，畫面堪比偶像劇，這位系草真是有著不亞於明星的顏值。小編還查到，這位系草是排球隊的隊長，全國大學生排球比賽的MVP，前途不可限量！（圖片）×6

微博配的圖片有幾張是在論壇裡直接存的，米樂單獨的相片居多，做成了長條圖，有兩張是論壇樓主貼的截圖，最後是兩個人對視的相片。

評論：

子木：十分鐘內，我要得到系草的全部資料。

棠卿：亂拍也特別帥的米樂迪迪，顏值我很服氣。

如故Artless：看完對視的那兩張，已經腦補出了兩萬字的同人文。

各各：如果不看內容，我還以為是劇照！

「童、童、童逸！」葉熙雅拿著手機，整個人都不對勁了。

童逸還在做發球練習，見葉熙雅有點不對勁，於是問：「有人不長眼，跟妳表白了？」

「不是！比這個勁爆多了。」

「妳跟別人表白，對方居然同意了？」

「你的思路能不能寬一點？」

童逸活動著肩膀走過來，站在葉熙雅面前問：「怎麼了？」

「你紅了！」

「啊？」

「你上了頭條！」

「靠！米樂那個賤人說出我們打架的事情了？」童逸一聽就炸了。

葉熙雅把手機給童逸，童逸則拿著葉熙雅的手機擺弄半天，然後問：「我怎麼看不懂呢？」

「就是你們一起上課被人拍到了。」

「我也沒幹什麼壞事啊，需要這樣嗎？」

「不是，就是覺得你們對視的畫面太基了，還有很多網友覺得你長得好看。」

童逸繼續低頭看手機，又翻了翻評論，忍不住蹙眉。

鋼鐵直男童小逸看得懷疑人生。

「不是，我瞪他一眼，他白了我一眼，怎麼能腦補出這麼多？」童逸指著手機問葉熙雅。

「你們明明是在深情對望啊！」

「我跟他深情？能噁心到我連隔夜飯都吐出來。」

這時候，排球隊其他人也湊了過來，搶走手機看，接著開始起鬨：「哇，我們隊長真上相！」

「我看到評論裡說逸哥比米樂帥，我也這麼覺得，我們逸小腳就是這麼無敵俊朗。」

「隊長紅了，你殺入演藝圈吧，秒殺一眾小鮮肉，以身高突出重圍。」

「他進演藝圈，除了當平面模特兒，估計幹不了別的。」

「能當武打明星啊。」

「這個行！這個行！」

童逸直接將手機搶走：「什麼亂七八糟的，發球訓練，每個人二十次，開始！」

一群人病懨懨地往回走。

童逸又看了看相片，拿著手機問葉熙雅：「承認吧，我比米樂帥。」

「不，米樂比你帥。」葉熙雅回答。

「妳被開除了。」

葉熙雅冷哼了一聲，跑過去幫忙撿球。

童逸又拿出自己的手機來，看到一排未讀訊息，都是好朋友傳截圖通知他他紅了。

這個米樂真厲害啊，他就是跟米樂合照了一張，影響力都這麼大？如果是正常人，都會想紅了該怎麼辦，這件事該如何應對，但童逸不是，他想的都是：這麼有影響力，果然不能在現實裡收拾啊，不然容易搞死自己。

童逸回到寢室時，正巧碰到米樂一臉厭惡地將手機丟在桌面上。

童逸眼力好，看到手機螢幕上是他們的那條微博，心下了然。對於他們這些直男來說，跟一個男生傳出這種莫名其妙的新聞，簡直就是噁心人。米樂也是一個正常的男人，自然不喜歡。

他也沒招惹米樂，進入浴室洗漱。

米樂側頭看著童逸進入浴室，心中依舊煩躁。

他很早就知道這篇文章了，還聯繫了自己的助理，讓他想辦法刪了文章。結果後來文章沒刪，反而還鬧大了，他去跟助理問了幾句，發現助理也很委屈。

因為有人出馬了，這種兩個人對視的消息能上頭條，是有人買了行銷。而行銷的人居然是他的媽媽，為的只是讓米樂上頭條。

米媽媽曾經是影后，但是隨著年齡的增長，米媽媽的熱度越來越低，後期的片酬也不盡人意。經歷過大起大落，所以她深知熱度對一個藝人來說有多重要，米媽媽開始培養米樂、經營米樂的人設、幫米樂參謀資源，還會行銷米樂的一切。

一切可以利用的，米媽媽都不會放過。

之前米媽媽就傳過米樂的緋聞，當時米樂剛成年不久，這種緋聞真的非常噁心。米樂跟那名女藝人見面時都會恭恭敬敬地點頭問好，加了好友卻從來沒聊過，居然也傳出了緋聞。好在女藝人還算不錯，對這種事情見怪不怪，沒有計較。

這一次，米媽媽再次利用了一點點小事，買熱搜把米樂推了上去。

一開始恐怕也只是想讓米樂去前排，沒想到還真的引起了關注，一下子跑到了頭條，此時米媽媽估計正高興呢。

只要能上頭條，跟一個男生傳緋聞也無所謂，這就是米樂的媽媽。

就在幾分鐘前，米媽媽還傳來訊息：『**想辦法認識那個男生，過兩天跟他合照，傳到微博上調侃幾句，你還能上一次頭條。**』

米樂看完訊息，再去看微博頭條，怎麼看怎麼不順眼，暴躁地將手機丟到桌面。

正巧，童逸在這個時候回來了。

等童逸走出來，米樂開口對童逸說：

「你不用擔心，熱度也只有幾天，網友的遺忘能力很強，只要後期不再炒這件事情，你很快就不會被關注了。」

童逸擦著頭髮回答：「喔。」

「抱歉，給你添麻煩了。」

「喲！你還會道歉啊？」

米樂沒好氣地白了童逸一眼，接著關掉手機看劇本。

童逸則是盯著米樂的後腦勺看了半晌，想著：今天能夢到我了吧？然後開心地爬上床玩遊戲。

四三八寢室裡，李昕在戀愛，之前鬧了一次分手，如今和好了後李昕加倍陪著女朋友，每次都是到門禁時間了才回來。孔嘉安就更離譜了，十天裡能回寢室一天就不錯了。

之前四三八寢室非常熱鬧，現在沒有其他人來了，一下子冷清下來，以至於米樂跟童逸單獨在寢室的時間居多。

兩個人都沒有什麼聲音，只有童逸被豬隊友坑了會罵一句「靠！」，之後就沒有其他聲音了。

不過今天童逸很早睡，期待能去夢裡收拾米樂，結果今天依舊沒進去。

因為米樂失眠了。

童逸因為等了兩天也沒報復成功，於是改變策略，換了方案。

§

週末，米樂起床之後走進了浴室。

童逸看到之後立刻有精神了，從床上爬下來偷偷關掉水閥，接著悄悄地蹲在浴室門口，還忍不住偷笑。

廁所裡，米樂坐在馬桶上看了一會兒手機，結束後伸手去擰保險櫃的門，結果發現密碼不對。

他又仔細看了看，發現保險箱好像……不太一樣。

手機突然收到訊息，是童逸傳來的。

童逸：保險箱被我換了，想要衛生紙就叫聲哥哥給我聽聽。

米樂看著手機上的訊息，身體一僵。

童逸顯然非常開心，連傳了幾條訊息過來。

童逸：別想用水洗乾淨，我把水閥關了。

童逸：現在叫一聲哥哥還來得及，我不會嫌棄這一聲帶著味道。

米樂：我是不會叫的。

童逸：那你就在廁所裡蹲著吧，反正我一會兒就去晨跑了。

米樂：哥。

童逸那邊似乎沒想到米樂居然叫得這麼快，爆出了一陣爆笑聲，米樂坐在浴室裡都聽得清清楚楚。

殺人犯法……殺人犯法……

結果童逸還是沒完沒了。

童逸：用語音叫，叫逸哥。

米樂：（語音訊息）

真的乖乖叫了逸哥。

米樂坐在馬桶上，聽到外面重複播了好幾遍，氣得他牙癢癢。這個人怎麼這麼賤呢？

童逸：再叫一聲童逸小哥哥。

米樂：（語音訊息）

童逸：承認上次是你陰我，我根本沒打你。

米樂：我打電話給左丘，讓他過來了。

童逸：呿，你回頭，在水箱裡用塑膠袋包著呢。

米樂放下手機回頭打開馬桶水箱，從裡面取出一個塑膠袋來，童逸這傢伙居然包了三層。

也感謝這三層，讓衛生紙一點都沒有濕。

外面，童逸也打開了水閥，讓寢室浴室恢復了正常。

米樂在浴室裡又整理了一會兒才走出去，出去時就看到童逸還拿著手機，反覆聽他叫哥哥的語音訊息。

米樂走到童逸面前，盯著童逸看。

童逸還真的不怕米樂，米樂要是先動手，他就說他是正當防衛，大不了防衛過度。

他點了幾下手機後放進口袋裡，平靜地跟米樂對視，問：「米樂弟弟，有事？」

「我說過我不喜歡別人碰我的東西。」

「喔，我記性不好。」

米樂點了點頭表示自己知道了，又往前走了一步。

童逸不躲不閃，就看著米樂，接著看到米樂沒忍住，自己先笑了。

這次的笑跟平時不一樣。

之前米樂的那種笑很惹人討厭，就好像米樂多聰明，別人都是傻子。但這次的笑很純粹，就算被戲弄了也沒生氣，反而覺得滿好笑的，而且笑了半天都沒停下來。

童逸就看著米樂笑，因為距離近，可以清楚地看到米樂笑時彎彎的眼眸，還有帥氣的樣子。

笑時比死氣沉沉時好看多了。

米樂笑了一會兒，清咳一聲說：「既然你也報復回來了，我們算是扯平了，是不是？」

「啊……算是吧。」

「那以後好好相處。」

「你上次誣陷我打你時，想過要跟我好好相處了嗎？」

「啊？你本來就打我了啊！」

「只有我們時你裝什麼裝？」

米樂走到童逸的身邊，伸手在童逸的身上摸索。

「幹什麼，摸來摸去的？」

童逸立刻掙扎，想要躲開，但手機還是被米樂拿走了。

「喔，錄音呢，你是突然恢復智商了嗎？」米樂關掉錄音功能後問。

「我被冤枉了，心裡不服！」童逸說著就要拿回手機。

米樂立刻身手敏捷地躲開了，還打開童逸的微信，刪除了自己的語音訊息。

童逸一看就急了，抓不到手機，就一把把米樂抱住，按著米樂不讓他刪：「不許刪，我這幾天就指望這個獲得快樂了。」

米樂已經刪除了一條，還有一條沒刪，童逸的注意力全部都在手機上，並未注意到兩個人爭搶時是什麼模樣。

出去買早餐的李昕在這個時候回來，推開門就看到了這一幕。

米樂被童逸結結實實地抱在懷裡，童逸的手似乎還在按著米樂身上的某一處。而米樂臉上寫著不情願，用雙手抵擋。

李昕愣了一瞬，接著快速滾了，滾得屁滾尿流，門被關出了六親不認的架勢，那叫一個轟轟烈烈。

寢室裡的兩個人都一愣。

米樂雙手拿著手機，覺得抵擋不了了，用雙手護著手機，還夾在腿間。童逸則抱著他搶手機，一隻手也在那個位置。

兩個人都停了下來，僵持著，接著看到童逸的手機收到了李昕傳來的訊息。

李昕：逸哥，冷靜啊，你討厭他也不能輕薄他啊。

李昕：這麼用強的不好吧？

李昕：長得好看也不是你把持不住的理由。

李昕：文明社會，友愛你我他。

兩個人都看到了訊息提示，立刻分開了，童逸也順勢搶走米樂手裡的手機。

米樂清咳了一聲，整理自己的衣服跟頭髮，然後聽到童逸在檢查自己的語音訊息，並且聽到了自己的聲音說：『童逸小哥哥。』

真……他媽的羞恥！

不過童逸很滿意，立刻關掉手機，哼著歌走出寢室。

米樂站在寢室裡，還能聽到一群人輪番跟童逸打招呼，人緣真的很好。

童逸站走廊裡問：「去哪裡吃啊？」

「四一二，司黎他們寢室。」

「好。」

童逸心情好，回答的語氣都是愉悅的。童逸今天訓練時都特別開心。

要知道，他跟米樂同寢後就沒怎麼開心過，今天終於報復回來了。

可惜……好景不長。童逸休息時回到休息區，拿出自己的手機看了看訊息，很快就震驚了。

小事逼：（圖片）

圖片上是童逸的鞋。

小事逼：（圖片）

第二張圖片是童逸的鞋子全沒了鞋帶。

童逸：你要對它們做什麼！

童逸：它們都是天真無邪的孩子，沒招惹你，安分守己的，就不能放過它們嗎？

在童逸的心裡排球第一位，鞋第二位。

小事逼：叫一聲哥哥讓我聽聽，不然你將永遠失去你的鞋帶。

童逸立刻對著手機吼：「哥！親哥！爸爸！爹！祖宗！」

小事逼：我看到你幫我改的備註是小事逼。

其實這個備註才改沒兩天，是童逸去米樂的朋友圈偷窺，發現什麼內容都沒有，設置三天可見了，於是憤怒之下改了備註。

童逸：改！

童逸：（圖片）

備註瞬間改成了祖宗。

祖宗：叫聲米樂小哥哥。

童逸再次對著手機傳語音：「米樂小哥哥。」

傳完，訓練館裡就一靜，所有隊員用驚恐的眼神看向童逸。

童逸被藝術系的那小子虐傻了？

童逸沒太在意，恨不得現在就飛奔回寢室，因為米樂不回他的訊息了！

童逸：米樂！你要是敢對它們下手，我們就在學校後山決一死戰。

祖宗：（圖片）

祖宗：哦？

圖片是米樂把鞋帶穿回去了，並且這種綁法弄得比童逸好看多了。

童逸撤回訊息。

祖宗：我已經看到了。

童逸：祖宗，我錯了。

祖宗：乖。

童逸氣得要七竅生煙了，米樂怎麼那麼能拿捏別人的軟肋呢？

祖宗：趁著氣氛不錯，我們討論一下籃球賽的事情吧。

不錯個屁，現在在眼前就能打起來！

童逸：不如我們先打一場。

祖宗：可以，作為表演賽，可以拉攏人氣，之後號召其他的學生參加。

童逸回答時真沒想那麼多，不過米樂很快就延伸出來了。

米樂人氣高，最近童逸也被帶了一波，他們如果打一場比賽，準會吸引人氣。到時候大家知道了這個比賽，報名的人也會多起來。

童逸：祖宗，我的孩兒們現在還好嗎？

祖宗：（圖片）

祖宗：我跟孩子們都滿好的。

圖片是米樂的自拍，拿著手機對鏡頭擺了一個剪刀手，旁邊擺著童逸的鞋，規規矩矩地放著。

童逸終於鬆了一口氣。

§

米樂跟童逸其實都有點甩手掌櫃的意思，最後籃球賽還是李昕、葉熙雅跟左丘明煦張羅起來的。

米樂走進超市，突然聽到了一陣驚呼聲。他故作淡定地走進去，心裡想著：H大的學生還沒習慣他的存在嗎？

他在貨架前挑選自己需要的東西，低頭的功夫看到了熟悉的鞋子。

能不熟悉嗎？鞋帶都是他綁的。

童逸有一個排球隊內部的外號：童小腳。

童逸的腳不算特別小，穿四十號的鞋子，但是童逸的身高有一百九十八公分啊！在整個排球隊，童逸的腳是一個異類，就連司黎的腳都比他大一號。

可不可怕？神不神奇？裹小腳也能打排球。

那個人沒說話，到了米樂身邊就取出手機來，播放了一段語音訊息：『童逸小哥哥。』

米樂左右看了看，注意到他們周圍沒有別人，這才扭頭看向童逸。接著從口袋裡取出手機，對著童逸播放：『米樂小哥哥。』

『童逸小哥哥。』

『米樂小哥哥。』

『童逸小哥哥。』

『米樂小哥哥。』

來啊！彼此傷害啊！

到最後，兩個人都聽得有點受不了了，非常有默契地同時收起了手機。

「啊……這玩意兒聽幾次真讓人受不了，心臟痛。」童逸捂著自己的心口，難受得不行。

聽到米樂叫他，他覺得心裡舒坦。但是聽到自己叫米樂，他恨不得殺了自己。

這是心靈攻擊。

「有事嗎？」米樂雲淡風輕地問童逸，換成了平時一成不變的冷漠臉。

「沒事，看到你過來打個招呼。」

「喔。」

「明天就比，你們出幾個人？」

「打籃球能出幾個人？」

不是固定人數嗎？難道因為他們是藝術系，讓他們出十一個人嗎？那比賽規則是按足球啊，還是按籃球啊？

「找體格好的，不然顯得像我們欺負你們。」

「你們隊的兩百公分跟兩百一能不能別參加？」米樂問。

「什麼？」童逸不懂他的意思。

糟了，米樂順口把自己亂取的外號說出來了。

童逸想了想後明白了：「喔，兩百一是李昕吧，兩百公分是那個臭腳，我是什麼？快兩公尺嗎？」

米樂：「……」

「我們派誰上場就不勞您關心了，再見，矮子。」童逸說完，就囂張地走了。

矮子？矮子！！！

米樂目送童逸離開，開始默念靜心咒。米樂啊，淡定，老天爺安排你渡劫了。

童逸恐怕就是你的那個劫。

§

米樂通常會比童逸晚睡，兩個修仙黨像誰也不服誰。

童逸原本在自己的夢境裡摳手指頭，後來食夢貘說可以變出一個米樂出來，接著他的空間裡出現了一個米樂。

他看著這個虛擬的米樂轉了一圈又一圈，伸手戳了戳米樂的臉頰，居然還有觸感。

然後，童逸沉浸在米樂叫他「童逸小哥哥」的聲音中，繼續摳手指頭。

食夢貘偶爾來看看，見到童逸做的事情，忍不住嘆氣：「你也只有這點出息。」
童逸一想也是啊，不能就做這麼一點事情，於是開始帶著虛擬米樂打排球。
食夢貘：「……」
不久後，食夢貘提醒童逸：「你可以進入你死對頭的夢裡了。」
童逸一聽就興奮起來，興致勃勃地問：「我該怎麼做？」
「想怎麼做就怎麼做，不過你進去之後，有一刻鐘的時間是身不由己的狀態，也就是入夢適應期。一刻鐘後，你就可以控制自己了。」
「好的好的。」
童逸摩拳擦掌，終於進入了米樂的夢裡。
進入後，他就發現他在米樂的夢裡跟一群老大爺、老大媽們一起跳廣場舞。
？？？什麼鬼？
此時童逸的身體還不受自己的控制，只能順應著米樂的夢繼續跳。跳了一會兒，居然開始扭秧歌了，童逸手裡捏著紅綢子，跳得那叫一個浪！
他注意到米樂就坐在正對面的長椅上，一直看著他。
這一刻鐘簡直就是煎熬，他恨不得現在就離開這個夢，在夢裡都在受侮辱，這誰受得了？
一刻鐘過去後，童逸立刻丟下紅綢子，氣勢洶洶地朝米樂走過去。
到了米樂面前後，米樂已經笑到不行，前仰後合的。
「我靠……快兩公尺的個子跳廣場舞果然好醜，笑死我了。」米樂感嘆完繼續大笑。

童逸：「？？？」

米樂說髒話了？這傢伙不是走優雅高冷路線嗎？

緊接著就看到米樂跳上椅子，居高臨下地看著他，伸手按他的頭：「就你個子高是不是？叫誰矮子呢？」

原來是對這個耿耿於懷才會夢到他？

「叫哥！」米樂說道。

「屁，我還沒收拾你呢。」童逸終於回過神來，反駁道。

米樂歪歪頭，看著童逸，似乎覺得看不清楚，於是又湊近了一些：「嗯……長得是滿帥的。」

「……」這句話童逸反駁不出來。

米樂：「你哭時會不會特別有感覺？」

童逸：「老子不會哭的。」

「高潮時會是什麼樣子？」說完還看著童逸壞笑了一下，接著舔舔嘴唇，眼眸中有一絲奇異的光，很快又消散了。

童逸身體一僵，愣愣地看著米樂。

米樂跳下椅子，對童逸招了招手：「來，小哥哥帶你去吃好吃的。」

童逸想了想，還是跟著米樂去了，吃飽了才有力氣收拾他。

童逸在米樂的夢裡到處看，這裡的景物還滿真實的，應該是某個米樂熟悉的城市，就連哪裡有紅綠燈都清晰可見。路上也會出現行人，然而這些行人都行色匆匆，對米樂並不感興趣。

在米樂的夢裡，米樂只是一個普通人，不戴口罩走在路上也不會被人跟著要簽名。

米樂帶童逸來到一家烤肉店。

進去之後兩個人面對面坐下，米樂連菜單都沒看，直接一拍：「所有菜都來一份。」

童逸看得目瞪口呆，他家裡有礦都很少幹這種事情，星二代果然豪氣啊。

兩個人開始烤肉之後，童逸發現，夢裡居然能夠吃到味道！真的是烤肉的味道，真的非常好吃，重要的是無論吃多少，怎麼吃，都不會覺得飽。

用後腳跟想也知道，在夢裡狂吃一通根本不會胖。

童逸跟米樂兩個人對視了一眼，米樂對著童逸笑，童逸比了一個大拇指，接著一起胡吃海喝，覺得哪個好吃就再來一份。吃到他們覺得可以了，老闆過來催他們結帳。

童逸看著米樂，米樂看著童逸。

童逸忍不住問他：「不是你帶我來吃的嗎？」

「帶你來吃不代表我請客啊。」米樂回答得理直氣壯。

童逸立刻就急了，罵了一句：「你吃霸王餐啊？」

米樂聳聳肩：「就是因為你跟我打架，我父母把我所有的零用錢都沒收了！我的片酬我也摸不到，我沒錢。」

「是親爹親媽嗎？」

米樂嘆了一口氣：「我也覺得不是。」

「怎麼，你們準備吃霸王餐嗎？」老闆問。

童逸掏了掏口袋，發現自己也沒錢沒卡，於是傻了。

一轉眼，米樂就跟童逸一起去刷盤子了。

這個夢可真夠狗血，這小子是看狗血電視劇長大的吧。

喔……這小子是演狗血電視劇長大的。

米樂刷盤子時還在哼歌，似乎心情不錯。

童逸罵罵咧咧的：「你腦子是不是有毛病？根本沒錢還來吃東西。」

米樂沒回答，繼續刷盤子，接著舉起來對童逸說：「看，笑臉。」

童逸扭頭看過去，就看到盤子上都是泡沫，被米樂用手指畫出了一個笑臉。

四目相對，場面一度十分尷尬。

「喔。」童逸回應了一聲。

米樂舉著盤子，對童逸展顏一笑，笑得特別好看。

「虧得你還笑得出來。」童逸無處可發洩。

「吃到烤肉了，特別開心。」

「吃頓烤肉就高興成這樣？」

米樂點了點頭，接著繼續哼歌。

米樂哼的是自己新專輯裡的歌，沒公開過，童逸聽了一會兒覺得滿好聽的，問米樂：「這首歌叫什麼？」

「我喜歡你很久了。」

「嗯？」

「歌名是《我喜歡你很久了》，是我新專輯裡的歌，過陣子就拍MV了。」

「你還唱歌？」

「對啊，全方位發展成為優質偶像，走流量路線。」米樂說完將盤子放下來，「我們不聊這些糟心的事情了，快刷，我們去吃下一家。」

童逸都震驚了：「怎麼？你還準備繼續這樣做？」

「對啊，繼續吃！！！」米樂這一聲竟然喊出了回音，儼然一副熱血少年的樣子。為了吃。

童逸都氣炸了，氣急敗壞地繼續刷盤子，他一個礦主的兒子，哪幹過這種事情！偏偏夢裡的味道真實，刷碗也特別真實。

估計打架時痛感也會很真實。

不過夢到底是夢。現實裡，他們吃那麼多東西，得刷個十天半個月的盤子，結果他們一下就完成任務了，接著米樂帶童逸吃下一家。

米樂走在前面，就像一隻兔子，蹦蹦跳跳的，跟現實裡穩重的樣子根本不一樣。

這讓童逸開始懷疑他是不是進錯夢了，還是說米樂其實是個精神分裂？

到了冷飲店，童逸對甜食沒什麼興趣，坐在一旁看米樂吃。米樂舔著甜筒，一點一點的。

童逸拄著下巴看，覺得米樂舔得有點色情。

「你趕緊吃，吃完我要揍你。」童逸催促道。

米樂看了看童逸突然探過身來問：「童逸小哥哥，你要揍我啊？」

「呃……」童逸看著米樂湊近的臉，下意識地吞咽了一口唾沫。

「長得好看的小哥哥都不打人的。」

「喔、喔……」

米樂見童逸不執著於收拾他了，便又重新坐好繼續吃甜筒。

不對勁啊……這個米樂不對勁啊……怎麼這麼騷？比他還騷？

現實裡，米樂如果這樣，他們根本打不起來！

童逸突然開始坐立不安。

不對勁啊。

不對啊！難不成是米樂最近研究劇本，入戲太深，走了別人的人設？

也有可能？

後半段，就是童逸像保鏢一樣跟著米樂，看著米樂到處去吃霸王餐。

後面還有一群人殺出來拿著鍋碗瓢盆要打他們，米樂跟童逸狂奔了五六條街才甩掉那些人。

這是人幹的事嗎？

走在路上時，米樂突然回頭看童逸，問：「你覺不覺得我們走在一起，就跟楊過身邊跟著大雕一樣？」

「說誰呢？老子是黑豹。」

「你是傻子。」米樂抬手用食指點了點童逸的鼻尖。

童逸差點脫口而出：是是是，你說什麼是什麼。

到夢結束，童逸都沒有做出任何有意義的事情，這個夢算是白做了。

童逸醒過來後，半天回不過神來。

他這種入夢跟平時作夢不一樣，如果是作夢，起床後就忘得八九不離十了。但是他入夢後就發覺，他記得清清楚楚的，每一句話，每一個細節。

於是童逸開始觀察對面的米樂。

米樂悠悠轉醒，躺在床鋪上愣了一會兒，接著猛地扭頭看向童逸的床鋪。

童逸沒什麼演技，兩個人四目相對後都是一愣。不過米樂很快就恢復正常了，坐起身拿手機看了看有沒有未讀訊息。

其實米樂也覺得很奇怪，這次的夢居然記得清清楚楚，主要是他到現在還能回憶起烤肉的味道。真的很好吃。

不過米樂沒當一回事，不過是一個夢而已，醒來後還是要繼續自己的事情。

他今天上午有課，滿早的，看到時間後米樂立刻下了床，洗漱後開始整理自己。

童逸比米樂晚下來半個小時，米樂化完妝、整理好造型後，童逸跟他同步整理好了。

米樂拎著包包走出去，約左丘明煦去了食堂。

他是藝人，需要保持身材，他又不是吃不胖的體質，只能靠自己維持。現實裡瘦是一回事，但是在鏡頭裡就完全不是同一回事了，鏡頭會讓一個人變得扁一些，就更加顯胖。他要走流量路線，就只能一直保持自己的身材跟顏值。

到了食堂，他只點了一碗粥，還有一疊水煮花椰菜。

H大嶺山校區有藝術生，這裡就有減肥餐，米樂連沙拉都不吃，只吃水煮菜。

吃到一半時，看到童逸跟他的隊員們進入了食堂。童逸端著餐盤坐下，看到米樂吃的東西似乎愣了一下，不過兩個人都沒有互相打招呼，繼續平靜地吃飯。

§

戲劇社的招新仍在繼續。

然而今年的招新有點特別，或許是因為知道米樂在戲劇社，所以來報名的人非常多。這些人裡有一些根本不是因為喜歡演戲而來，而是想要有認識米樂的機會。

這種局面去年還沒有，因為米樂是開學過半才加入戲劇社，很多同級生後悔都晚了，名額滿了。對此戲劇社十分頭疼，最後決定會對提交申請表的大一新生進行一對一面試、審核。

米樂原本不想參與，全都交給宮陌南來完成，不過待在寢室裡也靜不下來，他乾脆到戲劇社坐在角落圍觀。

過幾天他要去拍攝一組廣告，廣告也有劇情，他隨便看了看就發現劇情滿弱的，估計整個廣告全都靠臉。

左丘明煦來到戲劇社，左右看了看後感嘆：「哇！新場館厲害啊，跟大劇院一樣。」

「不然我們也沒必要搬新校區。」米樂的回答依舊十分冷淡。

「喏，籃球賽的名單，跟排球隊的打我總覺得有點不好說，我們站在他們身邊都顯得有點矮，畫面美得我不想想像。」

「沒辦法的事情，一群穿上鞋就兩公尺的人……」米樂也很無奈，先天優勢真的逆天。

兩個人說話的功夫，有人過來跟他們打招呼，宮陌南也在其中。

左丘明煦掃了宮陌南一眼，笑呵呵地問好。

「副部長還不加入我們戲劇社嗎？」戲劇社的一名女成員問。

「啊，過陣子要去公司接受培訓，沒什麼時間過來。」左丘明煦回答。

「好厲害，都有公司簽約了，像我們還前途未卜呢。」成員B感嘆。

「米樂才厲害好嗎？」左丘明煦笑呵呵地回答。

「左丘跟我們宮陌南一直很有CP感。」成員C突然感嘆了一句。

「咦？」左丘明煦覺得很意外。

米樂放下手裡的東西看向他們。

「名字啊！畫風跟我們不一樣。」成員C回答。

「對對對，就是瑪麗蘇文的男女主角。」另外一個人附和。

左丘明煦笑了笑後也不在意，直接回答：「我改過名字，我改時正流行這種名字，我那個時候中二啊，就改了，不過我是真的姓左丘。」

「原來叫什麼啊？」成員C好奇地問。

「左丘明，就加了一個字。」左丘明煦也不避諱，直接回答了。

「宮陌南原本也姓宮嗎？也改過名字嗎？」成員B看向宮陌南問了一句。

成員C跟成員B對視了一眼，用眼神傳遞資訊。

宮陌南沒說話，左丘明煦笑呵呵地幫忙解圍：「宮這個姓還行吧，滿普遍的。」

倒是沒說宮陌南名字的問題。

其實宮陌南改過名字，還是跟左丘明煦一起改的。

他們一開始就打算走藝術這條路，名字是國中入學前改的。

左丘明煦叫左丘明，至少還姓左丘。宮陌南其實不姓宮，姓王，叫王洋洋，查人名錄翻都翻不過來的那種名字。

他們國中前正中二，那時候也流行這種名字，畢竟以後要簽名當明星，就取了這樣一個名字。然而現在看起來，宮陌南跟左丘明煦這兩個名字真的很……帥。

米樂想說點什麼，又怕自己說了會間接承認了宮陌南改過姓，好在這個話題被其他人打斷了。

童逸跟李昕來到了戲劇社，看到他們立刻親切友好地問好：「小樂、小明！」

左丘明煦一聽就笑了：「我這麼帥的名字，一秒就破功了。」

說完就去跟童逸他們說話了，米樂跟在旁邊旁聽。

戲劇社的人很快轉移了視線，關注童逸跟李昕。

「好高啊！」

「對啊，兩公尺多了吧。」

「米社長跟左丘看起來都矮了。」

「我記得米社長有一百八十五公分吧，左丘也有一百八十三公分。」

「童逸……是那個跟米社長傳緋聞CP的。」

「真帥。」

「對，痞帥，不知道有沒有女朋友。」

「別惦記了，有我們社長了。」

然後一群女生開始起鬨。

宮陌南看向他們幾個，掃了一眼就對她們說：「別花痴了，幹正事。」

「籃球場地搞定，時間搞定，宣傳搞定，沒問題了。」左丘明煦看著手裡的表格，扭頭看向米樂。

米樂問：「你們……」

他看到了出賽名單，兩百一、兩公尺、童逸、一百八還有一個米樂不太熟悉的人。這個陣營……怪噁心的。

童逸笑嘻嘻地看了米樂一眼，接著問：「米社長～」

「曰。」

「我們希望有啦啦隊。」

「你們體育系沒有嗎？」

童逸搖了搖頭。

米樂看到童逸那賊兮兮的樣子，就知道又是排球隊的成員想看妹子。不過這也不算什麼無理的要求，他點了點頭：「我試著安排。」

等米樂忙完，宮陌南問米樂：「第二輪考試你要不要來參加？」

「可以，改內容吧。」

「安排成什麼？」

「天黑請閉眼，考驗演技跟智商時到了。」

§

體育系跟藝術系的「友誼表演」籃球賽開始了。

排球隊的成員就像故意找碴一樣，穿的是上次米樂見過的T恤，「只要勝利，不要友誼」跟「我是友誼」圖樣的。這件T恤只在胸前有數字，童逸是一號。

五個男生站在球場裡就像要砸場子。然而他們站好之後，就看到藝術系那邊舉著橫幅的啦啦隊，頓時覺得他們這邊來了一眾弟兄真的是弱爆了。

對面是偶像天團，他們這邊是街霸小分隊。

本來是期待啦啦隊的美女，但是看到啦啦隊是藝術系陣營的，單獨為藝術系加油，他們心情就有點複雜了。

一百八不爽地看了一會兒，回頭喊了一句：「葉熙雅！」真的當他們沒人了是吧？

葉熙雅正跟朋友站在一起花痴：「啊啊啊啊，米樂好帥啊！」

「人家的少女心都要跳出來了。」

「我等等要送水給米樂。」

聽到一百八喊她，葉熙雅立刻回過頭問：「幹什麼！」

這一吼比男人還男人。

「喔……沒事、沒事。」一百八秒怕了，他們這邊的「人」就像對方派來的間諜。

一百八心裡不舒服，就像示威犬一樣去米樂那邊呲牙。

米樂跟左丘明煦看著一百八：「……」

這傢伙是看古惑仔長大的吧？中二病過這麼久了還沒好？

「我們盡可能手下留情。」一百八彷彿自己很帥一樣對米樂說，畢竟米樂身邊有一眾啦啦隊，彷彿他這樣示威很帥。

然而，他這樣示威的後果就是藝術系女生眾怒，暗罵哪來的傻子，居然敢跟她們男神示威。

一瞬間劍拔弩張。

「喔，那謝謝了。」米樂回答。

「輸了別哭太慘。」

「萬一我們贏了呢？」米樂又問。

一百八彷彿聽到了一個笑話，立刻大笑：「就你們啊？難。」

「要不然這樣吧，我們打個賭，如果我們贏了，你就繞學校跑三圈，喊米樂是我爸爸。」

「我靠？」一百八沒想到米樂也是這種畫風的，於是繼續問，「如果你們輸了呢？」

「我幫你介紹女朋友。」

一百八吞了一口唾沫，覺得這個條件十分誘人。

米樂身邊的妹子一個比一個漂亮，隨便一個他都非常滿意！於是同意：「行，別想我們放水了。」

等一百八走了，左丘明煦問米樂：「還真的介紹啊？」

「到時候你扮成女裝去相親。」

「……」交友不慎，左丘明煦想絕交。

米樂跟左丘明煦換了籃球服，看著對面忍不住唉聲嘆氣：「什麼鬼啊，跟銅牆鐵壁一樣。」

「他們是排球隊，訓練久了會有身體的反射性反應，所以我們可以在這方面做文章。」

「可是身高方面？」

米樂沉默了一會兒，嘆了一口氣，左丘明煦也跟著嘆氣。

排球隊那群是什麼魔鬼身高啊？真的開始打籃球賽了，米樂才發現對面的身高的確是個問題。

只要他們這邊投籃，對面就會出現三個人擋籃板，兩百一站中間，兩公尺跟童逸一邊一個。

碰到球了之後，他們就會「啪」地拍下來，接著一百八靈活地去接球。接也不是正常地接，而是排球裡自由球員的那種姿勢，雙手握住去接，把球給了兩百一。

兩百一是二傳手，將球托起後傳給另外一個人，交替傳球，童逸就跳躍而起去扣籃。

真的是扣籃。

身高夠，速度夠，彈跳力夠，扣籃的姿勢非常瀟灑。但是，每次都像恨不得將籃筐拍下來。

他們這種打法很快，也很猛，最重要的是很奇怪，完全不是常規打法。真的跟這樣的打法對陣，非常氣人。

球傳過去，「啪」就拍出去了。

投籃，「啪」就拍遠了，籃板球都沒得搶。

「我靠……」左丘明煦被弄得都有點不爽了。

這種打法就好像在戲弄人，藝術系的人就是被耍得團團轉的人。

體育系那邊起鬨得很，畢竟比賽打出了娛樂效果，這群排球隊打得真的非常噁心。

體育系笑得幸災樂禍，藝術系氣得不行，一個勁地喊加油，啦啦隊也跟著起勁。

米樂拍著籃球看著對面，看到童逸站在他的正對面一直盯著他。這種針鋒相對的場面，居然引來了一陣尖叫聲。

米樂早就習慣了，童逸也很淡定，但是排球隊的其他人有點嚇到了。因為突然有一個隊伍狂奔而來，手裡拿著應援的牌子，開始幫童逸加油鼓勵。

隊伍裡還有兩個男生，喊得比女孩子還起勁，內容都是一樣的：

「童逸童逸我愛你，飛個心心砰砰你。」

童逸快速看了一眼後，問米樂：「你雇的群演？」

「還真的不是。」米樂聽完都有點想笑。

上次童逸在網路上跟著米樂紅了一把，本來以為熱度很快就會過去，畢竟童逸沒有微博，主角也沒有回應這件事情。但是童逸還是意外地有了一群粉絲，他們看到童逸後，就覺得發現了寶藏。

神通廣大的網友找到了童逸排球比賽的影片，剪輯出了個人精華版，還到處尋找童逸的相片。

總結後一看，我的老天爺，這個男生怎麼這麼帥？打排球時威風凜凜，私底下跟隊友聊天時又笑得像個天使。身高穿上鞋有兩公尺！掀起衣角擦汗時露出來的腹肌，天啊，瘋了瘋了！

痞帥的風格，看起來還不讓人討厭。

這個人簡直完美！完爆演藝圈小鮮肉！體育圈冉冉升起的新星！！！

童逸的粉絲團在童逸都不知道的情況下悄然而生。聽說童逸要跟米樂比籃球，他們加班做了牌子，因為太趕了，才會來得有點晚。他們到了賽場旁就開始拚命幫童逸加油。

童逸沒忍住，往他們那邊看了好幾眼，每次眼神都非常複雜。

該對他們微笑嗎？可是完全笑不出來啊。

他又觀察米樂，發現米樂一直很淡定，平時也不怎麼笑，就覺得算了，他也裝高冷吧。

因為這批粉絲的到來，讓排球隊的成員有點嚇到，還真的讓藝術系得了幾分。

米樂打籃球還是有兩下子的，籃球屬於他為數不多的個人愛好之一，這項運動有助於長高，家裡也沒阻攔，還曾幫米樂請專門的教練培訓。

這也是米樂敢跟一百八叫囂的原因。米樂覺得總被童逸他們擋住投籃不是辦法，讓他的隊友已經有了心理陰影，現在已經不敢放開膽子投籃了。

米樂帶球過人後，直接將童逸這裡作為突破口，準備投籃。

「你選錯人了吧？」童逸看到米樂過來，忍不住問。

「沒辦法，你最矮。」

「我靠。」

米樂說完就跳了起來，童逸立刻跳起來阻攔，然而米樂並不像外表那麼柔弱。

力道有，彈跳力有，正面對決。

兩個人身體撞在一起，米樂的注意力全在球跟球籃那裡，氣勢洶洶地進攻，真的投進了一球。

童逸被米樂的氣勢壓住，兩個人身體落下時，米樂身體失重，砸向他。童逸下意識地伸手去扶米樂，然後就發生了下面一幕：

米樂被童逸雙手提著腋下接住了，然後隨手放在一旁，兩人沒有倒在一起。然而……這一幕就好像大人拎小孩一樣。

全場沸騰。

米樂以為他得分後會鼓舞士氣，然而這樣一來，反而更加搞笑了。

什麼鬼？米樂自己都愣了一瞬。

這個時候，童逸已經過去鼓勵自己的隊友：「沒事，沒事，慢慢來。」

童逸是隊長，這種事情已經做習慣了。

米樂不是那種會鼓勵的人的性格，他們的隊伍還是臨時組建起來的，只能由左丘明煦說話：「我們也是可以得分的，繼續加油。」說完轉頭看向米樂，想說什麼，結果卻只發出一聲：「噗——」

米樂想打人。

米樂沉下臉來，重新回到自己的位置，就看到童逸笑呵呵地走過來跟他說：「別老跳那麼高，別摔壞了。」

米樂「嘖」了一聲，沒回答。

接下來，米樂他們似乎將注意力放在一百八身上，單獨欺負這個人。

兩百一跟童逸都曾經學過一陣子籃球，所以好一點。但是一百八不一樣，他只學過排球而已，而且是自由球員，職業病很重。

有一次看到球落地就停下了腳步，遲疑了一下才想起來：「我靠，落地後也是可以接的吧？」

一百八被人防守得太嚴了之後，再次犯規，帶球走步。

被判罰之後，一百八直接問童逸：「逸哥，你沒告訴我這個啊。」

「你連這個都不知道？」

「氣死我了，他們都防我一個，欺負我個子矮是吧？」

「恐怕是的，但是你如果動氣就中計了，淡定。」

米樂走到了自己隊友身邊說：「那個一百八……啊……司黎，就是七號，性格不夠沉穩，現在已經氣急敗壞了。」

「他們隊長安慰了。」左丘明煦說道。

「勸也沒有用，智商沒跟上。接著是李昕，三號，他的性格搖擺不定，許久沒打籃球，經驗不足所以謹慎，做假動作他會遲疑，可以用這個哄騙。」

「概括一下就是智商也沒跟上？」左丘明煦問。

米樂點了點頭，另外幾名隊員忍不住笑了。

短暫的交流之後，再次開始比賽，他們果然開始利用排球隊的軟肋開始猛烈進攻。其中能夠構成威脅的只有童逸，偶爾一個三分球得分，扣籃更是厲害。最可怕的是童逸的運動神經，反應能力驚人，幾乎不用思考人就已經動了。

在這之後，米樂跟童逸再次對上了。

兩個人較量了幾次後，場面越來越激烈。原本排球隊因為打法奇特，比分領先了一陣子，現在藝術系也漸漸追上來了。

左丘明煦在兩百一的面前跳起來後，兩百一跟著跳起來阻攔，卻看到左丘明煦將球往後一拋，給了米樂。米樂接到球後兩百一已經落地，再想阻攔也來不及了，球進了。

比分追平。

「就你們這樣，排球比賽是怎麼贏的？」米樂拍著球問童逸。

「靠實力。」

「就算是玩球，也得動動腦子。」

童逸看著米樂氣得牙癢癢，看到一百八氣急敗壞地想要換人，不想繼續打了，不由得嘲諷：「是，你這樣的人尤其討厭，玩戰術的人心都髒。」

米樂笑了笑，重新回到自己的位置。

米樂一笑，全場尖叫，啦啦隊再次開始賣力地加油。

可能稀少才會顯得珍貴，米樂的微笑總是能夠引起女生們的瘋狂，這種炸起來的氣氛可比童逸剛成團的粉絲團震撼力強多了，籃球賽也打出了像演唱會的效果。

體育系的一眾人看到了，也開始拚命加油，這種陣仗簡直像要打群架。

排球隊有點被弄亂了陣腳。

一百八進入了暴躁的狀態，兩百一被利用了幾次後反而更加謹慎，這樣就更容易被人利用了。

童逸看得咬牙，對他們說：「別緊張，跟他們打就跟在玩一樣。」接著走到一百八身邊，小聲說：「別慌，那麼多妹子看著呢。」

一百八：「對喔！」

之後他又走到兩百一身邊說：「你女朋友來了，別亂了陣腳。」

兩百一：「喔喔喔，好的。」

這樣就拯救回來了。

作為隊長，知道怎麼鼓勵每個人。然而人算不如天算，藝術系反超了比分後，比賽不得不暫停，後來也沒再打起來了。主要是因為來了太多米樂的粉絲，童逸的粉絲也來了不少，造成場面混亂，不少外來人員聚集在學校裡，場面十分混亂。老師們親自來控場，首先要做的就是把米樂帶走。

米樂已經習慣了，走到一旁的空地對自己的粉絲說：「不許搗亂，乖的話陪你們十分鐘，不乖我立刻走。」

這一句非常有用，米樂的粉絲也開始幫忙控場。

米樂這邊離開了，左丘明煦過去幫忙控場，藝術系有些人幫忙，球員沒了兩個就無法打了。

排球隊的人等了一會兒，收到通知說比賽中斷，準備回去時，童逸卻被圍住了。

童逸可說不出來乖不乖的那些話，竟然問自己的粉絲團：「你們為我加油，我要付錢嗎？」

「不用啊！」

「我們是你的粉絲啊！」

「我們還沒有粉絲名字呢。」

「真的不是花錢雇的？」童逸居高臨下地看著他們。

童逸站在人群中都是最高的存在。

「不是！」

「絕對不是！」

「你怎麼傻呼呼的？」

童逸有點受寵若驚，想了想後豪氣萬丈地說：「我們別在這邊添亂了，過來我請你們吃好吃的。」

說完就帶著自己的粉絲浩浩蕩蕩地走了。

排球隊跟在後面一起走，隊員們興奮地討論：「妹子！好多妹子！好漂亮。」

「隊長好有豔福。」

「長得帥真好。」

「我們隊長有種霸道總裁的風範，小賣店的零食隨便你們吃。」

童逸發零食時給粉絲時，問其中的幾個男生：「陪女朋友過來的？」

「不是啊，我是你的粉絲啊！」其中一個男生A回答。

「你喜歡排球？」

「不，我喜歡你，你就是我最喜歡的類型，運動型帥哥。」

「呃……你喜歡的類型？」

男生B撞了男生A的手臂：「這個反應絕對是直的。」

「我一開始也沒打算上。」

「對，就是粉絲。」

童逸沒聽懂，滿腦子問號，想了半天終於明白了：「明白了，你喜歡運動員是不是？」

「算是吧！」男生A回答。

「那行，以後你們就是我哥兒們了。」童逸豪爽地說。

男生A：「……」

男生B：「哈哈哈，行！」

與歡樂隊伍格格不入的，恐怕只有一百八了。

體育系居然……輸了……

第三章

想戀愛了嗎？

童逸回到寢室時，聽到了浴室裡「嘩啦啦」的聲音，於是站在浴室的門口問：「洗澡？」

浴室裡的人沒理他，繼續洗澡。

他看了看屋子裡，孔嘉安的床鋪還是那樣，桌子也乾乾淨淨，顯然沒回來過。這小子身高也只有一百七，還瘦瘦小小的，每次站在他們身邊都戰戰兢兢的，估計換寢室之前一直都不回來也很正常。

米樂的桌面上放著一疊東西，應該是看東西看到一半去洗澡的。

李昕依舊在陪女朋友，讓童逸這個單身狗回到寢室沒事做，就只能逗逗寢室裡的惹事精了。

他繼續站在門口說：「我在浴室裡裝攝影機了。」

浴室裡安靜了一些，似乎人不再動了，只有嘩嘩的流水聲。

童逸忍不住笑，接著身體移動了一下，再次繼續說：「喲！小夥子真白啊！」就好像看到了。

浴室裡的人遲疑了一下，繼續洗澡。

童逸又到了浴室門口：「我要上廁所，我內急，你快點。」

浴室裡繼續了一會兒才停下來，等了一會兒後，米樂打開門走出來，看到童逸等在門口，忍不住問：「你幼不幼稚？」

米樂剛洗完澡，臉上沒有妝，皮膚依舊好到不似真人，頭髮依舊是濕的，脖頸上還有水滴滾落。身上套著睡衣，有點鬆，顯得十分慵懶。

「我就問你有沒有被嚇到？」童逸興致勃勃地問。

「難不成你有這方面傾向？」米樂沒回答，而是問了這個問題。

「啊？」童逸不明白。

「比如……你還滿惹男生喜歡的。」

童逸點了點頭：「沒錯，他們幾個已經成了我的兄弟。」

米樂擦著頭髮走回到自己的桌子前坐下，回頭看了童逸一眼，笑得意味不明：「喔，那恭喜你啊，喜提好兄弟。」

「給你看個東西。」童逸沒再說這個，從口袋裡取出手機走到米樂身邊。

「你不內急了？」

童逸之前只是逗米樂的，根本不打算去廁所，打開手機給米樂看一個影片：「剛才拍的，司黎真的是拚了。」

影片裡一百八一邊跑，一邊哭喪著臉喊：『米樂是我爸爸！』

再跑幾步，再喊幾次。

這還不是全部，最壯觀的是一百八身後跟著一群幸災樂禍的隊友，舉著手機跟著一百八一頓猛拍。

「你們不是朋友嗎？怎麼還起鬨？」米樂忍不住問。

「分事情。」童逸看到時還忍不住笑呢。

米樂看了看，想著，他們的關係一定很好吧，關係不好怎麼會開這種玩笑？早就換朋友了。

一個影片看完，童逸又給他看下一個影片。一百八一邊跑一邊哭，也不喊話了，標準的淚奔。

「跑到哭了？」米樂問。

「司黎愛面子，羞愧到淚奔了，這模樣是不是滿好笑的？」童逸嘿嘿直樂。

「……」米樂的確覺得很好笑，強忍著沒笑出聲來。

「為什麼不叫我去看看？」米樂問。

「我傳訊息給你了啊，你沒理我。」

米樂伸手拿手機看了一眼，童逸的確在十分鐘前傳了訊息。

「喔……十分鐘能跑一周嗎？」米樂又問。

「別那麼苛刻了，孩子都跑哭了，意思意思就行了，相處久了你就知道，他表面惹人厭，其實人還不錯。」童逸說完，將手機收了起來，拉來自己的椅子坐在米樂的身邊，問他，「微博這玩意兒怎麼弄啊？」

其實米樂跟一百八打賭時，也沒準備怎麼樣。現在一百八照做了，他沉默了一下也沒再說什麼。

「都什麼年代了，你連帳號都不會註冊？」米樂忍不住問。

「平時訓練忙啊，我通常也只聊個天，沒有其他的社交軟體，都不知道怎麼用。」童逸說著，開始笨手笨腳地註冊微博帳號。

這還是他的粉絲團要求的。

「你說我的微博叫什麼好呢？」童逸問。

「本名比較好，你以後不是有可能是運動員嗎？」

「好的。」童逸開始看推薦他關注的列表，大部分都去掉了，因為他不認識啊。往下滑了一會兒，看到米樂，於是他關注了米樂，點了下一步。

之後，童逸的微博誕生了。

名字：童逸

關注：一

粉絲：三

關注的人是米樂，粉絲是微博硬塞的。

他把微博帳號傳到粉絲群組裡，看到自己的那些粉絲激動萬分，吵著要幫他弄什麼認證，他也沒太在意。

看到他們討論的內容後，他問米樂：「你的粉絲群組叫什麼？」

「樂天派。」米樂回答。

米樂沒說他童星時粉絲叫米米兔，到現在還有人叫他小兔子。

「你說我的粉絲要叫什麼呢？」童逸很煩惱。

「不知道。」

童逸冥思苦想後，在粉絲群裡打字：**就叫我樂逸吧。**

原色：真的不是CP名？

棠卿：官方發糖？

子錄兒森森：這……

童逸不明白什麼意思，於是打字問：？？？

Claireyyhx：沒事沒事，滿好的。

啾：你希望我們怎麼稱呼你啊？

童逸：叫大哥吧。

麻薯：可……可以吧……

火花河海：大哥！

火花河海：大哥我拍了籃球賽的圖，P完了，可以傳上後援會的微博嗎？

火花河海：（圖片）（圖片）（圖片）

童逸：滿帥的啊，你們隨意吧。

童逸聊了一會兒，問米樂：「我們能合照嗎？」

米樂沒理他。

童逸又把椅子挪了挪，更靠近米樂，舉起手機，打開前置鏡頭，再次說道：「來，笑一個。」

米樂依舊沒回頭，而是舉起靠近童逸的手的中指。

童逸對著鏡頭微笑，接著拍下了他們的「合照」，扭頭就發了微博。

『**童逸：我們本來就是室友，關係團結友好，我們互幫互助，謝謝大家關注。（圖片）**』

發完微博，童逸就關了APP，又看了看群組，發現這群人聊天他都插不上話，於是放下手機去浴室洗漱。

米樂還在看劇本，突然收到了訊息，拿來手機看了一眼，是她母親傳過來的。

媽媽：這次熱度炒得滿好的，帳戶恢復了，匯了一筆錢給你。

米樂看到覺得莫名其妙，有點不解，快速傳訊息問自己的助理，這才知道怎麼回事。

他立刻打開童逸的微博，看到了童逸傳的訊息，一陣無語。

微博內容莫名其妙，相片是用前置鏡頭拍的，無濾鏡，無PS，非常直男，如果不是童逸顏值撐得住，這張相片真的無法看。

最重要的是相片裡還有他，只是一個後腦勺加後背，外加一個豎中指的手。頭髮是濕的，明顯剛洗完澡，兩個人雖然不是正面合照，但是這樣合照更顯得關係好，還有點惡搞的味道。

米樂什麼時候暴露過這種形象了，還好童逸沒標註他，他就繼續裝死吧。

原本這條微博只在童逸的粉絲群組內轉發傳播，但是被米樂的團隊發現了，畢竟很多人標米樂。

團隊發現了，米樂的媽媽也發現了。思前想後，還是幫童逸買了熱搜，買了水軍。

童逸的微博一下子熱鬧起來。

米樂看著童逸的微博，再看看童逸的關注列表，發現只關注了他一個人，忍不住蹙眉。

等童逸出來後，他立刻問童逸：「你為什麼不關注別人？」

「因為別人我都不認識啊。」童逸回答得理直氣壯，從抽屜裡拿出一袋純牛奶，「咕嚕咕嚕」地喝了起來，幾下就喝完了。

「你朋友呢？」

「他們不玩微博。」

「你知不知道只關注我，會讓很多人誤會？」米樂繼續問。

「誤會什麼啊？」

「我們在傳緋聞你知道嗎？」

童逸彷彿聽到了一個笑話：「我們？緋聞？」

米樂算是服了童逸這個直男，想讓童逸取消關注，又覺得欲蓋彌彰。

想了想後將手機丟到一旁，又瞪了童逸一眼。

「不是，我們傳緋聞有什麼意思？我們在一起不就會天天打架？我直接就換種類，不打排球了，直接變成自由搏擊。」童逸跟在米樂身後喋喋不休地問。

米樂抬頭白了童逸一眼。

童逸也是無語了，問：「我給你添麻煩了？」

「沒事，沒什麼大不了的。」米樂回答完，就闔上劇本去睡覺了。

童逸在寢室裡轉了好幾圈，拿起手機看微博，看完就「我靠」了一聲，顯然是被這麼多訊息嚇壞了。

果然是沾米樂就紅啊。

「之後你老實點，別顯得跟我很熟一樣。」米樂在上鋪說了一句。

童逸點了點頭，比了一個手勢：「ＯＫ！」

米樂輾轉了一會兒才睡著，讓他意外的是，他又夢到了童逸，恐怕是因為童逸這一波騷操作讓他印象深刻吧。

他坐在夜店的吧檯，看著調酒師調酒。周圍都是來夜店玩的年輕人，音樂聲震耳欲聾。

待了一會兒，也沒有人來找他要簽名，讓他覺得很舒服，其實他一直很想出來玩。

四處看時，居然看到了童逸跟他的朋友們聚在一起，正在玩鬧。

他看了一下，繼續坐著，要了一杯酒。

過了一會兒，童逸一邊回頭看自己的朋友們，一邊走到米樂的身邊，看著米樂喝酒的樣子忍不住笑了。

「你這次的夢很完整啊，還有司黎他們。」童逸說。

米樂一愣。

夢？喔，是夢啊，不然怎麼會讓他來這種地方，還沒有人來找他呢。

「我就是有點羨慕你有這麼多朋友。」米樂說，這是在現實裡絕對不會說的實話。

「你就是性格太討人厭了，不然也會有朋友的。」童逸回答。

「性格……」米樂嘟囔了一句，接著喝了一口酒。

「不過你這裡就不太嚴謹了，司黎他們在有這麼多妹子的環境下，是不會那麼正人君子地坐在那裡的。」童逸的注意力還在朋友那裡。

「對，的確不嚴謹，不然這個夜店裡隱藏著那麼多零號，不可能不來找你要微信的。」

「零號？什麼隊伍有零號？」童逸問。

米樂忍不住笑了，笑得前仰後合，罵他：「蠢直男。」

童逸發現了，米樂在夢裡其實笑點很低，且一笑就停不下來，笑得別人莫名其妙。

接著，米樂就在童逸的褲襠位置拍了一下：「對你這裡感興趣的零號，虧得你能把他們當兄弟。」

童逸身體一僵，渾身的汗毛都炸起來了。

他也不傻，瞬間就明白了。吞了一口唾沫，扭頭看向米樂，瞬間小聲地問：「你是老司機？」

「這點事情都不懂，你當我演藝圈是白混的？」

「混演藝圈就了解這個？」

「我從懂事起就接受了性教育，再稍微懂事，連兩個男人之間啪啪的注意事項也教給我了，還有很多疾病的預防方法。」

童逸家裡可沒教這個。童爸爸教童逸的畫風就是連打帶踹，最近幾年才好一點，因為童爸爸知道真的把童逸逼急了，他不一定打得過童逸。

米樂說完，童逸真的是大開眼界。

在童逸目瞪口呆的功夫，米樂又點了一杯酒，同時扭頭問童逸：「你喝什麼嗎？我請你。」

「怎麼？上次吃霸王餐，這次喝霸王酒？」

「不，我有錢了，唉，失之東隅，收之桑榆。」

「……」什麼意思？問了會不會顯得很沒學問？

童逸拿牌子看了看，然後大手一揮：「每樣來一個。」

剛點完就被米樂拍了後腦勺：「你倒是不客氣。」

「你上次不就是這樣嗎？」童逸揉著後腦勺問，特別委屈。

「這次我花錢啊。」

「你怎麼這麼摳？你不是大明星嗎？」

「我的錢是大風刮來的？」

童逸撇了撇嘴角，低頭看牌子，點了一個彩虹圖案的，看起來好看。

等酒水時，米樂突然說起了其他事：「我說，你們打籃球怎麼那麼噁心啊？」

「怎麼噁心了？你讓我們一群打排球的去打籃球，還嫌我們不行？」

「身高壓制，真氣人，你的個子是怎麼長的？你是吃什麼長大的？」

童逸點的酒杯送過來了，童逸喝了一口後酣暢地打嗝，接著回答：「吃什麼沒注意，我喜歡喝牛奶算不算？」

「還有嗎？」

「可能是因為遺傳，我爸也一百八十七。」

「你媽呢？」

童逸想了想後回答：「那個女的應該也有……一百七十五吧。」

那個女的？米樂看著童逸，想了想後沒再問，畢竟他不是那種性格。

「那估計是遺傳了。」米樂點了點頭感嘆。

「你說我們會醉嗎？」童逸問。

「我千杯不醉。」

「你很會吹牛啊。」

米樂舉起酒杯對童逸晃了晃，特別猖狂地說：「我從小學開始練習喝酒，國中之後酒量就不錯了，到高中就開始跟著家裡去應酬。」

「你家裡倒是很會從小教起。」

「嗯，因為我是賺錢工具。」

童逸不明白，扭頭看著米樂。

米樂又喝了一口酒：「我身體還沒長好就喝那麼多酒，讓我從小腸胃就不好。在劇組吃到稍微髒一點的菜就會上吐下瀉，然後被劇組裡的人背後議論，說星二代就是矯情。」

童逸放下酒杯，忍不住罵：「太過分了吧？」

「無所謂，這樣的腸胃也能讓我下意識控制飲食，之後就不會胖了。」

童逸突然想起米樂在食堂裡吃「雞食」的樣子，那哪是正常人吃的，能有什麼味道。

童逸吃了，估計都會吐出來。

米樂早就習慣了，舉起酒杯跟童逸示意：「乾杯！」

「你別喝了。」

「這裡是夢，無所謂。」

童逸想了想，還是跟米樂乾杯了，看著米樂將酒一飲而盡，繼續開始酒桌吹牛模式：

「不是跟你吹牛，我跟你們整個排球隊喝酒，絕對能幹倒一整隊。」

「嗯，你厲害，米樂這杯酒，誰喝都得醉。」

米樂又開始笑，笑得像打鳴的老母雞。

童逸看著米樂沒忍住，也跟著笑。

「喝得過，但是會腸胃不舒服，還有可能會腸胃感冒。」米樂又說了一句後站起身，在童逸身邊搖頭晃腦的。

在夜店裡的人大多是這個舞姿，童逸覺得他們就像有毛病，但是米樂做反而滿好看的。

米樂從小就接受培訓，舞蹈、音樂都學過，這樣跟著晃也非常好看。

童逸轉過椅子看著米樂，忍不住笑了，覺得米樂現在這個樣子真不錯，至少他們打不起來。

「跳得很好看。」童逸誇米樂。

米樂立刻驕傲地揚起下巴，一副本來就是這樣的模樣。

「我跳舞給你看！」米樂說完，放下酒杯扭頭就走。

原本在瘋鬧的其他人不見了，就連一百八他們也消失了，調酒師也突然憑空消失。

整個夜店裡只有他們兩個人。

燈光依舊昏暗，但是米樂走上台後依舊十分搶眼。米樂自己去調整曲子，跟著音樂的旋律開始跳舞。

POPPING，米樂偶像最擅長的舞種，也是米樂最喜歡的。

夜店裡的燈光還在晃，似乎在配合米樂跳舞時的動作。

米樂常年練習，動作乾淨俐落，力度足夠，尤其跟拍特別準，所以特別好看，絕對是專業級的。

也難怪米樂會這麼紅，確實有點能耐。

童逸坐在台下特別捧場，放下酒杯開始鼓掌、吹口哨。

整個夜店裡只有他們兩個人。米樂的舞只跳給童逸一個人看，童逸肯定得捧場。

就好像一場專門開給童逸一個人的演唱會。

米樂跳完一首之後，擺了一個姿勢，對童逸招了招手。

童逸四處看了看，最後在卡座拿了一束假花送上去，米樂嫌棄地接受了。

「其實你性格還不錯啊，如果你平時這樣，朋友也會很多。」童逸在米樂下台後對米樂說。

「我有很多事情不能說，說多了都有可能是我的黑料，而且我家裡會排查我朋友的家庭背景，把我的朋友分成三六九等，看到就心煩。」米樂回答完，蹦蹦躂躂地走了。

童逸蹙眉，這算什麼父母？

都說人總是特別奇怪，會跟熟悉的人吵架，跟陌生人說心裡話。米樂也是壓抑得太久了，這樣跟童逸傾訴一下，也覺得好了一些。畢竟是在夢裡，沒有後患。

童逸跟在他身後想了想後繼續說：「之前我說浴室裡有攝影機時，你是不是嚇到了？」他對這件事情耿耿於懷。

既然米樂在夢裡不掩飾自己，會跟他說實話，他就打算再問一次。

米樂轉過身來，對著童逸笑，再次走到了童逸的身邊，眼神有點壞。

「既然你想看，我現在脫給你看啊？」米樂特別曖昧地說道。

童逸腳步一頓，整個人都傻了，像真的成了沙雕一樣。

米樂看到童逸傻呼呼的樣子，忍不住笑起來，笑容好看到晃眼。

接著童逸突然消失了。

米樂在夢裡左右看了看，發現四周都沒有其他人。他覺得無所謂，回到吧檯看到剩下童逸的酒，拿起來抿了一口之後咂咂嘴，這個酒也滿好喝的。

童逸被撩醒了。

童逸猛地睜開眼睛，扭頭就看到米樂還在沉睡，不由得鬆了一口氣，擦了一把額頭的汗，拿出手機看時間。

凌晨三點鐘，還能繼續睡。

夢裡的米樂不太好對付啊，他得想想戰術。

既然米樂浪，他就要比米樂更浪，不然怎麼能收拾米樂？前兩次的夢他都太拘謹了，反而被氣場壓制了。於是童逸再次入睡，結果就跟食夢貘面面相覷了。

食夢貘：「需要變出一個排球館，再變出一個米樂陪你打排球嗎？」

童逸愣了愣，反應到是米樂的夢換內容了，沒再夢到他了，不由得有點失落。

下次不能隨便嚇醒，簡直浪費機會。

「不用了，我摳手指頭吧。」

§

學校有健身房，位置在體育系的範圍內。就和圖書館一樣，有卡就能進，費用比外界便宜很多，可以讓學生鍛煉身體。

健身房初期都被體育系的霸占了，外加這群學生凶神惡煞的，讓其他系的學生很少過來。最近打了「友誼」籃球賽，兩邊關係緩解了才漸漸好一些。

米樂跟左丘明煦結伴走進來，開始在場館裡做熱身運動。童逸跟排球隊一眾人進來後，就看到米樂跟左丘明煦在壓腿。

身體站立著，一條腿搭在牆壁上，壓成了一字馬。男生的身體柔軟性好成這樣也是厲害。

童逸很賤，立刻走過去跟著壓腿，還跟米樂挑釁：「你看著，雖然我壓得沒你平，但我比你高。」

童逸說完，仗著自己的腿長跟著壓腿，還真的比米樂高一點，只不過身體是斜著的，還劈了一個大字。

米樂沒好氣地白了童逸一眼，覺得這個男生簡直只長身高，不長智商。

「我怎麼覺得我們的腳差不多大？」童逸看著他們兩個人的腳問。

「你多大？」米樂問。

「我四十號的。」

「我也是。」

「你腳怎麼這麼大？」

「還好吧？是你腳小。」

童逸搖了搖頭：「NONONO，是你的腳大，跟蹼扇一樣。」

「……」

米樂沒好氣地走了，轉身去了跑步機那裡。左丘明煦想笑不敢笑，也跟著走了。

這時候一百八突然出現在米樂面前，氣勢洶洶的，把米樂嚇了一跳。

一百八緊握雙拳，下定決心後對米樂說：「我沒跑完一圈，我們改別的，從今天開始的一周內，你就是我爸爸了，我會孝順你的。」

「喔……」米樂都有點沒回過神來。

左丘明煦一聽，再也憋不住了，笑著拍拍一百八的肩膀：「這樣的話，我們以後就是兄弟了。」

「怎麼？」

「米樂也是我爸爸。」

一百八鄭重其事地點了點頭：「那我們一起孝敬爸爸他老人家。」

認親成功。

米樂忍不住扶額，他已經很久沒有反思過自己了。今天難得反思，努力去想是不是他的腦袋跟正常人不一樣，才會不理解一百八的想法？

幸好米樂沒讓一百八切腹，不然肯定會鬧出事來吧？

他遲疑了一瞬，說道：「算了。」

「沒必要同情我。」一百八左右看了看後說，「爸爸你先鍛煉，我去幫你買瓶運動飲料。」

「不用了。」米樂還真的不差這一瓶飲料，而且他通常只喝檸檬水。

「也只有這一個星期！」一百八說完就大步流星地走了，不容拒絕的樣子竟然意外地霸總。

米樂跟左丘明煦對視了一眼，似乎都在對方的眼裡看到了不解。

米樂又看了看一百八，他已經跟排球隊的人會合了。

米樂走到跑步機上按了操作面板，本來只想速度六，坡度四來熱身，十分鐘後就去做別的，結果童逸走到跟他相鄰的跑步機。

兩個人沒有看對方，只是用眼睛的餘光掃一眼。

童逸調到速度八開始跑步，米樂想了想後，也跟著調到了八，跟著跑步。

兩個人像互相較勁一樣，熱身十分鐘後也沒停，繼續跑。

一百八拿著運動飲料到旁邊後，問左丘明煦：「兄弟，他們是不是……有點愛比較啊？」

一百八都能這麼說，可見兩個人較勁的明顯程度。

左丘明煦跟著疑惑：「米樂平時都很淡定的，這是怎麼回事？難道是因為童逸說他腳大，他不高興了？」

一百八看了看後，撇嘴：「是童逸腳小，外號就是童小腳。」

「確實滿小的。」左丘明煦看了看之後，去一旁舉鐵了。

兩個人一起較勁，速度八跑了五十分鐘後，童逸扭頭看了看米樂，見到米樂臉上都是汗，臉頰還有點紅，似乎已經堅持不住了，終於按了降速的按鈕。

他用毛巾擦了擦臉上的汗，在跑步機上走步緩一緩，忍不住笑著問：「行了，你也停下來吧，我看你嘴唇都發白了。」

米樂輕哼了一聲。

童逸又走了一會兒，關掉自己的跑步機，看到米樂調整到速度四在慢走。

正要離開，他聽到米樂說：「我之前一直是坡度四。」

「呃……然後呢？」

「蹼也很能跑的。」

「……」童逸被米樂弄得哭笑不得的，點了點頭說，「對，你厲害。」想了想又補了一個大拇指。

一百八走過來丟給他們一人一瓶飲料，接著扭頭就走。

米樂拿著飲料看著一百八離開，問童逸：「他真的要這麼做？」

「不然呢？他還是說話算數的人，肯定能孝順你一星期，珍惜點吧，一周後他又要開始惹人厭煩了。」

米樂遲疑了一會兒後，再次去做拉伸了，緩了一會兒才跟左丘明煦一起去舉鐵。

他剛過來，左丘明煦就到米樂身邊，用下巴指向排球隊那邊說：「他們身材還都滿有料的，看起來很結實，像健身教練一樣。」

「肌肉有點誇張了。」

「童逸的身材很好，倒三角身材也不駝背，李昕駝得很嚴重。」

「也就一般，腿毛還很密。」

「果然是住在同一個寢室的人，連這個都了解。」

「……」米樂覺得他最近在掉智商，說話居然不經過大腦了。

§

一百八還真的說到做到了。

第二天一早，米樂剛洗漱完，一百八就來敲門了。

米樂打開門，看到一百八站在門口指了指自己的腳下：「我沒進寢室。」

「喔。」米樂回應了一句。

「我去幫你買了早飯。」一百八把打包的餐盒遞進來。

薏仁粥、水煮花椰菜。

「你怎麼知道我吃什麼？」米樂伸手接過來問。

「我跟童逸討論過你吃的雞食，一看就非常難吃，所以記憶深刻。」

「其實還好。」米樂覺得還可以啊，至少不會吃壞肚子。

「你今天有什麼課嗎？」一百八又問。

「嗯……別告訴我你要陪我去上課。」

「不用就算了。」

「算了正好。」

一百八欲言又止了一會兒，扭頭就要走，童逸突然走到門口問：「沒幫我帶飯啊？」

之前米樂只是拉開門，並沒有完全打開，一直擋在門口跟一百八說話。童逸現在過來，直接靠在了米樂的身上，彎腰將下巴抵在米樂肩膀上問。

「沒帶。」一百八回答完就走了。

童逸不由得有點失落，接著米樂就用大手去推著童逸的腦袋，讓他移開：「你給我滾蛋。」

「這麼凶，你粉絲如果知道你這樣，準會脫粉。」

米樂拿著早餐坐在桌子前吃東西，聽到童逸傳了一段語音：「吃了。」

米樂回頭，童逸就把手機放下了：「你兒子問我你有沒有吃，還真別說，你歲數不大，兒子倒是不少，就像段嚳他爹一樣，以後他們的業餘生活就是認兄弟姊妹。」

「你的隊友很有意思。」

「你來寢室第一天就罵了他一頓。」

「他活該。」

「是是是！」不然又得吵起來。

認爹行動，這只是開始而已。

米樂回到戲劇社，就看到一百八在戲劇社裡幫忙打掃，拿著拖把在大廳裡跑來跑去，動作俐落。

他腳步一頓，站在大廳裡看著一百八。

一百八看到他之後立刻叫了一聲：「爸爸！」

米樂清咳了一聲，問：「你怎麼過來了？」

「過來幫忙打掃。」

「我們也有社員打掃。」

「沒事，反正我現在沒有什麼訓練，而且我在排球館打掃習慣了。我們教練每次對訓練不滿意就罰我們打掃，我們最高紀錄一天打掃了四次。」

「其實你不用過來。」

「沒事，我是孝順兒子。」

米樂看了看周圍其他人詫異的目光，有點不自在，不知道該說什麼，慌亂地逃跑了。

一百八還滿熱情的，對著米樂的背影招呼：「爸爸，我等等送你回寢室啊？」

米樂慌張地回頭看了一眼，然後快步逃跑，走到沒人的位置後沒憋住，笑了。

這群體育系的男生打直球真的了不得。

別看一百八有點無厘頭，弄得米樂莫名其妙的，但是「打入敵軍內部」的本事是真的強。沒兩天一百八就跟戲劇社的很多人混熟了，還加入了戲劇社的微信群組，在群組裡認識了幾個妹子，聊得熱火朝天。

今天，群組裡在聊戲劇社迎新的事情。

米樂：節約經費，雇車去市區聚餐太奢侈了，沒必要。

宮陌南：附近真的沒有合適的飯店。

成員E：我們野炊？

成員G：可以的吧！這個可以，我們自己買東西，到山上風景區找個小湖邊燒烤。

司黎：跟你們講一個故事，我們體育系剛來時發生的。

米樂：說。

司黎：當時童逸帶我們排球隊成員去學校後面採玉米，沒找到農戶，就在葉子上夾了三百塊錢，揹著玉米就走了。農戶看到我們離開，沒注意到錢，就報告學校長官，在全校找個子高的男生，就找到了我們，我們被罰繞學校跑了十圈。

成員O：？？？

成員R：不是給錢了嗎？

司黎：對啊，找到我們後，我們說其實夾了錢，農戶回去後真的找到了，他還怪不好意思的，補送了一堆玉米給我們。

宮陌南：為什麼要說這個？

米樂：突然詩興大發？

司黎：聽我繼續說啊。

宮陌南：說吧。

成員P：這不是HE了嗎？為什麼還要跑？

司黎：因為童逸傻，帶著我們上山找了一個小河邊生火烤玉米，冒了煙之後學校長官拎著水桶、拿著滅火器過來了，然後看到了烤玉米的我們。我們教練火冒三丈，罰我們跑操場，還把童逸的腿踹瘀青了。

米樂：……

成員E：呃……

成員P：哈哈哈哈哈哈！

司黎：值得一提的是，我們一開始拿走的玉米都沒熟，根本不能吃，農戶後來送給我們的才能吃。

米樂：當時是幾月？

司黎：七月末。

米樂：能吃才怪。

司黎：爸爸，你還知道這個？

米樂：查一下。

司黎：爸爸你真厲害。

成員A：哈哈哈哈，你們這群笨蛋。

成員B：我要笑死了。

成員C：那現在怎麼辦？野炊不可以，我們吃什麼？

司黎：經過我們先來幾個月的經驗來說，有一家店的確可以作為聚餐的場所。

米樂：你可以跟宮陌南溝通，訂下來。

司黎：不過這個飯店要訂下來有點特殊要求，要你們能接受才行。

米樂：什麼意思？

司黎：這就又是另外一個故事了。

米樂：……

宮陌南：說吧。

司黎：我們的確知道一間飯店，當初在這裡封閉訓練時食堂每天就五道菜，晚去就沒有，我們都饞哭了。童逸就帶我們騎著自行車到處亂逛，還真的發現了這一家。

司黎：這家是附近十里八村最大的婚慶飯店，我們去時正好有人在辦結婚宴席，我們就去了。

司黎：他們是流水席，進門給錢，我們一看還有人給五十塊錢的。我們對視了一眼後不好意思也給五十，一人掏一百塊錢進去吃了一頓。沒有人知道我們究竟是娘家人，還是婆家人。

司黎：最氣人的是我們一邊吃，一邊被鄉親們圍觀，感嘆這幫小夥子個子真高。這一頓飯吃得羞愧感特別強。

米樂看著手機，忍不住笑了。

童逸也坐在寢室裡玩遊戲，聽到米樂的笑聲後回頭看向米樂，問：「笑什麼呢？」

「你居委會的？什麼都管？」

「不是，我輸了好幾局了正生氣呢，你有什麼笑話就說給我聽聽吧。」

米樂看著童逸的眼神有點複雜。

他不知道告訴童逸，其實童逸是笑話的主角之一會是什麼樣的心情。

最後戲劇社還是訂了司黎說的那家飯店。

這家飯店為了好好做生意，還有一點講究，就是只接婚宴，其他的宴席不接，生日聚會都不行。所以戲劇社為了能夠就近聚餐，還真的訂了婚宴。因為並不是全部的人都來，所以只訂了四桌，看起來還滿寒酸的。

大家到了時間就在校門口會合。

米樂到了就發現他們人手一輛自行車，只有他沒有準備，畢竟他通常是開車去上課，車開不上樓梯的情況下也是步行。

據說從他們學校過去需要穿小路，開車不方便，騎車反而更快。

米樂到時，戲劇社的成員已經差不多分配好了，很多有自行車的人都有帶另外一個人。好像還故意安排過，男生帶女生的情況居多。

「我帶你過去？」童逸在一旁問米樂。

「你為什麼在這裡？」米樂蹙眉問。

「司黎說你們要去吃飯，去訂飯店，訂四桌人家說數字不行，有講究，必須訂五桌，一桌備用，你們還沒那麼多人，我們排球隊過去就是湊數的，而且我們那桌自費。」

童逸說得大義凜然，好像跟著去吃飯是見義勇為。

「怎麼還有這種講究？」米樂覺得很奇怪。

童逸聳了聳肩：「我又沒結過婚，我也不知道啊。」

米樂左右看了看後，找到了左丘明煦，左丘明煦指了指自己的自行車橫桿：「這個你可以嗎？」

米樂搖了搖頭，再看沒被分到帶人，騎著淑女車的男生，最後還是上了童逸的自行車後座。

這邊的小路滿顛簸的，之前乘坐殘疾人車就感覺到了。

米樂在後面扶著自行車座完全扶不住，好幾次身體都彈起來了。

「屁股還行嗎？」童逸問米樂。

「不太好。」

「我就知道，你細皮嫩肉的，要不要我輕一點？」

「我們的對話是不是不太對勁？」

童逸沉默了一會兒才明白，又問米樂：「你看起來滿正經的，怎麼滿腦袋黃色小東西？」

「明明是你說話奇怪。」

「我正常問。」

「你車技不行。」

「噗——」

童逸笑了半天才冷靜下來，然後問：「要不然你來騎，我看看你車技怎麼樣。」

說完還真的停下了。

米樂也下車到前面騎車，跟童逸交換位置。

童逸坐在後面就好大一團，像遮陽傘一樣，大刺刺地直接抱著米樂的腰。

「你把手放開。」米樂警告。

「不行啊，我這姿勢抓著車座，從側面看像老漢推車一樣。」

「……」米樂不說話了。

童逸不鳴則已，一鳴驚人。

「你的腰可真細啊。」童逸摟著米樂感嘆。

「嘖，手那麼賤嗎？」

「不，是用心感受的結果。」

「滾。」

一行人就這麼浩浩蕩蕩地騎著自行車去參加「婚禮」了。

到了飯店，就看到一個紅色的氣球拱門，上面還掛著橫幅，恭喜「黃體育」跟「韓藝術」喜結連理。

「這個字是怎麼回事？」米樂問。

童逸看到後忍不住笑著解釋：「我們是H大，所以姓氏是這麼來的，我們體育系，你們藝術系，湊在一起吃飯，所以就這樣訂了。」

「真的是……讓人非常無語。」

別看米樂在戲劇社滿德高望重的，但是真的吃飯時沒人願意跟他一桌。主要是跟米樂吃飯就會覺得氣氛有點壓抑，跟米樂有多紅、是不是小鮮肉一點關係都沒有。

米樂這桌坐了一半的人，排球隊那邊坐不下，也有幾個人過來，一直在安排的童逸順勢坐到了米樂的身邊。

米樂還在玩手機，就聽到童逸跟左丘明煦聊天：「小明，你不是戲劇社的，怎麼也來了？」

「我有戲劇社的靈魂。」左丘明煦回答。

「他經常過來幫忙。」宮陌南跟著說道。

童逸點了點頭開始整理餐具，見米樂沒有動彈的意思，順便伸手幫米樂弄好了。

米樂抬頭看一眼，又看了看童逸。

左丘明煦也注意到了：「你弄了也沒什麼用，他很少吃東西。」

「喔，對，據說點的菜裡面沒有水煮的。」童逸回答。

等上菜了，老闆走過來問司黎，畢竟是司黎過來訂的酒席：「小夥子，新娘跟新郎呢？」

「啊……悔婚了。」

「怎麼回事？」老闆很驚訝，聲音瞬間拔高幾度。

「本來就是家裡不同意的婚事，來的都是新郎、新娘的朋友，家屬都沒通知。結果被新娘家裡知道了，硬是被家屬帶回老家，不讓他們結了。可是宴席訂了啊，我們就來吃了。」

老闆彷彿聽到了一個大八卦，還多問了幾句：「新郎呢，心情肯定很糟糕吧？」

「就是啊，都沒心情過來了。」

「現在的年輕人啊，這種事情還是得聽家裡的，不聽老人言，吃虧在眼前。」

童逸也跟著一起聊了起來：「對，就是啊，對象還得找脾氣好的，不然天天打架。」

「是，脾氣不好的相處難。」老闆感嘆。

童逸扭頭問米樂：「你說你以後是不是得娶一尊佛，不然一般人忍受不了你。」

米樂：「……」

菜陸續上桌了，大家開始吃吃喝喝。

米樂果然很少動筷子，看到青菜就吃了兩口。

司黎吃著飯，一個勁地說：「份量真多，這個好吃，爸爸你嘗嘗，真的好吃，我拿狗命擔保。」

「你的是狗命，那我是你爸爸，我是狗嗎？」米樂問。

司黎：「……」

童逸吃了一會兒，見到米樂繼續吃雞食，起身去後廚逛了一圈，接著又回來了：「我去看了，廚房滿乾淨的，吃一點吧，偶爾吃一頓沒事。」

米樂聽完沒說話，左右看了看發現大家都在吃，遲疑了一下後也跟著吃了一口，接著放下筷子靜坐，生怕自己再動筷子。過了一會兒，他發現其他人吃得很開心，還吃得特別香，米樂再次悄悄地拿起筷子吃了幾口，又快速放下了。

這時，有人過來向米樂敬酒。

這個人表示要代表大一新生敬米樂一杯。米樂也沒遲疑，倒了一杯後直截了當地喝了。之後大家就開始暢飲了，一邊喝酒吃菜，一邊聊天，排球隊躍躍欲試地試著撩妹。

米樂身邊總是有絡繹不絕的人過來敬酒，讓米樂已經喝五杯了。

第六個人過來時，原本在吃飯的童逸伸手拿來米樂的酒杯，一飲而盡：「我替他喝，感情到了，行了。」

米樂看著童逸愣了愣，敬酒的人識相地走了。

「我不用你幫我。」米樂冷聲說道，他可不想別人誤會他們關係很好。

「別不知好歹啊。」

「是你自討沒趣。」

「你這小嘴一天罵來罵去的。我告訴你啊，我脾氣不好，再惹我生氣我就收拾你。這附近可沒什麼攝影機，拎進小樹林裡就是揍一頓，死無對證，你去長官那裡拚命地演也沒用。」

「我怎麼就惹你生氣了？」米樂問。

「你再喝我就生氣。」

「我喝不喝酒關你屁事？」

「你回寢室發酒瘋會影響我睡覺。」

米樂還想反駁，童逸就開始張羅其他活動了。

「我們做點其他的事情吧，你們平時有什麼遊戲嗎？比如玩骰子？」童逸主動轉移大家的注意，讓他們別專注於喝酒了，不然米樂身邊的人不會停。

「我們最近都在玩天黑請閉眼。」一名成員回答。

「啊……可以啊……」童逸吞吞吐吐地回答，他不太擅長。

「有點懲罰吧！」其中一人提議。
「怎麼？」米樂問。
「輸的一方要接受真心話大冒險。」
米樂微微蹙眉，因為他如果被挖出什麼料來，真的很麻煩，不過為了不掃興，他還是答應了。
童逸在玩之前忍不住問：「玩這個遊戲的訣竅是不是先把米樂這個戲精幹掉？」
宮陌南難得地點頭回應：「的確。」
左丘明煦跟著說：「米樂玩得特別好，為了增加遊戲的趣味性，先幹掉米樂是明智的選擇。」
「對，長得很乾淨，心特別髒！」童逸繼續吐槽米樂。
米樂：「……」
遊戲開始，警察睜眼後，米樂跟童逸對視了。
童逸：「……」
米樂：「……」
等到了投票環節，童逸沒投米樂，左丘明煦忍不住笑呵呵地問：「童逸，你不是要幹掉米樂嗎？」
「啊……其實不幹掉也行。」童逸回答。
左丘明煦立刻笑得前仰後合。
米樂：「……」
單純如兩百一，還有點不理解，問童逸：「他為什麼笑啊？」
一百八回答：「可能是因為隊長出爾反爾吧？」

果不其然，再次閉眼後，米樂被殺死了。

接下來一輪，童逸被殺死了。

平民是不能睜眼的，所以不知道隊友是誰。只有警察跟匪徒能睜眼，童逸不殺米樂，證明他知道米樂跟自己是一夥的。

匪徒睜眼時沒看到他們睜眼，就證明這兩個人是警察，殺死他們準沒錯。

這一輪警察跟平民毫無疑問地輸了。

「就你這個智商，基本上告別出軌了。」米樂忍不住吐槽童逸。

童逸特別委屈：「我很努力在玩。」

「可你真的特別明顯，你以後找一個傻白甜談戀愛還行，萬一找一個聰明的，撒謊立刻就被發現了。如果真的找米樂這種腦袋的，你有出軌的想法，十分鐘內就能被發現。」左丘明煦忍不住說道。

童逸不服：「我一個堂堂七尺男兒，戀愛就會負責到底，出軌、撒謊這種事情是不會幹的！」

緊接著在座的各位給了他稀稀落落的掌聲，童逸氣得直捂臉。

「真心話大冒險！」

「從童逸先來。」

「贏的匪徒一人問一個吧。」

左丘明煦跟童逸不熟，想了想後問童逸：「你……初吻在什麼時候？」

「還沒有。」童逸回答。

左丘明煦不太相信。

兩百一立刻跟著說：「我作證，他確實沒談過戀愛，高中有個小女生想強吻他，沒碰到嘴，之後被躲開了。」

沒碰到嘴讓所有人狂笑不止。

另外一個人問童逸：「多久打一次手槍？」

「真他媽的賤……」童逸都被這群人打敗了，半天都沒回答。

「快點快點，我還要問呢！」一百八著急地催促。

「心情好的話……」童逸猶豫了一會兒，又問，「有女生在，說這個真的好嗎？」

「你趕緊回答吧！」眾人催促。

「拖拖拉拉的。」

「最近很少了，住宿舍不太方便，大致一周到半個月一次。」童逸回答完，難得老臉一紅。

米樂直捂臉，他要是被問這種問題該怎麼辦啊……

輪到一百八問問題了，童逸立刻就急了：「你這個智商也能贏？」

「火車跑得快，全靠車頭帶，這句話沒聽過嗎？」其實一百八也覺得自己莫名其妙就贏了。

「行，快問吧，自己拿捏尺度啊。」童逸話裡帶著一點威脅的意思。

「在這裡坐著的這些人裡，你對誰最感興趣？」一百八問完直揚眉，眼神充滿暗示。

排球隊一直有讓童逸拿下校花的想法，可惜童逸是榆木腦袋，根本不行動，至今都沒跟宮陌南對視過。

之前一百八混進了戲劇社的群組，第一件事就是問童逸要不要校花的帳號，童逸沒拿。現在一百八問這個問題，就是打算讓童逸回答對校花有意思，讓校花知道，之後兩個人眉來眼去的，說不定就成了呢。

可惜童逸不懂，疑惑地回答：「我對誰都不感興趣啊。」

「就是，你對誰有好感？」一百八繼續問。

「都一樣啊。」

「你平時都會想著誰？」一百八不死心，非得讓童逸回答。

「米樂。」童逸回答。

米樂白了童逸一眼，懷疑童逸被他媽收買了，是主動來賣腐的。

「你想著我爸爸幹嘛啊？」一百八問。

「想怎麼搞他啊。」童逸也不隱瞞，直接回答。

結果回答完，一群人陰陽怪氣地起鬨。

童逸見到他們這樣，立刻用手指敲桌面說：「你們的社長特別陰，聯繫小明一起來算計我，我差點被寢室老師舉報到學校，要是真的鬧大，我前途都毀了。就這樣我能看米樂順眼？」

左丘明煦立刻清咳了一聲。

「我心裡有數，事情根本不會鬧大，只是想讓你讓步，不然對我們都會有影響。」米樂回答。

「你有什麼數？」

「寢室老師的性格我已經摸清了，就是大事化小、小事化了的人，只要我稍微有讓步，他就不會再繼續追究。」米樂回答。

「你不覺得你這樣算計人很讓人討厭嗎？」

「你不做讓我討厭的事情，我也不會對你做討厭的事。」

氣氛一下子就僵了。在場的人都有點尷尬，本來還想問米樂的問題都進行不下去了。

要是平時，排球隊肯定會無腦護人，但是今天妹子只撩到了一半，猶豫就錯過了最佳的時間。

左丘明煦開始打圓場，米樂起身去洗手間。

童逸坐了一會兒後也跟著起身，還準備繼續跟米樂理論幾句。

飯店被他們包場了，現在也沒有其他人在，米樂進入洗手間看到只有兩間廁所，裡面都沒有人，才推開門走進去。

在童逸進來時，就聽到米樂在吐。

他腳步一頓，突然知道米樂在做什麼了，遲疑了一會兒又退了出去。

一百八怕他們打架，特意跟過來，就看到童逸站在走廊裡，把他攔了下來。

「你等等再過去，陪我聊兩句。」童逸說道。

一百八覺得意外，但也沒拒絕，笑呵呵地過來問：「怎麼了？」

「不知道，就是突然吧……心裡怪難受的，你說是怎麼回事呢？」童逸問一百八。

一百八嘆了一口氣，開始勸導童逸：「你跟著童叔長大的，他身邊只有你一個，什麼都順著你，你長這麼大都沒怎麼受過委屈，在米樂這裡受了氣，心裡過不去也是正常的。」

童逸咬著嘴唇思量。

他原本很氣，進去洗手間遇到米樂在吐，心裡又有點不對勁。

打架不可怕，可怕的是要打之前突然同情起對手。

一百八繼續說：「也不是童叔不幫你，教練跟他打過招呼了，不能太寵你，不行讓你沒有一點承受能力。教練的意思也是要你管管你的臭脾氣，還有就是以後做事動動腦子。」

「我沒怪我爸。」

「對嘛。」一百八拍了拍童逸的肩膀，「我看米樂也不太順眼，但是這傢伙太難搞了，而且出名，一點小事只要他一鬧，準會鬧大。你跟他合個照，連粉絲團都有了，所以你就再忍忍。」

童逸點了點頭，一百八覺得很欣慰，他終於說服了童逸。

沒一會兒米樂出來了，童逸立刻說：「我們去後山打架，立個君子協議，打不過我你也不許鬧。」

一百八直拍腦袋，勸了半天算是白說了，童逸聽進去的只有一部分沒什麼用的。

「我身邊常年跟著狗仔隊，我聽說他們最近跟著我到學校來了。」

狗仔隊跟著米樂，是想拍米樂的校園生活，看看米樂在學校裡有沒有女朋友。

「我怎麼沒看到？」童逸不信。

「不信，你去可以拍攝到大廳的位置，看看可以抓到幾個狗仔隊。」

童逸半信半疑地跟著一百八去了，出去十分鐘左右，就拎著兩個人回來了，這兩個人手裡還拿著生財工具，看起來極為專業。

左丘明煦很驚訝，問：「這是……」

「狗仔隊，偷拍米樂的。」童逸說完，放開其中一個人，「見到我們就跑，但是跑不贏我們。」

米樂直接走過來，看了看這個人手裡的相機，看看都拍了些什麼。

其他人則是湊過來圍觀：「哇！狗仔隊！」

「活的狗仔隊耶！」

「你們肯定跟過不少明星吧？」

「傳說蘇錦黎跟安子晏在談戀愛，是不是真的？」

兩個狗仔隊都無語了，他們真的很少有這種待遇。

米樂刪除了他們設備裡的東西後，將設備還給了他們。

童逸看著他們突然說：「好不容易有專業人士來了，不如幫我們拍個大合照吧。」

兩個狗仔：「……」

在莫名其妙的氣氛中，狗仔隊的兩個人還真的幫這群人拍了大合照。

戲劇社的幾名成員還過來跟狗仔隊套近乎：

「大哥，你看過的明星多，你覺得我們有沒有紅的潛力？」

「大哥，我傳幾張我的圖片給你，你P進某個流量的合照裡吧，然後傳我們的緋聞讓我們紅。」

兩個狗仔：「……」

離開飯店後，米樂借了一輛自行車，帶著左丘明煦回去宿舍。

童逸回到宿舍就開始生悶氣，一句話都不說。忍了兩個多小時後忍不住，問米樂：「你今天吐是因為吃壞肚子了？」

米樂沒想到童逸遇到這件事後不但沒笑他，反而問他這個問題，想了想後回答：「吃太多了，所以我催吐了。」

「需要這樣嗎？」

「需要，節食減肥的人反彈都很嚴重，我也要格外注意。」

童逸看到米樂纖細的身材，哪需要減肥。想到米樂自嘲自己是父母的賺錢工具，他又一陣煩悶，直接爬上床。

整個過程中，心裡只念叨著一句話：他難受你該高興，你鬱悶什麼？

§

米樂坐在一個二樓的陽臺，正在往下看。眼前是熟悉的景色，身邊環繞的是浸著草木香的空氣。

他看到樓下有一個身影由遠至近地走來，然後站在陽臺下朝他看過來。

「今天我可不會輕易放過你了。」童逸說。

米樂看到童逸後冷哼了一聲：「就你？」

鄙視之情溢於言表。

童逸被周圍的景色吸引了目光，雙手插進口袋裡，左右看了看後問：「這是哪裡啊？」

「瑞士的一個小鎮。」

「你還來過這種地方？」

人的夢境都是他的所思所想，就連裡面的路人，都是曾經見過的人。

雖然記憶不深刻，但是樣子殘留在腦中，在夢裡還能活靈活現地出現，出現的也是想像中的那一面。所以這裡都是米樂來過的地方，才能夠還原得這麼具體，童逸順便問了一句。

「我高中時曾經離家出走，來這裡住過三個月。」米樂雙手搭在陽臺扶手上，對童逸說。

「你幼不幼稚，還離家出走？」

「對啊，就是覺得很煩，人生都在被家裡控制著，想要脫離他們，就拿走了我的兩年收入，躲到這裡虛度人生。」

童逸想了想後，算是理解了。

米樂估計並不想被父母利用，所以也掙扎過。然而現在米樂回來了，明明饞得不行，作夢都在吃東西，卻還是在控制飲食減肥，甚至催吐。

他又問：「你為什麼又回來了？」

「我媽自殺威脅我，還真的差點丟了半條命，所以我還是回來了。」米樂說完，居然還笑得出來，「回來後就被控制得死死的，收入都被他們控制著，動不動就封鎖我的經濟。」

「居然這樣！」

「不過我不用你同情，願意回來吃這些苦都是我自己賤，狠不下心來怨別人。」

童逸也懶得同情米樂。米樂是死是活關他屁事？收拾完米樂，童逸就不打算再管米樂了，愛怎樣就怎樣吧，多大的明星他也不在乎。

「你下來，我們單挑。」童逸突然說道。

米樂真的就點了點頭，這次完全不撒嬌了，突然跳了下來。

童逸嚇了一跳，下意識伸手去接，結果就看到米樂居然騰空，懸浮在空中看著他。

「我靠？」

「來啊，單挑。」米樂說道。

「你先告訴我你白天經歷了什麼？」

「無聊時看了一個電影。」

童逸還想問是什麼電影，米樂已經開始嘗試攻擊了。

米樂抬起手來，手掌心凝聚了銀色的光亮，瞬間凝聚成一把冰劍，被米樂握在手裡居然很帥。

童逸都看傻了。

米樂也覺得很神奇，又抬手在另一邊嘗試，手臂旁環繞著冰鑄成的箭，看起來十分鋒利，蓄勢待發。米樂稍稍動動手指，冰箭就發射了出去，射擊在地面上，入土紮得很深。

童逸都嚇傻了，也想試試自己的招數，看看自己會不會什麼法術。不然在這個奇幻的夢裡，他只有挨打的份啊。

結果童逸努努力，突然從手心變出一束鮮花來。

兩個人看著花，都愣了。

童逸遲疑了一下，想著是不是他的花有毒，於是將花遞給了米樂。

米樂遲疑了一下伸手接過來，然後笑了：「居然還是我喜歡的花。」

可不是！這是你的夢！你的地盤你做主！

童逸算是發現了，要進米樂的夢裡收拾米樂也是不容易。

發現自己的特異功能不行後，童逸拔腿就跑，好漢不吃眼前虧。

米・冰雪小王子・懸浮術・樂接過花之後，看到童逸落荒而逃的樣子覺得很有意思，立刻操控自己的身體去追。

在跑步的過程中，米樂就發現童逸進化了，身體越來越輕盈。一開始只是跑酷，後來居然彈跳力驚人，就好像古典武俠電影裡面飛簷走壁的，身輕如燕，他的懸浮術想追到童逸十分困難。

追到森林裡後，他追丟了，在森林裡謹慎地四處尋找。

似乎是入戲了，他還扮演了一下緊張氣氛下該有的樣子，接著就看到童逸蹲在一個小角落，繼續試異能。見到他來了，慌張地抬手用力一伸，接著就看到從童逸那裡到米樂的腳下，漸漸擴散出一條花路來。

這個異能真的好騷啊。

「不是要打架嗎？你跑什麼啊？」米樂問童逸。

童逸氣得直嚷嚷：「你這是什麼破設定？我變滿地的花出來熏死你嗎？」

「我都同意單挑了，你怎麼能不打呢？」

「你這個人怎麼這麼騷呢？」

「這一點我比得過你？」

童逸覺得自己光躲也不是辦法，想了想問：「敢不敢讓我抽個時間，升級個技能？」

「怎麼，你還打算去打怪賺經驗？」

「或者下個劇本，我動不動弄出一堆花來，花仙子啊？」

米樂笑了起來，髮梢凝結出一層霜。

原本就皮膚白皙的少年，配上冰霜跟微笑，竟然有種衝突的美感。

童逸看著米樂愣了愣，想罵人又沒罵出來，大搖大擺地走過去：「說不定我還有什麼風火雷電的天賦，不能只有速度。」

米樂雙手環胸，看著童逸在空地上像傻子一樣擺出各種姿勢，嘗試發射自己的大招。

後來童逸發現，越努力，變出來的花越多，越鮮豔，香氣沁人心扉。

童逸氣急敗壞地走過去踩花：「今天不比了！下次！」

米樂也沒多少鬥志，到了鮮花叢中突然仰面躺下，身體張成一個「大」字。

童逸看著米樂愜意的樣子，忍不住問：「你為什麼要離家出走到這種地方？看起來很荒涼，一棟超過四樓的房子都沒有。」

「你有沒有幻想過在叢林裡隱居，住在一個單獨的院子裡，院子裡有花有草，最好還有流動的小溪。早上會有鳥落在枝頭，冬天院子裡會堆積厚厚的積雪。房子不用太大，但是要有閣樓，裡面有一間茶室……」

童逸忍不住打斷他，問：「你的喜好怎麼像個老頭子？」

「不覺得這就是世外桃源嗎？」

童逸搖了搖頭，跟著坐在米樂的身邊，說出自己的想法：「我就想住在市中心，去哪裡都方便，購物啊，看個電影啊，出去吃個飯啊，出門步行就可以了。然後我的哥兒們都住在我家附近，一起看世盃。」

他們兩個人完全是兩種性格，喜好也完全不一樣。

對視了一眼後，他們都在彼此的眼中看到了濃濃的嫌棄。

「我們就應該畢了業老死不相往來，不然準會打架。」童逸這樣表示。

「只要有其他的寢室我就搬走，或者學校周圍有其他滿足我住宿條件的房子，我也能搬出去住，我看到你也覺得滿討厭的。」

「呵呵。」

「嘖。」

兩個人又沉默了下來。

米樂伸手去摘花，折了幾朵之後突然到童逸的身前，在童逸的耳朵上別了一朵。

「真的當我是花仙子了是吧？」童逸沒好氣地問他。

「滿好看的，我再幫你編個花環。」

說完，真的去弄了。

童逸看到米樂擺弄花還擺弄得很開心，不由得嘆氣，任由米樂折磨。

「我不但會編花環，還會編戒指。」米樂編好了兩個花環，點綴了不同的花，把其中一個戴在童逸的頭頂，另外一個自己戴上，接著又開始編戒指。

童逸不適合戴花，一看就像野豬摘了小花。但是米樂看起來滿適合的，畢竟真的是像花一樣好看的少年。

米樂編了一個戒指，拎起童逸的手試著戴上，最後戴在了無名指上面。

「怎麼弄得像在求婚一樣？」童逸問他。

「別開玩笑了，我眼光沒有這麼差。」

「你還看不上我是吧？」

「本來就看不上。」

「我眼光特別差，一直覺得你長得滿好看的，聲音也很好聽，就是性格太惹人厭。」

「我很欣賞你的眼光，非常不錯。」

童逸低頭看了看自己手指上的戒指，居然是一朵狗尾巴草，不由得鬱悶：「戴上這玩意兒，就好像我無名指長了個雞[redacted]一樣。」

「你這張狗嘴真的吐不出象牙。」

「你找出一隻能吐出象牙的狗給我看看。」

結果米樂一伸手，真的變出一條狗來。

童逸目瞪口呆地看到一條二哈，在正經八百地練習著什麼，接著吐出一朵花來。

童逸立刻氣得不行，去抓米樂的衣領：「你這小子真欠揍，別用異能，我們真人打一架，這次不讓你了。」

兩個人很快打成一團。

夢裡的感觸十分真實，導致打架時的痛感也幾乎是真實的。

兩個人打得不可開交，在花叢裡這麼浪漫的地方能打成這樣的，也只有他們了。

打了一場之後，兩個人累得不行，躺在花叢裡互罵。

米樂：「徒有個子，沒有能耐。」

童逸：「你個小菜雞，還不是被我按著揍了幾次。」

米樂：「我什麼時候被你揍了？」

童逸立刻起身，騎在米樂身上，揪著米樂的衣領說：「就這麼揍的。」

說著就要示範。

米樂沒有應對及時，用手匆匆去擋，童逸的另一隻手就又過來了。

米樂算是發現了，童逸左右手打人一樣痛，下意識地閉起眼睛躲開。

童逸看到米樂的樣子，也不知當時腦袋裡是怎麼想的，就是鬼使神差地低下頭，在米樂的嘴唇上親了一下。

或許只是最簡單的想法：夢裡米樂浪，他就要比米樂還浪。

然而親完，童逸看到米樂睜開眼睛，兩個人的嘴唇還貼著。

這麼近距離對視簡直像在對眼，心臟還特別臭不要臉地狂跳起來。

其實童逸平時看電視劇，就特別受不了男女主角深情對望半晌，然後突然深情款款接吻的畫面。

肉麻，彆扭，什麼玩意兒！

單身狗童逸完全不能理解，怎麼可能因為一瞬間的表情、環境，就突然親上去？

管不住自己下半身，有時會因為生理而產生反應，上半身也管不住嗎？一個成年人，一點自制力都沒有嗎？

嗯，沒有。

真香。

童逸看到米樂閉眼睛，大腦飛速地運轉，準備浪一把，真的就親了上去。

米樂在夢裡騷斷腿，他也很想試試騷一把是什麼感覺。

來啊，來比騷啊，比這個他還是很有自信的。

結果親完就尷尬了，心裡想著自己是不是騷過頭了，兩個男人親嘴算什麼，噁心米樂的同時，還噁心自己。

接著米樂震驚地睜開眼睛，兩人在親著嘴的情況下對視了。

原本還很淡然的童逸一瞬間心臟狂跳，就像真的要戀愛了一樣。

周圍都是花叢，兩個人的身體以曖昧的姿勢疊在一起，環境還搞得真像那麼一回事。

米樂突然從夢裡消失了。

童逸知道這意味著米樂醒了，他一個人尷尬地杵在地面上。

親著嘴，親的人突然消失，那種姿勢真的像要幹大地。

童逸又抬頭看了看周圍隨風搖曳的花朵，突然笑了。

他把米樂嚇醒了，一如計畫。

米樂突然驚醒，睜開眼睛看著棚頂，又扭頭看看躺在另一側的童逸，還能看到童逸伸出被窩的腳丫子。

嗯，那雙賦有傳奇色彩的四十號的腳。

他躺在床上突然開始懷疑人生。

他最近怎麼總是夢到那傢伙？如果是被童逸惹到，夢到一次兩次還算是正常，但是他已經在短時間內夢到童逸四次了。

雖然第一次他們一直在狂奔，但是米樂能夠確定，在夢裡跑酷的人就是童逸。最要命的是，關於童逸的夢都特別真實。

比如食物的味道、身體的感觸、打架時的痛感，還有……接吻時柔軟的嘴唇和溫熱的溫度，鼻翼呼出來的氣息還會在他的臉頰散開。

該死的真實，該死的全部記憶深刻，完全不會忘記。

米樂翻了一個身，覺得自己不太對勁了。

在短時間內夢到一個男人這麼多次，這次還特別離譜，居然夢到童逸送花給他，他還編戒指給童逸，最後還親了一個嘴？

接吻？

米樂長這麼大都沒接過吻，就連這種劇本都不會接。如果他接了親密的戲，他的女友粉都會集體抗議，甚至去女主角的微博鬧事。

第一次思春居然他媽的是跟童逸？米樂要瘋了，渾身的汗毛都要炸開了。

一瞬間睡意全無，悶得恨不得咆哮兩聲。

他伸手拿手機來看了一眼時間，早晨四點。

原本還想繼續睡，卻聽到了童逸翻身的聲音，身體一瞬間緊繃，莫名地緊張起來。怦怦怦。

怦怦。

心臟開始不規則地跳動，他側著身，身下壓著的手，指尖都在跟著微微顫動。

臉頰突然開始發熱，他覺得自己不太對勁，這情況非常不對勁。

童逸只是翻了一個身啊！！！！

不可能，他只是做了奇奇怪怪的夢，有點心虛才會這樣。

他喜歡的根本不是童逸這種類型。

他喜歡成熟穩重，聲音低沉，能夠在必要時給他一個擁抱的年長型，而不是這個看見一眼就想立刻打一架的類型。

就這樣，米樂再也沒睡著，早早起床洗漱，準備在童逸他們還沒起床之前就離開寢室。

他擦著頭髮從浴室裡走出來，就看到從床上爬下來，眼睛完全沒睜開的童逸，突然腳步一頓。

童逸看到他，突然開口問：「你怎麼很少吹乾頭髮？」

聽到童逸跟自己說話，米樂突然緊張起來，遲疑了一瞬才回答：「我頭髮總是做造型，髮質很差，所以能不吹就不吹，讓它自然乾。」

「好吧……」童逸嘟囔一句，走進了浴室，估計又覺得他矯情、毛多了。

米樂立刻走到自己的桌子前，照著鏡子整理自己的形象。

等童逸洗漱完出來，米樂還沒整理完……步驟實在太多了。

「那個……」童逸走到米樂的身邊，靠著床鋪的欄杆看著米樂打扮自己，突然說道。

米樂的眉毛還沒描完，身體立刻一僵，畫出去了一些。

「什麼事？」米樂故作鎮定地問。

「聚餐的錢我們是不是得算一算？直接總共花了多少錢？按人頭除，我們把錢給你們。」童逸說道，還拿出手機打開了計算器。

對於他來說，加減法都得用計算器，不然腦袋會短路。

「喔，你跟宮陌南說吧。」米樂懶得管這些事情。

「我不想跟她說，我們隊裡的人成天讓我去追她，她根本不是我喜歡的類型。」

「你喜歡什麼類型？」米樂突然問了一個問題。

「啊？」童逸被問得一愣，並不覺得他會跟米樂聊這些事情，不過還是很快回答，「喔，估計是胸大的吧，沒仔細想過，不過唯一的硬性要求是身高必須超過一百七十五公分。」

「個子矮的不是很可愛嗎？」米樂又退後了一步，看著鏡子裡的自己繼續整理髮型。

「不是，實在是太精緻了，我怕會弄壞。」童逸回答。

「弄？」米樂不解，奇怪地問。

等反應過來後，他立刻白了童逸一眼。

童逸見到米樂今天的態度有點不對，似乎沒有之前那麼盛氣淩人了，突然覺得是自己收拾得有效果了，立刻笑呵呵地得寸進尺。

「特別不公平，昨天的問題你都沒回答，你的初吻是什麼時候？」童逸追在米樂身後問。

「沒有過。」米樂回答。

本來沒有過，但是昨天晚上有了，在夢裡，米樂覺得那並不算數。

「那你多久打一次手槍？」童逸又問。

米樂沒搭理他，整理好髮型就拿起自己的包包，準備離開了。

童逸不依不饒地跟在米樂身後，繼續問：「快點回答，我們一起輸的。」

「我是被你害的，你還有臉問我？」說著說著已經走到了寢室門口，準備開門出去。

童逸立刻大步追了過去，按住門繼續問：「快點說，多久打一次，不然不讓你出去。」

「你幼不幼稚？」米樂扭過頭瞪了童逸一眼。

童逸正按著門站在他的斜後方，他這樣轉過頭，正好站在童逸懷抱的範圍。

兩個人四目相對後，米樂立刻錯開目光，去推童逸的手。

童逸傻，沒看出來米樂的不對勁，堅持按著門，對米樂多久打一次的問題耿耿於懷。

米樂覺得自己的臉在發燙，耳尖絕對紅了。他突然慌得不行，畢竟還是第一次有這樣的情況發生，心臟又開始瘋狂跳動了。

這個人怎麼這麼煩？陰魂不散。

「很少。」米樂回答。

「我不信。」

「不信拉倒，滾開！」

「還有呢，昨天那些人裡你對誰最感興趣？」童逸又問。

聽到這個問題，米樂開始心虛，開始更努力地推童逸，發現兩個人還是有力量懸殊的，立刻對童逸吼了一句：「你要死了啊！」

童逸被吼得一愣，往後退一步讓開，米樂風風火火地跑了出去。

到食堂吃早飯時，米樂開始讓自己冷靜。

喜歡上童逸是不可能的，絕對不會發生的，怎麼可能有這麼可笑的事情？

呵呵呵。

呵呵，他只是昨天做了一個奇怪的夢，今天碰到童逸覺得尷尬而已，像他這種人，是不會對童逸這種傻子感興趣的，絕對不會！

他只是碰到長得好看的小哥哥就心癢癢，想調戲而已，童逸老是在他眼前晃，晃得他心中有那麼點齷齪的想法了而已。

吃了一會兒，他突然看到一百八跟排球隊其他幾個人走進來，一百八看到他就狂奔而來，叫了一聲：「爸爸！」

「嗯。」

「我都來幫你買早飯了，你這麼忙，怎麼還親自來吃飯？」

「這番話怎麼這麼彆扭呢？」搞得他很不得了一樣。

「最後一天孝順你了，你珍惜點。」一百八說完，就去追自己的朋友。

米樂忍不住在內心吐槽：誰稀罕？

米樂也只有早上魂不守舍了一會兒，到了中午就好多了。到了晚上，心理建設已經做完，人也恢復了自然，就好像什麼都沒發生過一樣。

不過說來也是，誰會對自己做的夢耿耿於懷，難不成他夢到跟當紅女星啪啪啪了，他就要去找人家女星負責嗎？人家都不一定願意嫁給他。

想清楚這些之後，米樂依舊是原本那個有點愛找碴、不太愛笑，整天都不高興的米樂。推門走進寢室，就聽到了童逸說話的聲音，腳步下意識地一頓，很快又恢復正常。

「非常滑稽，就像在搞笑一樣，你這種身高網購一件上衣已經是極限了好吧？還敢買褲子？」童逸坐在椅子上，面朝椅背，手臂放在椅背上盯著兩百一看。

兩百一正在試一條八分褲。

米樂掃了一眼包裝，寫的是長褲。

「我看評論寫的是可以穿的啊。」兩百一還是不死心，想要繼續堅持這條褲子他能穿。

「評論裡那個人的身高絕對沒有兩百一，如果他有兩百一，我就把我的名字改成不同意！」童逸搖了搖頭，「脫下來吧，穿起來像傻子一樣。」

米樂將包包放在桌面上，扭頭看著兩百一的褲子，遲疑了一下，對他們說：「站著別動，我幫你改一改。」

兩個人都十分詫異，不懂米樂的意思。

米樂說完，從箱子裡取出一個小盒子來，到兩百一身邊蹲下，把褲子的腳剪掉一圈，然後用針線縫了一下兩側。

兩百一的審美還是非常標準的，他穿上沒有任何花樣的直筒褲，一看就是褲子不夠長，有種蠢呆呆的感覺。米樂乾脆把褲子改成乞丐褲，收了一下褲管。

遲疑了一會兒，還把膝蓋的位置剪開，做出了漏洞的自然效果，其他地方也勾了幾處。這樣改完比之前時髦多了，而且看不出來是短褲，畢竟破洞正好在膝蓋的位置。

尺寸不對的褲子，改成了量身訂做版。

「心靈手巧啊，小樂樂。」童逸看完，忍不住誇米樂。

「別亂叫，搞得好像我們很熟一樣。」米樂說完就開始收拾自己的東西。

兩百一看了一會兒，對童逸激動地說：「好看！我很少穿到合身的褲子。」

「將就著穿吧，他改成這樣，你也沒辦法退了。」童逸被米樂嗆得不舒服，也不誇了，開始冷嘲熱諷。

「米樂，你人真好啊！」兩百一沒理童逸，開始跟米樂道謝。

「順手就能做的事情。」

「你能幫我簽個名嗎？我女朋友她們想要。」

「簽幾個？」

「六個。」

「可以。」

兩百一一聽，立刻開心地猛誇米樂。

比如：「你長得好看，字也寫得不錯啊，你人真好。」

「我女朋友她們都特別喜歡你。」

「我一開始就覺得你人很好，的確是我朋友們太鬧了。」

「你身上的味道真好聞。」

如果這時候被問這個問題，按照言情小說慣例，對方一定會說我什麼都沒有噴，估計是體香吧。結果米樂從自己的箱子裡取出三瓶香水，對兩百一說：「我常用的三種，你聞聞看，可以試著噴一噴。」

童逸忍不住扯嘴角，心想：你好騷啊，大老爺們還噴香水。接著就去跟兩百一起跟狗一樣，一個個香水聞了半天。

兩百一開始誇米樂買香水有品味，誇得童逸都聽不下去了，扭頭就走，兩百一竟然沒搭理他。

童逸沒好氣地看著他們，總覺得他身邊出現了兩個叛徒。

一個成了米樂的兒子，一個成了米樂的粉絲。

沒一會兒，米樂的「兒子」來了，站在門口問：「爸爸，我可以進去嗎？」問得特別誇張。

米樂坐在椅子上，遲疑了一會兒後「嗯」了一聲，算是破例了，最近實在是被一百八孝順得不忍心罵這個小傻子。

一百八進來之後就問：「你們寢室噴花露水了？」

童逸聽完，「噗——」地笑出聲，兩百一尷尬地沒說出來。

「媽呀，還有綠油精的味道，嗆死老子了。」一百八繼續罵。

「沒沒沒，就噴了點消毒水。」童逸回答。

「我爸噴的吧？也不知道怎麼想的，需要什麼都消毒這麼多次？」一百八進來後就打開窗戶。

「有事嗎？」童逸笑得幸災樂禍地問。

「喔，我是來斷絕父子關係的。」一百八回答完就去米樂身邊說，「我們的時間到了，從此……」

一百八說完，竟然從自己的口袋裡掏出一根黃瓜來，接著又拿出一把水果刀，一刀劈下，黃瓜一分兩半。

「從此我們就此恩斷義絕。」一百八說得頗為驚心動魄。

「為什麼用黃瓜？」米樂問。

「因為我只找到這個了。」一百八說道。

「你這麼戲精，為什麼不參加戲劇社？」米樂又問。

童逸走過來拿走半條黃瓜，直接吃了一口：「你別在我這裡挖人啊，我們另外一個自由球員的水準還沒跟上。」

「你們隊的大二是主力嗎？」米樂又問。

一百八捲起袖子說：「說起來你可能不信，但是我真的比你們大一屆，我們分寢室時是為了我們訓練方便，特別安排的。」

「所以你來H大已經單身兩年多了？」

「……」一百八抬手捂住心口。

「太毒了，太毒了，我們不理他。」童逸走過來拍了拍一百八的後背。

一百八心口痛了半天緩不過來，扶著牆壁踉蹌地離開：「我……我先回去了，我……得早點睡覺，不然絕對會失眠。」

一百八走出去後，門剛關上，米樂就忍不住笑了起來。這回的笑很自然，揚起嘴唇，笑得內斂又很純粹，看起來滿好看的，接著伸手拿來手機開始傳訊息。

童逸看到米樂的笑容，立刻陰陽怪氣地問：「我們這群單身狗很可笑是不是？」

「不會啊，李昕不是有女朋友嗎？」

「他伺候他女朋友跟伺候祖宗一樣，這樣有意思嗎？」

童逸特別不解，覺得李昕太拚了，對女朋友也太縱容了。他覺得他不會，他絕對把未來的女朋友「收拾」得服服貼貼的。

「我很開心啊。」李昕突然回答。

「滾蛋吧，慫包。」童逸繼續數落，還比了一個中指。

米樂繼續傳訊息。

米樂：我可以看你們女生的群組嗎？

宮陌南：其實我沒幾個群組。

米樂：據說我們戲劇社幹部一共七個女生，拉了五個群組？

宮陌南：居然這麼多？

米樂：妳有幾個？

宮陌南：兩個。

米樂：妳被排擠了。

宮陌南：可能是為了吐槽我方便吧。

米樂：嗯，我冒充新人加入群組了啊。

宮陌南：不怕被發現？

米樂：決定一個人設就可以了。

宮陌南：好，我拉你進女生群組。

米樂進入群組後，就看到女生們在聊天，看著看著臉就黑了。

成員A：這片不好看。

成員B：我覺得一號好醜，只有身材好。

成員C：零號叫得好騷啊。

成員B：後穴真的會舒服嗎？

成員A：（圖片）

成員A：（圖片）

成員A：你們看截圖，其實零號的腰不錯。

成員A：我全程腦補成社長跟童逸。

成員B：哇！哇！覺得好帶感！

成員D：哈哈哈哈哈，這個操作好騷！

成員G：可以的可以的。

成員E：說起來，童逸真的身材超級好，倒三角身材，有胸！有腹肌！

成員B：看不起我們社長嗎？我們社長有顏有錢有腦子！

成員T：我想說，米左大旗永不倒。

MISFORTUNE † SEVEN
夜鴉事典
13集
即將上市!!
【夜鴉事典 1-12冊】
1～12冊
精彩試閱！
三日月書版
三日月書版 facebook 粉絲團
《夜鴉事典》©碰碰俺爺/老大/三日月書版2021

12冊好評熱銷中
輕小說新星
碰碰俺爺
韓國知名
手遊繪師
woonak
華麗奇幻腐系力作
MISFORTUNE † SEVEN
夜鴉事典
三日月 書版
三日月書版 facebook 粉絲團
《夜鴉事典》©碰碰俺爺/woonak/三日月書版2021

成員W：可是這個鈣片的一號是肌肉攻。

成員Q：其實，最近司黎有點追社長的感覺，而且攻勢還滿猛的。

米樂看著手機螢幕，他加入群組才幾分鐘而已，他已經有幾個CP了？說他跟左丘明煦他還能理解，畢竟關係好，平常總是在一起，但是跟一百八、童逸是什麼鬼？他們什麼時候好到有CP感了？

米樂打字回覆：呃……你們覺得司黎怎麼樣？

成員B：？？？

成員A：有點傻呼呼的。

成員T：新人嗎？

宮陌南：嗯，對新人。

成員D：不會對司黎感興趣吧？

成員E：呃……不知道該怎麼說。

成員Q：進群組的第一句話就是問一個男生，呵呵。

群組裡安靜了。

米樂有點不解，私聊問宮陌南：怎麼回事？

宮陌南：估計去其他群組吐槽你了吧，然後挖出你是誰。

宮陌南：你這是要幹嘛？

米樂：看司黎可憐，想幫他介紹女朋友，試試看有沒有人對他感興趣。

宮陌南：你什麼時候這麼好心了？

米樂：只是突然興起而已。

宮陌南：可以辦聯誼啊，你把他叫來。

米樂：我跟他不熟。

宮陌南：嘖嘖。

米樂：算了，不管了。

米樂放下手機還有點不甘心，想不通為什麼這群女人會這樣。他這麼做，值得吐槽嗎？

他又默默地拿出手機，看了一眼那群人的名字，尤其是說他是零號的，準備以後偷偷報復她們。

米樂關掉手機，躺下準備睡覺。躺了一會兒沒有睡意，又爬下床吃了兩粒褪黑激素，再次爬上床。

米樂失眠滿嚴重的，估計跟心情長期壓抑有關。他覺得他應該去看看心理醫生，但是又怕消息傳出去，所以一直忍著。

躺下不久後，米樂漸漸進入睡眠。

米樂又夢到了童逸。

這個夢有點特別，童逸居然留著披肩長髮，而他手裡拿著一把剪刀，站在理髮店裡，顯然是理髮師。

他很快就進入了角色，招呼童逸坐下來，他幫童逸披上了披肩後，站在童逸身後，看著鏡子裡長髮披肩的童逸問：「想要什麼髮型？」

童逸的回答也非常奇怪：「一個一個試試。」

然而，米樂竟然不覺得有什麼不妥，還真的開始幫童逸嘗試不同的髮型。

這是一個很奇特的夢，因為童逸的頭髮在他做完一個髮型後會快速變長，他又可以幫童逸做下一個髮型。

理髮店是他印象裡的，他去過幾次，屬於小型工作室，理髮師非常有名，去之前都需要預約。米樂是藝人，所以需要私密性很高的地方，很多次都是預約在這裡單獨換造型。

這位理髮師接待過很多藝人，所以辦事周到，米樂也願意經常過來。

在夢裡，米樂變成了理髮師的學徒，手藝似乎還不到位，所以第一個髮型童逸非常不滿意。

不過看到他把做得不好的頭髮剪掉，童逸的頭髮又快速變長後，米樂鬆了一口氣，說道：「先生，我可以免費幫您繼續做髮型，做到您滿意為止。」

「行吧。」童逸勉為其難地同意了。

這時候的童逸似乎也突然變得有點無語，看著鏡子裡自己的頭髮直捂臉，一副「這是什麼鬼」的表情。

童逸是標準的九頭身，瓜子臉。

他的身體比例好到逆天，彷彿從肚臍以下就全是腿了，加上本來就很高，所以這條腿估計會到矮子的胸口。

因為顏值高，童逸什麼髮型都可以。

米樂看著童逸，也不知道是不是惡趣味使然，就好像在玩一種換衣服、換造型的遊戲。他幫童逸換了幾個髮型，比如梳成中分頭，再比如染一個騷氣的綠色頭髮，又或者弄成油頭。

他到童逸的面前，用髮蠟整理童逸的劉海，俯下身看時跟童逸對上目光。

童逸看著他，眼神充滿了侵略性，眼睛在他的嘴唇上掃過，又很快避開了。

米樂沒在意，從一旁拿來一個性冷淡系的眼鏡幫童逸戴上，端詳著童逸的樣子感嘆：「看起來聰明多了。」

「你這是學徒該有的態度嗎？」童逸問他。

「抱歉。」

「你幫我弄你的那個髮型吧。」童逸提議。

「哪個？」

童逸描述時還在學動作：「就是一把抓住的那個。」

米樂忍不住笑了，將童逸的油頭弄亂，做成自己平常的髮型。

童逸的頭髮很硬，其實很不服貼，很難整理。不過米樂擺弄童逸頭髮時心情不錯，有種知世幫小櫻做衣服的興奮感，幫童逸換髮型也滿有意思的。

工作室的房間是單獨的房間，此時裡面只有他們兩個人。

米樂在幫童逸弄頭髮、變換姿勢時，鞋尖碰到了童逸的鞋尖，童逸並未躲開，反而用自己的腳尖去頂米樂的。

米樂沒在意，繼續整理童逸的頭髮。

童逸繼續看米樂，因為米樂就在他的眼前晃，他注意到的是米樂的腰，細得有點不像男生該有的腰。他又盯著米樂的褲襠看了半天，然後移開目光。

「如果我是女生，你剛才的目光就是騷擾，標準的猥瑣男。」米樂突然開口說道。

「我什麼也沒幹好嗎？」

「你們這群直男的這種目光真的很噁心好嗎？」

「什麼叫你們這群直男，你不是嗎？」

米樂沒回答，開始哼歌。

童逸不再看米樂的了，等米樂弄完髮型，他照鏡子看自己，忍不住翻白眼：「還是你留這種髮型好看，我看起來像戴了假髮。」

「我覺得你頭髮比較長一點，這樣整理才好看。」米樂直接伸手去弄童逸的頭髮。

童逸在看髮型時站起身來，使得米樂只能抬手去幫童逸整理。

童逸配合地微微低下頭，湊到了米樂身邊，彷彿溫馴的大狗。

米樂幫童逸整理出一個髮型後，讓童逸照鏡子：「是不是很好？」

「好個屁，紮個小辮子算什麼啊？太騷了。」

「你不就是這種騷氣男生嗎？」

「滾吧，我多正經的人啊。」

童逸又看了看鏡子，有點受不了了，立刻擺手：「弄掉弄掉，醜死了。」

「我覺得滿好看的，反正我很喜歡。」

「呃……」童逸又看了看鏡子，勉為其難地點點頭，「那行吧。」

「我再幫你搭配一身衣服吧。」

米樂說完，伸手拉著童逸往外走。

童逸被米樂拉著手腕，跟在米樂身後還在絮絮叨叨地說：「我跟你講，我也就是給你面子，我這個人特別討厭逛街，以前整理髮型都沒耐心。」

「嗯嗯，謝謝你了，你是要付錢的。」

「我不太確定我有錢。」童逸說完開始掏自己的口袋，發現他居然帶了黑卡。

既然有錢，童逸就放心大膽地跟著米樂去了商場。

米樂一個大男生居然愛逛街，這讓童逸十分受不了，要不是一直被米樂拉著，童逸能一頭紮進電玩中心裡不出來，任由米樂自己去逛。

米樂到了服裝店，開始幫童逸挑選衣服。

夢就是夢，童逸這種身材居然也買到了合身的衣服，尤其是褲子！童逸的腿不是國內正常的腿，經常很難買到合適的褲子，所以童逸的衣服一般都是訂做的，不然沒辦法穿。

「我能不能不試了？」童逸換了幾件衣服就不耐煩了。

米樂又拿來一身衣服，丟到童逸身上，童逸居然一秒換裝。

「我靠，我就跟魔法少女一樣，有點屌啊。」童逸看了看衣服感嘆。

「嗯，就像玩換裝遊戲，還滿有意思的。」

「那你非常幸福了，能讓我當模特兒。」

「可為什麼是你呢？是蘇錦黎也行啊。」米樂居然不太滿意。

童逸知道蘇錦黎，是一個明星，跟他住在同一個社區——鬧鬼的那個別墅區，如今還住在那裡的都不像什麼正常人。

「你喜歡蘇錦黎啊？」

「嗯，我偶像。」米樂坦然地回答。

「他在跟安子晏談戀愛呢，我無意間在社區裡撞見過他們親嘴，接著我就被安子晏叫去單獨談話了。」

米樂白了童逸一眼：「你真的當作誰都是GAY啊？」

「你不信拉倒。」

米樂繼續選衣服，不理童逸。

童逸就沒說他跟陸聞西、許塵也是間接的鄰居，因為他們是許哆哆的爸爸！

幫童逸搭配完，童逸看著鏡子裡的自己，就覺得GAY里GAY氣的，反正看起來特別油膩，跟他平時是兩種風格。

米樂就坐在一旁的桌子上看著他，手裡還拿著一杯紅酒喝。

「你喜歡這種類型？」童逸問他。

這也太騷了吧。

「看起來很穩重，而且有種性冷淡的感覺，非常迷人。」

「搞笑吧，一個男的綁個辮子會迷人？」

「你不懂，這叫韻味。」

童逸點了點頭，走到米樂的正對面，問米樂：「滿意了？」

「嗯。」

「該我搞你了。」

米樂還沒反應過來，童逸就拉著米樂走下桌子，到一旁的店裡幫米樂找衣服。

童逸找出來的衣服都非常奇葩，居然還有一件是有翅膀的天藍色羽絨衣。

這是一個正常男生穿的衣服嗎？

米樂不願意換，童逸就強迫米樂換，見到米樂不同意還不高興了：「我被你折磨幾個小時了，你配合我一下會怎麼樣？」

發現他沒辦法讓米樂一秒換衣，就推米樂進試衣間，說什麼也要讓米樂穿上胸口印了大胸部的T恤給他看。米樂怎麼可能會同意，就跟童逸在試衣間打了起來。

他能願意穿才奇怪。

爭執間，童逸將米樂的雙手舉起，按在鏡子上。

之前童逸就扯開了米樂的衣服，米樂穿的是工作裝，裡面白色的襯衫，現在領口已經被解開了幾顆釦子，鬆垮垮地掛在身上。

米樂的頭髮也有點亂了，模樣看起來居然還滿……色情的。

童逸看了米樂半晌，看到米樂突然笑了起來，問他：「怎麼，又想親我？」

他被米樂問得一慌，不過還是故作鎮定地回答：「你不是被嚇到了嗎？」

都嚇醒了，還慌得很，童逸能感覺到，白天還幸災樂禍了一天，渾然不絕有什麼不對勁。

米樂繼續笑，抽回了自己的手，童逸也沒再堅持，低頭看著米樂晃了晃手腕，接著抬頭看他。

兩個人對視後，米樂也不躲閃，眼睛裡帶著玩味的笑。然後抬起手，一隻手扶著他的脖頸，一直手捧著他的臉，主動吻了上來。

童逸被吻得身體一僵，完全忘了做任何反應。

米樂並沒有就此甘休，而是用舌尖主動入侵，張開嘴，主動探入，然後去勾他的舌。

柔軟的觸感，有點甜的味道，童逸只覺得心口在發顫，整個人似乎瞬間化成了一灘水。

接吻？

嗯，接吻，跟一個男的，還是正經八百的吻。

童逸被親傻了。

不過很快就在腦子裡瘋狂叫囂：童逸，不要醒！你他媽的不要醒！

然而，童逸還是醒了。

米樂摟著的人突然消失了，他愣了愣後走出去到處尋找，也沒看到童逸。

這種情況不是第一次發生了。

他一個人坐在服裝店的大沙發上看著衣架發呆，想著自己是不是開始嚮往戀愛了，才會做這樣的夢。

說不清楚為什麼，明明在夢裡應該意識不到自己在作夢，可每次有童逸的夢他都十分清醒。

理智在，所以能夠分析出這些不是現實中可能發生的事。

是真實的想法壓抑得太久了，所以想要釋放嗎？

他想戀愛了。在現實裡不行，就在夢裡。

白天強烈地意識到童逸不是自己喜歡的類型，今天就在夢裡把童逸變成自己喜歡的樣子。

這種強烈的意識讓米樂察覺到了一絲不妙。

這種情況非常糟糕啊。

童逸醒了之後就開始猛吞唾沫，吞了一次又一次，覺得自己渴得不行。他從床上爬起來，找到礦泉水瓶，擰開來「咕嚕咕嚕」地喝了一整瓶。

覺得自己冷靜了一點後，回頭去看米樂的床鋪，看到米樂還在睡後不由得鬆了一口氣。接著又覺得好可惜啊，想趕緊爬上去繼續睡，說不定還能……繼續？

想到這裡，童逸又覺得渴了，又擰開了一瓶新的礦泉水開始喝。

夢裡實在是太真實了，他跟米樂深吻的瞬間就覺得渾身的血液都直衝頭頂，內心沸騰起來了。就好像燒開的熱水，興奮得直冒泡。

他十分確定他是一個直男。他在之前的十幾年裡，都從未想過自己會喜歡一個男生，或者跟一個男生接吻，還親得他心神蕩漾的。

但是他承認他不排斥，反而很激動，還想繼續。

對，跟米樂接吻的感覺還不錯。

從夢中驚醒後，他只有一個感覺：虧了。

太他媽的遺憾了，親到一半就被驚醒了，有沒有出息，還能不能幹大事了？

童逸喝完水，正準備繼續去睡覺的功夫，就感覺到米樂醒了，他的心裡瞬間失落下來。回頭就看到米樂似乎拿出了手機，在跟誰傳訊息，手機在螢幕上點著。童逸也不急著睡覺了，而是去了浴室。

米樂這邊是收到了表哥傳來的訊息。伴郎的服裝訂做好了，結婚的時間跟地點也訂好了，正好是十月一日假期時。

所有的東西都是提前趕工做出來的。衣服今天就會送到學校，米樂要試試看衣服怎麼樣。

其實所有伴郎裡就屬米樂最不好伺候，什麼都很挑剔，說不定還會自己加點修改，所以伴郎的服裝剛做出來，他就送來給米樂了。

米樂匆匆收拾了一下，戴上口罩，披上外套就出門了，因為衣服是表哥的司機送過來的，之後還要去工作。

米樂下樓之後拿到了袋子，跟司機確定東西沒缺了之後，問：「我表哥跟誰結婚啊？」

「呃……你都不知道嗎？」

「之前沒問過，畢竟沒跟我要 TO 簽。」

「一個女藝人，叫馮驍。」司機回答。

「喔，我知道她，她跟我對過戲，飾演我媽，不過那個時候我才十二歲。」

「……」

「媽媽結婚，兒子當伴郎也滿有意思的。」米樂想了想就忍不住笑起。

「估計會上頭條，畢竟是回憶殺。」

提起頭條，米樂就有點沉默，嘆了一口氣說：「我會盡可能不毀了表哥的婚禮，走了。」

「嗯。」

拿著快遞往回走時，米樂突然腳步一頓，回頭看著那輛車離開。

——他也能正常地戀愛、結婚嗎？

米樂帶著衣服去了戲劇社。

戲劇社經常會有戲服，他們也會自己整理或者改動，所以有單獨的設備房間。

米樂帶著自己的伴郎服到這裡後試了試，又自己動手改了幾處。

宮陌南拿著表格站在門口問：「可以進來嗎？」

「可以。」米樂退後了一步回答。

宮陌南走進來，手裡還拿著單子說：「這個是上次聚餐的費用，你看一下帳目，已經跟體育系的人對完帳了。」

「嗯，好。」

「你要當伴郎啊，看起來滿帥的。」宮陌南看著米樂身上的衣服，誇了一句。

「對啊，其實我還有點緊張，生怕我出現什麼錯誤，會耽誤到我表哥的婚禮。」

「你好像跟他關係不錯。」

「對，他是我們家族為數不多，還算是正常的一個人。」

宮陌南點了點頭沒說話，拿出手機開始查詢假期車票的情況。

沒一會兒，左丘明煦快步走過來問：「我的伴郎服呢？」
「掛在那邊呢。」米樂隨手指了一下。
左丘明煦看了宮陌南一眼後，開始整理自己的衣服，接著說：「妳回家的機票我幫妳訂好了，妳拿身分證去領就行了。」
宮陌南的動作頓了一下，抬頭看向左丘明煦。
左丘明煦笑著說：「漂亮的女孩子擠在車廂裡不太安全。」
宮陌南放下手機，看著左丘明煦拿著衣服去換，問道：「好像會有很多圈內的人來婚禮吧？」
「妳想來嗎？」左丘明煦在換衣間裡問。
「有點想……但是我以什麼身分去？」
「想去就去，要什麼身分？」
米樂到了一旁坐下，並且關上了門。
他坐下也不是正常的坐，而是面朝牆壁，像面壁一樣坐著。
宮陌南看了看米樂，清咳了一聲，似乎有點尷尬。
「我的領口有點緊，估計得改一下，這個領子的設計不太合理啊。」左丘明煦探頭出來說。
宮陌南走過去幫他查看：「我幫你看看。」
左丘明煦看了看米樂，忍不住笑起，然後拉著宮陌南進了換衣間，兩個人半天都沒出來，一點聲音都沒有。
米樂拄著下巴面壁思過了一會兒，等了半天這兩個人也不結束，於是嘆了一口氣。

他突然在想，如果他戀愛了，是不是也要偷偷摸摸的？至少不能讓家裡知道。

過了一會兒有人來敲門，米樂問了一句：「怎麼了？」

左丘明煦也整理著衣服走出來，到鏡子前看自己的樣子，宮陌南則是等了一會兒才出來，看樣子剛補過口紅。

「體育系的，來送錢的。」門口的人回答。

宮陌南走過去開門，就看到門口站著兩個人，比門口還高。

李昕低下頭看了看，問：「需要寫收據什麼的嗎？」

「你們需要嗎？我們這邊都可以，其實就是一個小聚餐。」宮陌南回答。

童逸跟著走進去，看到米樂坐得很奇怪，忍不住問：「你幹嘛？」

「你管得著嗎？」

「靠。」

聊天結束。

進了門後，童逸又開始下意識地吞唾沫，彷彿他一直都很渴一樣，看到米樂就開始心亂如麻，真是要命。

「你們有演出嗎？」李昕問他們。

「不，我跟米樂會去當伴郎。」左丘明煦回答。

「新郎很有自信啊，敢找你們去當伴郎。」童逸笑嘻嘻地問。

「用不著你關心，滾出去。」米樂不耐煩地說道。

童逸立刻不高興了，起身直接離開了。
李昕嚇了一跳，立刻說：「和氣生財，和氣生財。」
但是童逸生氣啊，走了幾步又折返回去，嚇得兩百一一直預備好，隨時準備勸架。
童逸站在房間門口看著米樂，說道：「我們能不能單獨談一談？」
「我跟你有什麼好說的？」
米樂有意跟童逸拉開距離，因為他發現他對童逸有那麼一點意思。
避開，讓自己忘掉這點情愫，才是米樂自保的方法。他最近幾年都不會戀愛，尤其是跟男生。
童逸又走進去，坐在米樂的身邊說：「以前我帶我的朋友去寢室，你看我不順眼我理解。但是我最近都沒怎麼招惹你吧？黃體育跟韓藝術都百年好合了，你怎麼就不能跟我好好說話呢？」
「我看到你就不順眼。」
「行，你看我不順眼，你能不能看在我是老弱病殘的份上讓一讓我，讓我能有一個舒心的寢室環境？」
「老弱病殘你是哪個？腦殘嗎？」米樂蹙眉問。
「我腳小啊！」童逸回答得理直氣壯。
「……」米樂有點無語。
「小時候就因為這個，我爸帶我去了好幾家醫院，進去以後用哭腔對醫生說，請醫生救救他的孩子。醫生問他孩子怎麼了，我爸回答說孩子的腳太小了，我到現在都忘不了醫生當時的表情。」
米樂依舊沒回答，抿著嘴努力憋笑。

旁邊的左丘明煦倒是笑得不行，連帶宮陌南都跟著笑了起來。

這是搞笑一家人嗎？

「就因為這雙腳，我來H大之前的考試就比別人多好幾項，就怕我腳這麼小會有什麼問題。後來證明我站得滿穩的，外加我打排球確實厲害，我教練還是簽了我。」童逸繼續訴苦。

「喔。」

「不過腳小也是有好處的，至少有人罵我大豬蹄子時，我可以理直氣壯地告訴他，我不是，老子是三寸金蓮！」童逸說完還踱了一下腳。

米樂終於憋不住了，噗哧一聲笑了出來。

他註定沒辦法跟童逸好好來往，因為這個人真的很奇葩，吵架都能被他逗笑了。

「我現在就非常搞不懂，你為什麼要這麼對我？之前的錯誤我該道歉就道歉，事情該過去就讓它過去，你老是這樣是怎麼回事啊？」童逸終於回到了正題。

米樂依舊無情地搖了搖頭：「我們好不了，我看你不順眼。」

「為什麼啊？理由呢？」

「你腳太小了。」

童逸聽到米樂跟他抬槓，他真的笑不出來。

「我沒在跟你開玩笑。」童逸扠著腰，努力鎮定地對米樂說道。

「總之，我不想跟你成為朋友，我們也只是室友關係。如果你想友好一些，就保持你不招惹我，我也不招惹你的狀態，這樣我們會非常和平，沒必要強行成為哥兒們。徒勞的努力都是浪費力氣，我們相處起來也不會舒服。」

童逸看著米樂，居然被氣笑了。

笑容裡透著點無奈。熱臉貼冷屁股，何必呢？

他點了點頭：「行，我們就少說話，互不打擾吧，這樣也滿好的。」

說完就氣鼓鼓地出去了。

昨天夜裡心裡還有些澎湃，在這一瞬間就平靜下來了。

夢是夢，現實是現實，不能相提並論。

米樂看著童逸離開，沉默了一會兒沒說話。片刻後咬著下唇，眼中閃過一絲異樣的情緒，稍縱即逝。

左丘明煦忍不住到米樂身邊，靠著桌子，手裡還拿著伴郎服的蝴蝶結問：「我覺得童逸這個人還不錯，你沒必要弄成這樣。」

「我跟他現在有一些不實傳聞，會造成麻煩，還是避諱一點好。」

如果是一百八，米樂說不定還能好一些。但是童逸……

連續的夢，讓米樂產生了不安。

左丘明煦嘆了一口氣：「你啊，真是棘手。」

米樂靠著椅子，仰著頭平靜了一會兒，覺得自己心情非常糟糕，也不願意再弄伴郎服了。確定尺碼合適他能穿，米樂就脫掉交給了宮陌南，讓宮陌南拿去幫忙熨燙整潔。

米樂今天有選修課，然而他今天要去拍攝廣告，所以請了假，開車去拍攝場地，會忙碌一整天。

童逸也是這節選修課，走進教室就看到裡面坐得滿滿的，他想去上課都沒有座位，不由得一愣。

他記得這門課非常冷清，上一次教室有大半的座位沒坐滿，還因此擴招了，幾個系都可以選。如今變成熱門課程了？

他掃視了一眼教室，米樂不在。

他對這門課也是真的不感興趣，站在門口遲疑了一瞬間，就跟兩百一一起離開了教室，回訓練館去訓練。

在他離開教室的一瞬間，教室裡就炸了。

「搞什麼啊？來這麼多人，真的來上課的學生都沒位置了。」

「真有意思，為了看雙校草來，結果一個請假，一個根本沒進教室，你們繼續在這裡上課吧。」

「沒有名字的就該清出去。」

「別的課都可以旁聽，怎麼就你們的課金貴？」

「明明是你們耽誤了報這節課的學生！」

這些人就此吵了起來，也因為這一幕，讓校園論壇又熱鬧了一次。

童逸是不太關注這些的，但是葉熙雅喜歡看八卦，有瓜就吃，看到關於童逸的瓜立刻告訴童逸。

童逸看著論壇一陣無語：「需要這樣嗎？」

「只要有米樂的課都是這種情況。米樂的課表都被公開放到論壇上了，H大女生幾乎人手一份。這節課還有你在，肯定更加熱鬧，不過你今天看到人滿了就沒進去，算是鬧了一個大笑話，不少人因為這件事情爆笑。」

葉熙雅看完還覺得有意思，拿著手機笑個不停。

童逸看了一會兒就不看了，無聊地坐在休息椅上問葉熙雅：「為什麼那麼熱衷於看米樂？就那麼好看？」

「他長得好看，還是星二代，現在又這麼紅，肯定很多人想看他，跟他要簽名啊。」

「那他豈不是從小就這樣被打擾？」

「應該是吧。」

童逸坐在椅子上發呆。

米樂根本沒有正常的童年啊，從小就被關注，沒有自由，需要注意形象。夢裡的米樂總是嚮往沒有人注意到他，能夠自由地玩，外加吃一些好吃的，交一些朋友，簡單得要命。

有時童逸也滿同情米樂的，但是米樂的性格真的非常討厭，他主動求和，米樂依舊是那副模樣。朋友都不要做，最好沒有交流，真他媽的跩。

童逸氣得胃疼，也訓練不下去了，回寢室裡偷懶，玩玩遊戲，然後早早就睡覺了。

童逸睡著後就進入了那個空間，讓童逸覺得索然無味，打算明天就找許哆哆把這個共夢的東西取消，他以後不打算跟米樂有什麼來往了。

也不知過了多久，童逸突然傳送到了米樂的夢裡。這讓童逸非常意外，米樂居然又夢到他了？

他進入的是一間休息室，米樂正坐在裡面看劇本。

剛開始的一刻鐘，童逸的身體是不受控制的，以至於他拿了一杯奶茶，走到米樂的身邊，把奶茶遞給米樂。

米樂看到他之後愣了愣，然後遲疑地問：「我又作夢了嗎？」

童逸的身體不受控制，回答也不是他能夠控制的，他的身體被牽引著回答了這個問題：「夢？什麼夢？」

米樂遲疑了一下接過奶茶，攪拌了一下，喃喃自語：「是夢的話，我可以喝吧？」

「喝啊，我排了好久的隊買給你的。」

「謝謝。」

米樂插上吸管，喝了幾口。

童逸坐在米樂的身邊，然後……拉住他的手，十指緊扣。

？？？

童逸盯著兩個人的手看，看到米樂依舊看著放在腿上的劇本，另外一隻手拿著奶茶，淡定地繼續喝，似乎不覺得奇怪。

但是童逸覺得很奇怪啊，這不太對勁吧？

身體能夠控制後，童逸第一時間抽回手來，嫌棄地在身上擦了擦，接著問米樂：「你不是不願意跟我做朋友嗎？說得那麼厲害，怎麼還這樣？」

米樂扭過頭看向他，似乎是一瞬間回過神來。他咬著下唇，內心咯噔一下。

對了，這是在夢裡，但是為什麼心裡的難受會這麼明顯？

米樂看著童逸想要遠離他的樣子，心中一陣不甘。

談不上喜歡，米樂自己清楚，但是他也不否認自己對童逸有好感。沒有好感不會一次又一次地夢到他，也不會在冷言冷語後，心裡那麼煎熬。

心臟像是被人一把握住，瞬間揪緊，讓米樂有一瞬間呼吸困難，壓抑的情緒讓他想要掙扎。

已經很累了，就不能在夢裡放縱一下嗎？就在夢裡任性一下吧。

米樂遲疑了一下問道：「你很生氣嗎？」

「確實很生氣。」

米樂放下奶茶，轉過身突然抱住了童逸，靠在童逸的懷裡慵懶地蹭了蹭。

童逸震驚得一動不敢動，任由米樂抱著他。

「讓我抱一會兒，心裡好難受。」米樂小聲說道，聲音聽起來很低落。

「你難受？我更難受好嗎？」

「我不能接近你，不然會給你惹來麻煩，我的父母真的很煩。」米樂依舊抱著童逸，覺得靠在童逸的懷裡很舒服。

童逸的身上有一股奶味，估計跟童逸愛喝牛奶有關係，但味道很淡，要抱著才能聞到。

「呃……」童逸立刻遲疑了。

「你也抱著我，安慰我一下不行嗎？」米樂突然抬起頭來，眼巴巴地看著童逸。

童逸像沙雕一樣看著米樂，遲疑了一下，將手搭在米樂的背上。

米樂這才再次靠進童逸的懷裡，覺得舒服，還瞇起眼睛，就好像在撒嬌一樣。

「可是我也很氣啊，不該安慰我嗎？」童逸問米樂。

「我在抱著你啊。」

「呃……」童逸居然一時語塞。

「從小就是這樣，我的一切都被支配著，就好像我不是一個完整的人。他們利用我上頭條，靠著我上綜藝節目，賺夠了之後他們過氣了，就開始蹭我的熱度。」

「當星二代不是滿好的嗎，不少人羡慕你。」

「不是我想要的，多好都沒用，而且我並不像你們看到的那麼風光。因為他們也是公眾人物，我甚至不能對外界訴苦，說出我做一些事情的理由，不然會影響到他們，我也會因此挨罵。」

「所以你今天那麼無情無義，是想疏遠我？」童逸問他。

「必須疏遠你。你跟我有緋聞，如果我們關係密切，會打擾到你的生活。如果你真的跟我成為朋友了，我父母還會去調查你，覺得可以利用才能夠繼續來往，不覺得很噁心嗎？」

「確實有點。」

「你覺得我討厭也無所謂，反正我就是這樣了，但是……我心裡還是會不舒服。」

「怎麼個不舒服法？」

「就是……會覺得委屈，也很難過，其實很想跟你聊聊天，但是不能。」

「所以只能在夢裡跟我說話？」

米樂突然坐直身體，看著童逸後思考了一會兒後笑了：「對啊，是在夢裡……什麼都改變不了。」

「其實你只要稍微對我好一點，我們的關係說不定不會那麼僵。」

「算了，還不如徹底斷了念想呢。」

童逸不懂這個「斷了念想」的深意，想了想後說：「既然知道你錯了，就哄哄我，說不定我就好了呢。」

米樂揚眉，將劇本丟在一旁，看著童逸說：「誰要哄你？」

「嘿！你這個人，跟我關係不好就覺得委屈，自己做錯了還不哄我？我脾氣大，不容易好。」

「就不哄。」米樂說完，還得寸進尺地用腳尖踢了踢童逸的腳尖，「踢你小腳。」

童逸看著米樂的樣子，忍不住揚眉，咬著下唇也沒忍住笑，最後決定算了。

「過來，讓長得好看的小哥哥抱抱，安慰安慰你。」童逸說完張開了手臂，主動歡迎米樂。

米樂立刻撲到了童逸的懷裡。

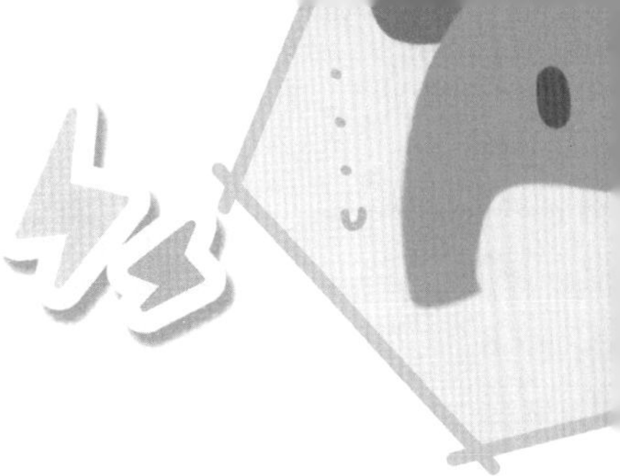

第四章

來生個 Hello Kitty 吧

童逸這次沒有之前那麼不自然了，抬手揉了揉米樂的頭髮，說：「小哥哥揉揉小樂樂的頭，小樂樂不委屈了好不好？」

米樂靠在童逸懷裡沒忍住，噗哧一聲笑了。

「再揉揉。」米樂主動要求。

童逸又揉了揉米樂的頭，頭髮都揉亂了，軟軟的頭髮蓬鬆地搭在頭頂，有一絲慵懶，跟平時精緻的模樣不太一樣。

米樂特別滿足地笑了起來，然後在童逸的耳邊說：「小哥哥不許不理我。」

「好。」

抱著米樂的功夫，童逸看了看周圍，問米樂：「這是哪裡啊？」

「我拍攝廣告的場地，呃……」米樂回憶了一下，說道，「我在中途休息，估計是睡著了吧。」

「現在都半夜了吧，還拍呢？」

「就是這樣，我最拚的一次是連坐兩次飛機，兩次飛機加起來十六個小時，下了飛機就流鼻血，頭痛得厲害。坐車去拍攝場地時在路上調整完畢後，立刻開始拍攝，連續工作三十二個小時後，低血糖暈倒，被送進醫院去了。」

「那麼拚？你吃得還很少，這樣折磨自己是玩命吧？」

「年輕才這麼幾年，只能拚啊。」米樂回答得理所當然。

「對，拚完你都沒有下半輩子了，趁年輕，挑一個你喜歡的棺材板，你求求我，我還能在你三十歲以後厚葬你。」

「我覺得你把嘴閉上，我們才能和睦相處。」

童逸嘿嘿直樂，之前的壞心情全部都消失不見了。抱著米樂時懷抱充實，還覺得十分舒服，這種身材真的很好掌握。果然，夢裡的米樂比現實裡惹人喜歡多了。

然而抱了沒多久，米樂就在夢裡消失了。

童逸錯愕了一瞬，沒多久也被傳送回自己的小空間，然後坐在空間裡發呆。

米樂被人叫醒了吧。

接近早晨，童逸迷迷糊糊地被吵醒，睜開眼就看到米樂推開寢室的門走進來，模樣疲憊，走路居然需要扶著牆。

在浴室裡洗漱後，米樂緩慢地爬上床，倒頭就睡。

童逸看了一眼時間，已經五點多了，再過一會兒他就要起床去晨跑了。他又在床鋪上躺了一會兒，發現無論如何也睡不著了，沒一會兒就準備起來洗漱。

但想了想，他又躺下了，怕自己有動作會吵醒米樂。

這是他罕見的體貼。

等兩百一開始行動了，童逸才跟著起來，小聲跟兩百一說：「小聲點，室友剛回來，讓他再睡一會兒吧。」

兩百一刷著牙看著童逸，沒說話。

「你這是什麼眼神？」童逸問他。

「如果是你平時，你肯定會故意放歌就地狂歡。」兩百一吐了泡沫回答。

「呸，我什麼時候那麼缺德了？」

「你以前缺德的事情都是我幫忙善後，你忘了？」

「放屁！」童逸拒不承認。

不過最後兩個人還是悄悄地收拾完畢，悄悄地離開了寢室，窗簾都沒拉開。

米樂醒過來時，已經下午兩點多了。

他起來後洗漱了一下，接著開始忙今天的事情。

他的媽媽又幫他接了一部戲，是古裝劇裡的男一號，這還是米樂第一次獨挑大樑。

他是童星出身，小時候演的幾部戲都讓人印象深刻，到現在還在各大電視台時不時地重播。這讓很多觀眾有一個根深蒂固的印象，米樂還是一個小孩，演男主角的話有點太早了。

今年米樂也十九歲了。之前的一部戲是男二號，不過屬於苦戀的人設，全程除了守護女主角就沒有其他的感情戲了。看著讓人心疼，也算是戲路的一種過渡。

這次米樂演的是一部古裝武俠電視劇。劇裡，米樂是飾演一名足智多謀的年輕世子爺。

這部劇是從這位主角的童年開始講述，年輕時的劇情居多，正是米樂演繹的階段，中間還會娶妻生子。到了中年後就會換人，不過戲分極少。

在古代開始參加科舉、娶妻都是十幾歲的年紀，由米樂來演十分合適。

這部劇裡大多是權謀跟鬥爭，感情戲不算多，夫妻相敬如賓，沒有什麼親密的戲，也算是為米樂的女友粉留下一些餘地。

他下午還有課，為了節省時間，特意帶著劇本離開寢室，結果走到樓下就看到了體育系的一群人。童逸跟兩百一、一百八他們都在，還有一些女生，其中還有兩百一的女朋友，一群人聚在一起鬧哄哄地騎著小綿羊摩托車。

童逸個子高，蜷縮在一輛粉色的小綿羊摩托車上，正在興致勃勃地緩慢行駛。最要命的是一邊騎還一邊用嘴「滴滴滴」地前進，幼稚得要命。

另一邊，一百八也在騎一輛薄荷綠的小綿羊摩托車，一邊騎一邊像驢叫一樣地笑，十分沒見識的樣子。

這些人應該是一起買的，一共五輛車，每輛顏色都不一樣。

看大小應該是幾個女生買的，被男生們拿來玩了，一群體育系的人騎得熱熱鬧鬧。如果是正常騎也就罷了，實在是童逸跟兩百一這樣的身高騎這樣的小車，怎麼看怎麼……搞笑。

米樂看著童逸耍蠢的樣子，忍不住一拍腦袋。

不可能的……不可能眼光這麼低，會看上這麼一個弱智。

偏偏米樂拎著包包要去上課時，童逸還笑呵呵地騎著小綿羊摩托車到米樂身邊，跟著他走，問他：

「童逸小哥哥送你去上課啊，哪棟樓？」

「不用了。」

「客氣什麼啊，說吧，我正好試試車。」

「我丟不起那個人。」

「這有什麼丟人的，騎起來還滿有意思的。」童逸笑嘻嘻地跟米樂繼續說，結果被米樂白了一眼，眼裡全是嫌棄。

童逸就知道這傢伙又來了，估計又要開炮了，於是立刻擺手：「走！你走，你現在就走，我不跟小氣鬼吵架。」接著騎著小綿羊摩托車離開了。

昨天跟米樂夢裡抱抱，童逸就消氣了。好了傷疤忘了疼，居然又來撩人，要知道，現在可是現實裡的米樂！那個討厭鬼。

米樂站在原地無奈地翻了一個白眼，走到自己的車前。

他的車是一輛白色的敞篷瑪莎拉蒂，修好後剛取回來不久，到了新校區只能簡單代步，實在是因為學校裡到處是樓梯，這個環境太累人了。

一百八看著米樂開車離開，騎到童逸的身邊說：「隊長，還是你那輛車好看，不過嘛……」

「怎麼樣？」

「你的車技真的……嘖嘖，我們推著車走都比你開得快。」一百八咂咂嘴，這樣評價，「人家米樂開車明顯是老司機，你看看，多帥。」

童逸立刻不爽了，大手一揮：「走，我開車帶你們去兜風。」

排球隊一眾居然喝倒彩，童逸手扠腰看著他們，真覺得有這幫朋友不如沒有。

米樂坐在車裡時，想起童逸耍蠢的樣子，陷入了沉思。

我是腦袋被門夾到了？走路被哈士奇咬了？躺在床上遇到海嘯，腦袋進水了？不然怎麼可能看上這種傻子？

米樂自認為，他是一個不太正常的人。

對，他對自己的認知還是很高的。他是一個很挑剔的人，也是因為過於挑剔、要求很高，所以顯得有點愛找碴。

這麼挑剔的人，怎麼可能會看上一個傻子，怎麼可能。絕對是因為每次都被這個傻子震驚，才會一次次夢到童逸。

還有就是，他年紀到了，想談戀愛了才會做一些奇奇怪怪的夢。

跟童逸接吻的感覺一點也不好，童逸的懷裡一點也不舒服，他一點都不想跟童逸再次相遇。

確定這一點後，米樂終於揹著包包大步流星地走進教室。

然後就看到沒有他能坐的位置。

就在他糾結的功夫，教室裡居然吵了起來。

「沒選這節課的出去好嗎？正常上課的都沒有位置了！」

「我是真的要補這節課的好嗎？」

「但是得為其他人留位置吧？」

「旁聽站著聽可以嗎？」

「你們來追星可以，但是你們的星都沒座位了好嗎？」

米樂站著門口聽了一會兒，表情不太好看，等幾個人出去後他才走進來，找了一個空位放下包包，接著微微低下頭鞠躬，說了一句：「抱歉。」說完才正式入座。

教室裡突然一靜。不久後，有幾個女生起身，對米樂的方向說了一句：「米樂，對不起……」然後快速跑出教室。

接著又有幾個人陸陸續續走出去，之前還在教室旁等的其他人補了進來。

氣氛壓抑地上完了課，米樂又去戲劇社看成員們排練，回到寢室時已經八點多了。

回到寢室時，依舊只有童逸一個人在玩遊戲。

他走進浴室洗漱到一半，突然斷電。米樂下意識地以為童逸又搞他，伸手去開水想沖掉臉上的泡沫，發現水也斷了。

「童逸！你搞屁啊！」米樂忍不住低吼。

「關我屁事，停電了，我出去看看。」

童逸說完真的走出寢室，接著又走回來：「不知道是不是停電了，為啥走廊裡的綠燈亮著？」

「那個逃生指示標識就算斷電了也能亮半個小時，幫我照明一下，我臉洗到一半。」

童逸果然不是一般人，米樂還以為童逸會拿手機的手電筒，結果童逸走進來點了一根菸，舉著菸問：「看到了嗎？」

米樂看著菸忍不住說：「我是讓你照光，不是讓你過來點鞭炮的，你怎麼不蹲在門口表演一個鑽木取火呢？」

「我不就是過來點炮仗的嗎？你看你，沾火就點燃。」童逸說完伸手擰了一下水龍頭，試了試發現水都停了，便扭頭走出去。

過了一會兒，童逸用手機打開手電筒照明，在腋下夾著一瓶礦泉水，擰開了之後單手舉著幫米樂倒水：「你用這個洗吧。」

「嗯，謝了。」

「謝什麼啊，一瓶水兩塊錢，等等給錢。」童逸說完繼續倒，看到米樂洗臉的樣子忍不住呲牙笑起。

不知道為什麼，每次看到米樂狼狽的樣子，童逸都特別高興。他故意一會兒讓水流大，一會兒讓水流小地戲弄米樂。

米樂洗臉時，都聽到童逸的笑聲了，又被戲弄了之後一陣不爽。

等米樂洗完臉，童逸主動幫米樂拿來毛巾，遞給米樂：「說聲謝謝童逸小哥哥。」

米樂沒好氣地伸手搶走了毛巾，行動間還碰到了童逸的手指，很快就分開了。

他擦完臉，沒好氣地跟著走出寢室看了看，又很快地走了回來。

童逸剛才的那根菸沒抽完，米樂進來時，童逸正坐在窗臺上，長腿放下來，手裡夾著菸，玩世不恭地看著他。

這樣背著光，只能看到童逸的部分輪廓。

不得不說，童逸不騷時確實有一種侵略感十足的帥氣，讓人移不開目光。

「我沒騙你吧？」童逸問。

「為什麼會突然斷電？」米樂蹙著眉頭問。

「新校區電壓不穩，我們剛住進來時動不動就斷電，最可怕的是斷電兩天以上，廁所裡的那個味道啊，別提了，我都不想回憶。」

米樂走出去，試著去開自己充電的小夜燈，發現已經沒多少電了。

他們寢室從來不斷電，米樂也沒有充電的概念。

米樂嘆了一口氣，說道：「我不喜歡菸味。」

「我都在窗戶旁抽了，再說，你在我的菸上得到了光明，不能用完就始亂終棄啊。」

「……」米樂想打人。

童逸很快抽完了這根菸，爬上床鋪繼續玩遊戲。

米樂本來是回來背臺詞的，結果沒有電，手機裡的電量只能維持繼續開機，保持緊急聯繫，無奈之下只能爬上床鋪去補眠。

§

米樂看到童逸的瞬間就愣住了。

童逸似乎也很意外，盯著自己的肚子看了半晌，表情有點呆滯，又抬頭看了看米樂。

又作夢了，米樂特別確定，不然他不可能看到童逸挺著大肚子。

米樂伸手摸了摸童逸圓滾滾的肚子，還滿硬實的，明顯不是裝了沙發靠墊偽裝的肚子。

接著就聽到童逸說了一句：「你得負責。」

「啊？」米樂震驚得話都說不出來。

「你不能對我跟孩子始亂終棄。」童逸幽怨地說。

「你懷了一根菸嗎？」

「菸個屁，這是你的孩子！」

「……」米樂真不想負責，他甚至覺得自己被碰瓷了。

強迫他，他都幹不出這種事情來，尤其是對童逸。

對於米樂來說，童逸這種身高、這種結實的身材，簡直就是一坨鐵。

男人能夠接受舉鐵，但是不能接受對著鐵幹。

米樂開始打算逃跑，結果被童逸窮追不捨了半天，愣是沒跑贏他。

這時候一刻鐘過了，童逸立刻變了一種態度。

「這是什麼情況啊，我怎麼大著肚子？別告訴我是懷孕了，我一個大老爺們怎麼懷啊！」童逸拉著米樂的衣服不放手，說什麼都要讓米樂解釋清楚。

「我怎麼知道啊，你肚子突然就變大了。」

「我也只是吃得比較多，也不至於胖成這樣吧，難不成是胃脹氣？」

米樂看著童逸的肚子半晌，搖了搖頭：「你這簡直像長了一個巨大的腫瘤。」

童逸大剌剌地扯起衣服看肚子，結果就看到肚子居然動了，似乎還被什麼東西踢了，肚子扭動了一下。

童逸瞬間睜大了眼睛：「我靠，我真的懷孕了？」

米樂反應過來後，居然是覺得好笑，立刻笑得像隻老母雞。

童逸伸手去按那塊鼓起的地方，裡面的小傢伙似乎還在跟他互動，兩個人隔著肚皮擊了掌。

「我覺得我不太好了，趕緊叫車送我去醫院，我怎麼可能懷孕啊！」

米樂依舊還沒恢復過來，笑得特別誇張，前仰後合的樣子像得了癲癇。童逸看著米樂，氣得說不出話，嚷嚷起來：「你再這樣笑得跟個老母雞一樣，我就宰了你燉湯，幫我補補身子。」

米樂見到童逸入戲這麼快，笑得眼淚都要出來了：「你也有今天！」

「滾吧，我現在心情很差，我產前抑鬱了！你幫我查一下，男的要怎麼生啊，是不是得剖腹啊？我這麼大的肚子，還能打掉嗎？」

米樂摸了摸口袋，發現自己沒有手機，於是帶童逸上了自己的車。

「我帶你去醫院看看吧。」米樂說道。

「你這個小破車不行啊，我大著肚子坐起來不舒服，根本不是給我這個身高懷孕的人坐的。」

「實在不行你就站著。」

「你見過懷孕的人站在車裡嗎？敞篷車了不起是不是？」

「你怎麼這麼煩？」

「嫌我煩了？你搞大我肚子時在想什麼？」

「我搞大你肚子？」米樂愣是沒辦法開車，扭頭就問童逸。

「不是你，是誰？我跟其他人都沒有什麼親密的舉動，就跟你親了好幾次，米樂你是不是有毒啊，親個嘴都能懷孕？」

米樂看了看童逸，又看了看童逸的大肚子，想笑又覺得生氣。

這都是什麼事啊？就算是夢，這個夢也太扯淡了吧。

童逸比米樂還崩潰，他到米樂的夢裡來，就沒有過什麼好待遇，跳廣場舞、異能是變鮮花被吊打，這次又懷孕了。

他！一個身高一百九十八公分，有胸肌有腹肌，小雞雞硬梆梆的老爺們，懷！孕！了！

米樂的夢有毒！真的有毒！

米樂沒反駁，又笑了半天才啟動車子：「行，我負責，我們去醫院看看好不好？」

「不然呢？快開車，我天天看到公車上突然生孩子、火車站圍起來生孩子的新聞，好嚇人，我可不想發生這種事。」

「是，你嚇得方言都出來了。」

「別鬼扯，老子一直說的是普通話，趕緊開車。」

「嗯，我開快點。」

米樂的開快點一點也不誇張，真的很快，快到賽車等級。童逸坐在副駕駛座就覺得自己都要吐出來了，緊緊扶著車，驚恐地看著周圍。

好在醫院很快就到了。

兩個人下車的功夫，突然有人罵米樂：「你是怎麼當老公的，怎麼能讓孕夫坐在副駕駛座？孕夫應該坐在後座！」

米樂：「？？？」

童逸：「啥玩意兒，他是我老公？」

這些人似乎不覺得童逸大著肚子很奇怪，而是習以為常的樣子，只氣米樂沒好好照顧童逸。

同樣，這些人也不認識米樂是不是大明星，只是普通人一樣。

旁邊挺著大肚子去做產檢的，大多是男人。

童逸跟米樂對視了一眼，都從對方的眼中看到了詫異。不過這個是夢，不能用常理來理解，他們只能走進去。

米樂去掛號時，又被難倒了，他們沒有帶產檢卡。

米樂想了想後問：「那隨便幫我掛一個，我們要把孩子打掉。」

「你家那口子眼看就要足月了，你居然要打掉？你的良心被狗吃了？」護士長聽到米樂這麼說，氣得不行。

童逸本來挺著大肚子還很悲觀，結果聽到米樂被罵，忍不住笑出聲來。

「你還笑，這樣的老公，是怎麼想的？還打算幫他生孩子。你家裡把你養這麼大，你就這麼受委屈？」護士長跟著罵童逸。

米樂：「……」

童逸不服：「我覺得我是他老公才對。」

「神經病！」護士長走了。

「你夢裡的人都有點暴躁啊。」童逸對米樂抱怨。

好不容易，兩個人掛了號，等待產檢。

童逸覺得坐著不舒服，撐著腰在走廊裡閒晃，碰到迎面走來的大肚子，兩個人都愣了。

「喲，兄弟，你也懷孕了？」童逸看到一百八的大肚子友好地問。

一百八也笑呵呵地問童逸：「隊長，你也懷孕了啊。」

「我這個是米樂的，你的這個是誰的？」童逸指著兩個人的肚子問一百八。

一百八居然被問倒了，愣了半天才自言自語道：「我靠，我孩子是誰的？」

童逸都看不下去了，扭頭就罵米樂：「你說你缺德不缺德？我們司黎兢兢業業做了二十幾年的單身狗，你突然就讓他懷孕了，可人家連個對象都沒有，這孩子是怎麼來的，自己打出來的？」

米樂居然被罵到笑場了，又半天停不下來。

一百八看著他們覺得有點奇怪，忍不住問：「你們在一起了？」

「對，我跟他有孩子了，居然是我懷！作夢都這麼不要臉，懷孕也得是他懷啊！呸！」童逸忍不住吐槽。

他跟米樂就算交往，也不可能他是傳說中的零號吧？怎麼看都該由米樂來懷這個孕！

「這都是什麼跟什麼啊……」一百八聽得糊里糊塗的。

「唉，別提了，一言難盡。」童逸嘆氣。

一百八沒搞清楚自己孩子是誰的，居然也放心地繼續去產檢了。

童逸看著一百八挺著大肚子離開的樣子，忍不住感嘆：「司黎的人設倒是很穩，你越來越了解他了啊。」

米樂開始言歸正傳：「現在的問題是你如果不能把孩子打掉，豈不是要生下來？」

「現在問題來了，是你醒還是我醒？」

米樂開始努力醒過來，然而這種感覺就好像進入了鬼壓床的夢魘狀態，根本醒不過來。

童逸也在努力，偏偏這個離奇的夢一直在繼續。

「要不然……你就試著生下來？」米樂試探地問。

「敢情是因為不是你生的，是吧？」

米樂還是想笑，可是看到童逸足以殺人的目光就又停下來了。

他忍得難受，嘴角都有點抽搐。

童逸坐在椅子上生無可戀，時不時還感受到肚子裡的小傢伙在生龍活虎地做廣播體操，讓他心裡頗不是滋味。

憑什麼是他懷呢？他為什麼要到米樂的夢裡來自取其辱呢？

等叫到他們後，他們硬著頭皮進了診間。

進去後，醫生得知他們沒帶產檢卡，不由得一陣無奈，問：「血尿常規驗了嗎？」

他們搖頭。

「先去檢查，都這個月分了，還不知道規律嗎？還有胎心監測，做完了再回來。」

童逸坐在椅子上不動，問大夫：「大夫，我這玩意兒能直接剖了嗎？」

「我們剖腹產都有指標的，你體格滿好的，各項都沒問題，就等開始胎動，來醫院生就行了。」

「不是……我要不要先住院等著生啊？」

「醫院病房有限，不能讓你們長期預備，一個月不宮縮，難不成你就要一直住院？」

「他不剖的話，怎麼生？」米樂也跟著問，米樂實在是太好奇了。

「到時候堅持就行了，實在不行，打一針無痛分娩。」醫生回答。

「我靠？」童逸震驚了。

「什麼？」醫生蹙眉問。

童逸趕緊改口，繼續說：「我個子高，我孩子肯定也特別高，個子特別大，我估計不好生。」

「那就去做個超音波，看看孩子的大小。」

「行吧。」兩個人只能領了單子就走出診間，去做這些檢查。

做完超音波給醫生看，醫生直接開了住院的單子：「你孩子個頭不大，但是頭圍太大了，估計得剖了。」

「喔喔喔。」童逸接過單子，居然有點忐忑起來了。

他就要生了！

兩個人走出病房後，童逸對米樂說：「我覺得我不太好了，渾身都不對勁。」

「需要我握著你的手嗎？」

「估計需要。」

童逸伸出手來，米樂笑著握住了，兩個人十指緊扣，跟著指示去了病房。

還滿幸運的，兩個人居然住到單獨的病房。

其實可以合理懷疑米樂是沒進過多人病房，所以不知道那種病房是長什麼樣子，才會直接來到單人間。

沒見過，所以夢不出來。

童逸脫鞋靠在床上坐著，對米樂說：「你幫我捏一捏腳，我聽說孕婦的腳都很腫，鞋子都穿不進去。」

米樂還很無奈：「你這個四十號的腳再怎麼腫，也頂多腫成四十二號的，大不了再幫你買一雙鞋子。」

「你瞧瞧你這渣男的語氣，我就不該幫你生孩子。」童逸氣得不行。

不過米樂還是去幫童逸捏了捏腳。

童逸的腳很秀氣，形狀也不錯，如果不是這雙腳是一個身高一百九十八公分的人的，估計還是不錯的腳。

米樂幫童逸捏了一會兒，還覺得滿有意思的。

兩個人坐了一會兒，就有人進來喊：「七四五六號，去生孩子吧。」

童逸繼續吐槽：「你看看這數字，七四五六！氣死我了！」

「你快點去生吧，怎麼那麼囉嗦？」米樂催促。

「渣男，等我生完我們打一架，跟你沒完。」

緊接著童逸就被推出去了。

米樂自己坐在病房裡，突然還真的有點期待了，雙手緊握，有那麼一點緊張。

有醫生送來一堆單子讓米樂簽字，他根本沒看內容就全部都簽了。

另一邊，童逸發現自己被推到了黑暗的地方，立刻嚇了一跳。

他不是來了黑醫院，要挖出孩子賣掉的那種吧？

後來發現，原來在米樂的夢裡，距離米樂遠了，他就會進入到黑暗之中，畢竟是米樂的夢，一切以米樂為中心。

他這邊迷迷糊糊地進入了夢的邊緣地帶，等了一會兒就又有人推他出去了。

出去後，童逸終於感覺到痛了。

真他媽的痛！不是打了麻醉嗎？為什麼他會這麼痛呢？

童逸的床被推到米樂身邊，看到米樂忍著笑問他：「聽說你對麻醉免疫？」

童逸氣得破口大罵，根本不像剛生完孩子的人：「你這個無恥老賊，在夢裡都這麼折磨我！」

「沒事，沒有打麻醉，恢復得快。」

「你說風涼話怎麼那麼可惡呢？你自己試試看！」

兩個人一邊吵，一邊又被推回了病房。童逸躺在床上，痛得要命，好在沒一會兒就好了。

米樂的夢裡就是這樣，連刷碗都是一會兒就結束了。

童逸好了一些後，自己坐起身來，將自己頑強的生命力展現得淋漓盡致。

他左右看了看後問米樂：「孩子呢，是女孩還是小子？」

米樂的表情有點複雜，他剛才就忍著沒說，現在終於忍不住了。

「我們孩子的頭圍確實有點大。」

「大頭兒子？」童逸問。

米樂搖了搖頭，起身走了出去，沒一會兒推著一輛小車走進來，舉起一個白色大頭娃娃：「你生了個 Hello kitty。」

童逸的表情特別精彩，簡直要打人了。

他之前還跟醫生吹牛，說他孩子的身高肯定很高，結果就生出個矮粗胖來。

他指著 Hello kitty 問米樂：「我們家的孩子剛出生就這麼白白淨淨的？」

「確實，還是活的。」

「戴著蝴蝶結被生出來的？還在我肚子裡就穿上小裙子了是不是？」

「好像是的。」

「我就說怎麼那麼會動，原來是在幫自己做衣服？在我肚子裡很忙啊。」

童逸捂著胸口努力讓自己冷靜下來，不死心地問：「Hello kitty 是女孩還是小子？」

「小女生吧。」

「怎麼不再生個哆啦A夢呢？湊一對龍鳳胎。」

米樂抱著 Hello kitty 開始狂笑不止，根本不是一個嚴肅的爸爸。

「你別笑了，我要被氣死了。」童逸用拳頭捶了捶自己的心口，總覺得心臟都要受不了了。

懷孕就罷了，生了個 Hello kitty 算什麼啊？

米樂把 Hello kitty 抱到童逸身邊，說道：「叫爸爸。」

Hello kitty 居然真的奶聲奶氣地叫了一聲：「爸爸。」

「我們孩子還很厲害啊，剛出生就會說話了。」童逸看著 Hello kitty 感嘆，「你以後就叫童 kitty 了。」

「不應該跟我姓嗎？」米樂問。

「我辛辛苦苦生出來的，你半路截胡？」

「可是現實裡就是這樣啊。」

「米童kitty可以吧？」童逸向現實主義低頭。

米樂想了想後點點頭：「好吧。」

「你勉為其難的樣子怎麼這麼氣人呢？」

米樂笑了笑沒再回答，抱著米童kitty出去了，接著關上了病房的門。

「辛苦你啦，乖媳婦。」米樂伸手揉了揉童逸的頭。

「什麼玩意兒？媳婦？」童逸忍不住問。

「對啊，你生孩子，你就是我媳婦啊。」

「不可能的，這也只是你作夢，現實裡是不可能的。」童逸的頭搖得特別開心。

「對，是夢裡，不然現實裡這麼笑，我眼角都要長出皺紋了。」

「你才多大啊。」

「我疲憊啊，會加速衰老。」

「喔……」這方面童逸是一點都不懂。

米樂有點好奇童逸身上的傷口，扯開紗布看了看刀疤的位置，忍不住感嘆：「沒想到還滿真實的，不過你怎麼生龍活虎的？」

「我麻醉藥免疫，恢復得快。」童逸沒好氣地回答。

米樂又被逗笑了。

這樣扯開，不但能看到刀疤，還能看到童逸結實的腹肌。

米樂趁機揩油，童逸也不在意，大剌剌地任由米樂繼續。腹肌的手感沒有想像中的硬，但是線條是真的不錯，讓米樂忍不住多碰了幾下。

「是不是覺得男人還是有肌肉好？你多吃點，然後多練練，也能有我這樣的身材。」童逸居然還能炫耀自己。

「我走的不是這種路線，稍微有一點就行了。」米樂扯起自己的衣服給童逸看，「我也不是那麼沒料的，我也有腹肌跟胸肌，就是看起來精瘦而已。」

「喲！還真的有。」

米樂笑嘻嘻地坐在童逸的身邊，盯著童逸看。

童逸被看得莫名其妙的，問：「怎麼了？」

「我還滿喜歡你這種長相的。」

「是吧，承認我比你帥吧。」

「但是你長這麼高，有這張臉有什麼用？你就跟深海魚一樣隨便長長就好了啊。」

「呸，我也有坐下時。」

米樂不知道為什麼，今天就是特別開心，撐著身子湊到了童逸身邊，在童逸的嘴唇上親了一下。

「你這麼這麼可愛呢？」

「可愛？」童逸被誇得一怔。

這是米樂能說出來的話嗎？不過被米樂親了一下，成功取悅了童逸。

不就是生了個孩子嘛，無所謂了，他還有力氣生七個葫蘆娃跟三個飛天小女警。

「嗯。」米樂回答完，又親了上來。

唇齒交接，不再是淺嘗輒止。

童逸也不拒絕，反而抬手按住了米樂的後腦勺，不想讓米樂離開。

沒親夠，這就是童逸結束上一個吻的感覺。還有就是……現實裡看到米樂的嘴唇就會下意識地吞唾沫，回憶起接吻的感覺。

現在終於能再次吻到這個「討厭鬼」，童逸自然不肯甘休。

不會醒了，這次他要珍惜機會。

童逸化被動為主動，反手將米樂推倒在床上，接著起身按著米樂的肩膀，繼續親吻。

沒有什麼經驗，甚至有點胡攪蠻纏的味道。有點急切，帶著他自有的強勢，不管不顧的就是想要親吻這個人。

柔軟的嘴唇，還有溫熱的吻，帶著甜的舌尖。

米樂也不在意童逸的野蠻入侵，反而抬手環住童逸的脖子，手指按著童逸貼著頭皮的頭髮，有點刺，但是手感不錯。

童逸的肩膀很寬，這跟他的身高相稱，極好的身材抱起來會覺得踏實。

米樂的手一下一下地順著童逸的後背，似乎是在安撫，想讓童逸別那麼野蠻，虎牙都刮破他的嘴唇了。

許久後，童逸才算是親夠了，滿足地舔了舔嘴唇，瞇著眼睛問米樂：「怕不怕？」

「怕什麼？」

「你上次不是怕得要死？」

米樂依舊在笑，那種有點壞，遊刃有餘的笑，特別迷人。

「我一直在想，我究竟是看中你哪一點，這麼傻，人也粗魯得要命。今天我終於想通了，應該是跟你在一起會覺得開心吧，我今天都要笑傻了。」

「看中我？別告訴我你喜歡我。」

「有一點吧。」

童逸一怔，半天才回答一句話：「我是男生啊。」

「我是ＧＡＹ。」米樂回答。

童逸覺得自己突然知道了一個天大的祕密。

如果童逸想報復米樂，到處去宣揚米樂是個ＧＡＹ就能直截了當地毀了米樂。

他愣愣地看著米樂，半天回不過神來。

米樂依舊躺在床上，對著他微笑，似乎覺得說出來讓自己渾身輕鬆，很開心。

童逸看著米樂的樣子，突然心跳得很快。

他從未覺得自己的心臟這麼不受控制，幾乎要跳出來，一下一下地猛烈撞擊他的胸腔。

有一種情感呼之欲出，卻又被他壓抑著。

他好像一瞬間懂了很多，又突然什麼都不明白了。他只是看著米樂，愣愣的，表情有點傻。最後是無奈的嘆息，突然不再支撐自己的身體，乾脆倒在米樂身上，抱住米樂的身體，將頭埋在他的懷裡。

「這樣要我怎麼收拾你啊……」童逸絕望了。

這種時候還能不忘初衷，也是感人肺腑。

米樂也不嫌棄童逸重，就好像摸一條大狗一樣，一下一下地幫童逸順背。

「你不用有什麼心理負擔，說不定過幾天我就換個人有好感了，畢竟想法是控制不了的。」

童逸立刻抬頭看向米樂：「你還很花心是吧？」

「我也不知道我花不花心，長這麼大第一次這樣，我甚至不知道這種感覺會持續多久，說不定過兩天就不喜歡了，說不定很久都不會好，誰知道呢……」

「你他媽要是敢……」童逸的話說到一半，懷裡的人就不見了。

他還沒傳送回自己的空間，就跟著醒了。

米樂睜開眼睛，就看到李昕無辜地坐在地面上，眼巴巴地看著周圍。

李昕的旁邊還倒著一堆東西，看樣子是撞倒的。

「怎麼了？」童逸睜開眼睛迷迷糊糊地問。

「我下床，結果床底下有一瓶礦泉水瓶，我踩到後沒站穩，摔倒了。」

米樂跟童逸都沒說話。

昨天晚上停電，童逸幫米樂找礦泉水時說不定碰倒了一瓶，沒有注意到，今天就惹禍了。

李昕扶著欄杆站起身來，揉了揉腰問：「吵醒你們了？」

真是個天使啊，他們間接害李昕摔倒了，李昕還在關心他們，讓他們有種愧疚感。

「也該起來了。」米樂回答。

「水可能是我碰倒的，抱歉，現在幾點啊？」童逸迷迷糊糊地問。

「沒事，沒摔傷，時間是五點半。」李昕回答。

「這麼早，我再睡一會兒。」童逸說完又倒下了。

米樂坐起身來，整理了一下床鋪。

李昕在廁所裡，米樂也沒催，拿起劇本開始背臺詞。

他上午沒有課，一直留在寢室裡背臺詞，被左丘明煦打電話叫過去時已經過了早飯時間。

他要去學生會的辦公室，就要路過排球隊的訓練館。剛到附近就看到球隊的男生們在集體晨跑，清一色的黑色隊服，就像「全員惡人」一樣，浩浩蕩蕩地跑了過去。

米樂路過他們時，看到了童逸他們的教練。

同樣是一個高大的男人，畢竟是前國家隊的成員，身高也不含糊。

排球隊看到教練後，集體喊了起來：「教練！我要打籃球。」

「都給我滾蛋！」教練聽到之後氣得夠嗆。

起鬨的功夫，童逸看到了米樂，回頭盯著米樂看了半天。

米樂注意到了童逸的目光，繼續淡定地走過去。

童逸看著米樂，總覺得心裡怪怪的，接著就左腳絆右腳，撞到身邊的人。

「童逸，你一大早的幹嘛啊？投懷送抱是不是？你腳太小，站不穩是不是？」教練看到童逸的樣子，忍不住罵了一句。

「教練，你這屬於人身攻擊！」童逸抗議。

「就你整天小嘴罵來罵去的，我作夢都是一群你在我夢裡說群口相聲！」

「教練你可別夢到我，我害怕。」童逸嚇得趕緊跑了，也不敢繼續看米樂了。

米樂從他們旁邊走過去，走進大樓裡時突然腳步一頓。

他看著門口玻璃上自己的身影，突然嘆了一口氣。

如果童逸知道他每天都夢到自己，內容還特別離譜，會是怎樣的想法呢？一定會覺得噁心吧？

童逸在結束熱身運動後，走到了一百八的面前。

一百八還在猛吸營養果凍，看到童逸過來還有點納悶，接著童逸就摸了摸一百八的肚子。

「隊長，有事？」一百八納悶地問童逸。

「看到你沒事我就放心了。」

「啊？」

「沒事沒事。」

「喔……」

「我問你一件事。」童逸突然正經起來。

一百八不自覺地跟著童逸正經，問：「什麼事？」

「喜歡上一個人是什麼感覺？」

「滾。」

童逸立刻比了一個「ＯＫ」的手勢，他去跟單身狗專業戶問這種問題，簡直就是虐狗行為。

想了想，他就去找兩百一，畢竟是有戀愛經驗的人。

「你喜歡你女朋友時，是什麼感覺？」童逸問兩百一。

「心驚肉跳的。」

「什麼意思？」

「她不說話了就害怕，她瞪我一眼就害怕，傳訊息給她超過三十分鐘沒回，就開始檢討自己是不是做錯了什麼，惹她生氣了。」

「需要這樣嗎？」

「很需要。」

童逸覺得自己根本沒得到任何答案。

他看到米樂完全不是這種感覺。他看到米樂就生氣，看到米樂不耐煩的樣子更生氣，偏偏看到米樂笑的樣子，就氣得火冒三丈的。

如果這是愛情，那真的是感天動地。

童逸又換了一個人問，找到了葉熙雅後他問：「妳覺得喜歡一個人是什麼感覺？」

「想幫他生猴子！」葉熙雅絲毫沒思考地回答。

童逸立刻否定了。

不！他不想幫米樂生 Hello kitty！

看來他不喜歡米樂。

他想了想後又問：「如果妳看到一個人之後，就特別想親他，這是為什麼？」

「如果看到一個人就想親，那是流氓。如果看到某個人就想親，那是喜歡。」葉熙雅回答。

「漢語真的博大精深啊……」童逸感嘆了一句後，忍不住蹙眉，「可是除了想親，就沒其他感覺了。」

「那就換個角度想，如果那個人當著你的面跟別人接吻，你會不會有嫉妒的感覺，也就是特別生氣，還很失落？」葉熙雅繼續問童逸。

童逸還真的仔細想了想，接著回答：「我說不定會直接揮斧頭。」

「你現在想到的那個人，就是你喜歡的人。」葉熙雅突然口出驚人。

童逸腦袋裡想的是米樂。

他一下子就愣住了。

「怎麼，有喜歡的人了？」葉熙雅笑嘻嘻地問童逸。

「怎……怎麼可能。」

「也是，身邊都沒個女的。」葉熙雅回答得理所當然，似乎忘記自己也是個女的。

童逸陷入了人生中最艱難的一次思考。

他是不是喜歡上米樂了？他是不是犯賤啊？怎麼被人虐傻了，突然就喜歡上死對頭了？不可能啊。

他面朝牆壁站著，用額頭抵著牆壁，思考了好一會兒，突然哀嚎了一聲：「哎喲，我靠！」

怎麼就是米樂呢？這麼難搞的類型，他根本承受不了吧？

越想越頭痛，他乾脆開始撞牆。

教練走過來盯著童逸詭異的模樣看，忍不住問：「牆招惹你了，讓你這樣虐待它？」

「教練……」童逸可憐兮兮地扭頭看向教練，叫了一聲。

「有事說事。」

「我是真的喜歡打排球。」

「給我訓練去！」教練直接吼了一聲。

童逸立刻小跑著去訓練了。

然而今天頻頻失誤，居然還平地摔，氣得教練直咬牙。

「你今天回去吧，好好休息，別在這裡添亂了。」教練乾脆讓童逸回寢室去。

童逸嘆著氣離開了，神情還有點猶豫。

教練多少還有點關心童逸，去問兩百一：「他這是怎麼了？」

「估計是長大了，陷入了跟司黎一樣的困擾之中，找不到對象，心裡難受。」

「那去女排裡找一個啊，實在不行就去女籃那邊找一個，都不錯。」

「您不知道，女排、女籃的隊員現在都是童逸的哥兒們。然後，她們還嫌司黎矮。」

「那去藝術系找一個呢？都長得漂亮。」

「估計不行，童逸跟藝術系那邊不對盤。」

「長得滿好的，偏偏配了個注定光棍的腦袋。」

童逸不再糾結自己是不是喜歡米樂了，他開始關心什麼是ＧＡＹ。

他回到寢室後罕見地沒玩遊戲，而是開始查詢各種資料。他去「知道了嗎」提問：『怎麼跟男生談戀愛？』

不久後，有人來回答：『**男男跟男女沒有多少不同，只是喜好而已，正常交往即可，實在不行可以去網路小說平臺看看純愛小說，找找感覺。**』

童逸真的去了，打開小說網站，搜索：和愛找碴的人談戀愛。

居然沒有，果然沒人喜歡跟愛找碴的人談戀愛。

於是他打開排行榜，第一本看了三章就棄文了，主角不是愛找碴的人。

第二本看了第一章就棄文了，主角居然是軟萌小可愛，他不喜歡這種。

他又打開了第三本，主角是個毒舌受。他咂咂嘴，算了吧，將就點看吧，估計很難找到比米樂還極品的愛找碴的人了。

於是他繼續看了下去，一看就看到了傍晚。

等看到精彩部分，他還去作者的微博找了車，看完之後他猛地坐起來，驚訝地發現……

我靠，男人是可以上的？還很香豔。

他捂著臉，陷入了幻想……

如果是米樂的話……能這樣對米樂的話……米樂會是什麼樣子……

想著想著，鼻血都要流出來了。

§

米樂表哥的婚禮選在國外。

米樂整理了自己的伴郎服，又跟他的造型師聊了一下髮型的事情，最後整理好行李箱便出發了。

表哥家也算是名門，為了面子，婚禮辦得也算是體面。

米樂的全程費用都由表哥出。米樂倒是不缺這點錢，他只是單純很小氣而已。

自從被封鎖經濟後，米樂就開始想方設法地計較，轉了一些錢到左丘明煦那裡，留著急用。

他這次選擇的是頭等艙。這趟航班的頭等艙沒有單獨的空間，只是座位比較舒服，而且能展開座椅躺下，桌子也比較大一些。

頭等艙意味著人少一些，有單獨的登機口，讓米樂能夠自在一些，不會被人打擾。

他上了飛機，坐下後就拿出劇本來，準備背臺詞。沒一會兒又有人走了進來，坐在米樂的身邊，盯著米樂看了半天。

米樂覺得奇怪，扭頭看去，就看到童逸坐在跟他並肩的位置，兩個人之間只隔了一條走道。

「呃……」米樂忍不住蹙眉。

「我確定我沒跟蹤你。」童逸立刻解釋。

「你要去旅遊？」

「不是，是參加婚禮。」

米樂有種不祥的預感，忍不住問他：「你參加誰的婚禮？」

「我不認識，我爸讓我去。」童逸也糊里糊塗的，連參加婚禮的新人名字都不知道。

「你為什麼不坐經濟艙？」

「腿伸不直啊。」童逸回答得理直氣壯。

米樂立刻閉嘴了。

童逸還絮絮叨叨地繼續說：「我們隊去比賽，只要坐飛機就跟打仗一樣，經費不夠讓所有人坐頭等艙，就只能派人去排隊，預定逃生通道那一排，不然腿真的伸不直。有些小型的飛機，我的天啊，坐下來腿都是麻的。」

米樂打算從自己的包包裡取出降噪耳機來。

「我們聊一下天吧，不然好尷尬啊。」童逸坐好了之後對米樂說。

「沒什麼好聊的。」

「我總覺得我們有緣，你看看，上次在KTV不打不相識，後來又在公車上碰到了，最後還同一個寢室。你說，我們是不是被上天眷顧了？」

「孽緣。」

童逸也不知道說什麼好了，心想孫子，如果不是你在夢裡求我，你當我願意搭理你？

他扭頭看了看米樂，看到米樂找東西時下意識地舔了一下嘴唇。

童逸又開始躁動了，開始吞咽唾沫了。

別流鼻血……別流鼻血……

「要不然你就原諒我吧？我這個人從小就這樣。」

「喔。」米樂發現自己的包包塞得太滿了，好像遺漏了東西，耳機沒帶，耳塞似乎也沒帶。

「小時候我家裡的阿姨做菜時，不是會撒鹽嘛，我就想去幫忙，抓了一把沙子扔進去。阿姨特別無奈，一鍋菜都得重做了。」

米樂終於停了下來，疑惑地看向童逸：「這不就是熊孩子嗎？你為什麼要說這個？需要我誇你可愛嗎？」

「不是啊，我就是說點我小時候的糗事緩解一下尷尬的氣氛。」

「可是你的語氣就好像是在炫耀，原來你從小就這麼不可靠嗎？」

「我說你是不是很少跟其他人聊天啊？捧哏都不會？」

「可是你說的這件事，我根本捧不了啊，真的很討人厭。」米樂依舊是嚴肅的表情。

「我靠……天就是這麼被你聊死的。」童逸真的是無奈了。

他跟一百八他們說，一百八他們肯定會誇張地大笑，嚴重就罵一句他蠢。

但是米樂正經八百地說起了事情的嚴重性，這種人真的很煩。

「無聊。」米樂繼續翻找自己的東西。

「算了算了，不聊了，跟你聊天就是掃興。」童逸也不願意說話了，坐在椅子上單手撐著臉，盯著一處看，完全不知道該幹點什麼。

米樂到最後都沒找到耳塞，放棄後放好包包，坐下後思考了一會兒，又扭頭問童逸：「為什麼呢？」

「什麼？」

「為什麼要說這種無聊的事情？」

「你還在想這件事情？」

米樂點了點頭說：「我仔細思考了半天，都想不到你的意圖。」

「你……」童逸又一次被米樂逗笑了，看著米樂有點無可奈何。「我錯了，不該說這個。」

米樂坐好後還在嘟囔：「我要是碰到你這種熊孩子，絕對會收拾你。」

「我們同歲，見面頂多打一架。」

「我小時候不是這樣。」

「嗯？什麼樣子？」

「說了你不會信的。」

「我信。」

童逸心想，你在夢裡那麼放飛自我，我都接受了，還有什麼不能接受的？

「我小時候動不動就哭，特別愛哭。」米樂回答完翻開劇本，開始看自己的臺詞。

「那估計我們小時候見面的話，你只有被我欺負的份？」

「不會。」米樂回答。

「為什麼？」

米樂沒回答，他有點說不出口。

米樂小時候就好像一個小天使，看到什麼都：「哇！好厲害。」、「姊姊妳好漂亮啊！」、「哥哥你超厲害的！」、「好開心！超開心的！」這樣把人誇上天，很多人都很疼他，外加他是星二代，真的沒有多少人欺負他。

情況是在國中後發生變化的。

飛機起飛後開始發耳機，童逸打開飛機上的設備後，開始找綜藝看，還真的找到了米樂小時候的綜藝。

那年流行親子節目，萌孩什麼的。米樂小時候就長得特別好看，就跟大娃娃一樣，性格還特別萌，四歲開始就有預定老婆團了。

童逸戴著耳機，看著米樂跟爸爸參加的親子節目，津津有味地看了半天。

米樂小時候真的愛哭，爸爸離開他的視線範圍就哭。但也是真的萌，好奇心很重，睜著大眼睛到處亂看，真是萌得童逸心肝亂顫。

「你要是跟小時候一樣，我估計會很喜歡你。」童逸突然探頭對米樂說。

米樂在看劇本，扭頭看向童逸的螢幕，看到那個畫面立刻拉下臉來：「你怎麼這麼煩？」

「誇你也不行？看得我都想生個兒子了。」

「誰是你兒子？」

「你覺不覺得你跟我聊天時，每句話都像是在找麻煩？」

「看到你就心平氣和不下來，你別跟我說話就是了。」

「我看到你也滿心情澎湃的。」童逸戴上耳機，繼續看綜藝，打算看看小時候的米樂消消氣。

米樂坐在旁邊頗不自在，就好像有人線上直播看他的黑歷史一樣。

他伸手去拉童逸的耳機，說道：「你別看了，看點別的。」

「我想看什麼就看什麼，你別看我這邊就是了。」

「……」米樂瞪了童逸一眼，氣鼓鼓的，連劇本都看不下去了。

果然見面就吵架。

童逸又看了一會兒，指著螢幕說：「你看看你，也是想幫忙，結果把好不容易點起來的火熄滅了，我當時撒沙子也真的是想幫忙而已。」

那一段是家長鑽木取火，好不容易點燃了，米樂高興地湊過去搧風，結果反而把火熄滅了。

米樂一扭頭，就看到小時候的自己咧著大嘴在哭。

「行了，我們不聊這個了。」米樂真是沒眼看。

「你這個人真雙標。」童逸反而不放棄。

兩個人對視了一眼後，米樂恨不得現在就解開安全帶跟童逸打一架。

童逸也沒多高興，還對米樂豎起了中指。

真別說，童逸雖然腳小，但是手不算小，看起來還滿正常的，中指特別長。

米樂坐在椅子上，得平復半天心情才能不再生氣。現在跟童逸在一起，會覺得開心的理由都不成立了，米樂覺得，他應該不會喜歡童逸的。

絕對不會！

下了飛機，米樂走出機場就有人來接他。

米樂剛走過去，就聽到那個人說：「我們還要再等一個人，也是坐這趟航班過來的，您稍等一下，我們一起去飯店。」

「喔，好的。」

沒一會兒，童逸就揹了一個包包出來，沒有托運行李，居然比米樂還慢。

走過來，他看到米樂就忍不住蹙眉，再看看接機的人舉的牌子，問米樂：「你來這邊幹嘛？」

「我來當伴郎的。」

「孽緣。」童逸感嘆。

「呵。」米樂冷哼。

他們三個人朝停車場走去，米樂拖著行李箱問童逸：「你沒托運行李怎麼那麼慢？」

「我看不懂英語，就憑著感覺亂走，結果走著走著就在免稅店叢中迷路了。這邊怎麼下了飛機就走去登機口了？」

坐到車上之後，米樂開始閉目養神，不然他容易跟童逸吵架。

但是童逸不放過他，探頭過來問他：「你耳朵不難受嗎？」

米樂裝沒聽見。

「你不會聾了吧？」童逸又問。

米樂繼續裝聾。

「可憐。」童逸感嘆。

到了飯店，接他們的人安排他們入住。

這裡是度假飯店，都是單獨的別墅跟院子。

米樂進入房間後在屋子裡逛了一圈，走到院子裡，看著無邊泳池還滿滿意的，結果一扭頭就看到一顆人頭。

這種圍欄，正常人都能擋住。但是童逸的身高不太正常，兩個人就隔著看起來不太結實的草編圍欄，以露出半個頭的方式……四目相對了。

然後，他們都在彼此的眼中看到了濃濃的嫌棄。

§

米樂的時差還沒調整過來，就要跟著表哥一起忙前忙後了。

伴郎一共有六個人，還有左丘明煦，然而左丘明煦非要把宮陌南送上飛機才肯過來，早上才趕到。剛會合，他們就要籌備婚禮的事情了。

司儀跟他們六個介紹流程，米樂一直在聽，並且十分認真。

他參加綜藝節目也算是老油條了，畢竟是從四歲就開始參加綜藝，一直參加到大。現場錄製時總會非常忙，很多時候流程都只會跟他們說一次，如果不能好好配合，就會耽誤工作。

這讓米樂從小就練就了很好的本領，就是很多事情交代一遍他就能夠全部記下來。

左丘明煦當米樂的助理快要習慣了，還拿了一根錄音筆。後來發現他們穿著伴郎服，隨時都有可能照相，這些東西真的沒地方放，最後他們幾個就只能靠米樂了。

好在米樂在這方面十分厲害，所有的事情都按部就班。

「現場會不會有記者？我不太擅長面對媒體啊。」左丘明煦站在米樂的身邊問，還真的有點緊張。

「放心吧，現在不會有多少人採訪你們的，這個圈子裡最勢利眼的不一定是員工，而是記者。不過你可以跟他們套近乎，讓他們給你幾個鏡頭。」

「你這個回答讓我非常失落啊。」

「畢業了以後就努力紅啊，你家裡不是幫你安排了好的資源嗎？」

左丘明煦點了點頭，就跟著米樂繼續當伴郎去了。

說真的，參加婚禮時不覺得有什麼，但是真的當了伴郎，就感覺特別累。

米樂又比較出名，算是伴郎團裡名氣最高的，所以受關注度高，真的有什麼事情都是由米樂這裡首先為難。

米樂不想攪亂表哥的婚禮，沒有平常的臭脾氣，也都配合了。

疲憊到晚上的晚宴，米樂終於有機會找一個角落坐下休息一會兒。

剛坐下不到十分鐘，他就聽到了高跟鞋的聲音，接著就聽到米媽媽叫他的名字：「樂樂。」

米樂心中糾結了一瞬間，還是回頭應了一聲。

「走，我帶你去見幾位投資商，認識他們也對你有好處。」

「喔，好。」接著遲緩地起身，跟在米媽媽的身後。

童逸覺得他爸有病，參加一個不熟的人的婚禮，要他進來交一個大紅包，就沒有其他事了。

讓童逸去看看新娘子漂不漂亮也行啊，偏偏被他爸帶著跟一群人應酬，這讓童爸爸忙得就像他結婚一樣，笑得嘴角都裂開了。

等周圍沒有其他人了，童逸立刻拉童爸爸到角落說：「爸，你別亂投資了，投哪個就賠哪個，最近兩年你都虧多少了？我看你根本不是那塊料。」

「你沒看到他們見到我都很熱情嗎？」

「那是因為你渾身上下都冒著暴發戶的氣息，就你好騙，奉承幾句就幾千萬、幾千萬地投，就你有錢是吧？」

「我也是想提高一下我們家的檔次嘛。」

「提什麼啊，你一個礦主，非得搞什麼投資，賠了錢你覺得很厲害是吧？」

「你怎麼跟你老爸說話呢？」

「說實在話你就不愛聽，早晚被人騙死。」

童爸爸沒好氣地踹了童逸一腳，接著湊到童逸身邊：「你看到這裡聚集的小花沒？都是現在很紅的女明星。」

「怎麼樣，你想養一個？你都多大歲數了，你吃成斤的牛鞭也供應不了啊。」

「臭小子，我是覺得你看上哪個了，就去試著認識認識，你爸有錢，你就去交個女明星當女朋友，說出去也有面子。」

童逸沒好氣地白了童爸爸一眼，真是看不上這種虛偽的大人。

「當紅的藝人都不容易找對象，不然會影響人氣。」童逸回答。

「那就私底下包一個，挑長得好看的。到時候你要是想包艘輪船，放場煙火搞浪漫什麼的你就跟爸爸說，爸爸幫你安排得明明白白。」

童逸聽了都覺得扯：「你能不能把我往好的方向教？」

「我們都是男人，你遮遮掩掩的幹什麼？你就說你看上誰了，爸幫你想辦法。」

童逸真是什麼都說不出來了，他對誰都不感興趣。

不過他突然靈光一閃，問童爸爸：「我要是看上男的呢？就是那種長得很帥的小鮮肉，一看到就脾氣都沒了那種。」

「男的？」

「對，男的。」

「兩個男的怎麼搞啊？」

「具體細節你就不需要懂了，我就想包養一個男的，你同不同意？」童逸問。

「也行，那輪船跟煙火什麼的還需要嗎？要不要我把我們那邊新蓋的運動場買下來，你送人家？」

童逸一看，自己親爹的接受能力很強啊，忍不住笑了，問：「我搞男的你都同意？」

「反正是你搞，又不是我搞。」

「你不指望我幫童家傳宗接代了？」

「別提了，你小時候特別惹人厭，我看到你就煩，當時就發誓再也不想接觸小孩了，你千萬別給我生個臭小子出來煩我。」

「行行行，我也不想要。」童逸樂呵呵地點頭。

「那你看上誰了？爸幫你安排。」

童逸沒回答，打了幾個噴嚏，接著感嘆：「我靠，這是誰噴硫酸了，這味道怎麼這麼刺鼻？」

一回頭，就看到米媽媽帶著米樂過來跟他們打招呼了。

米媽媽笑得像一朵花一樣，跟童爸爸問好：「童總，我們之前見過的，我是陶曼玲。」

「喔，妳好，我小時候看過妳的電影。」童爸爸也跟著客套地回應。

陶曼玲表情尷尬了一瞬間。

童逸看了看米樂，又看看陶曼玲，立刻說了出來：「就是妳啊，把我跟米樂打架的影片送給我教練，差點把我的前途都毀了。」

陶曼玲的笑容漸漸僵硬下來，看向童逸，詫異了一瞬才有點尷尬地說：「你是米樂的同學吧？我在微博上看過你的相片。」

「託您的福，我跟您兒子見面就打，昨天在飛機上剛吵完一架。」

尷尬，真的尷尬。

童爸爸是這次酒席上最大的「土豪」，有錢還沒腦子，屬於特別好騙的那種投資商，以至於來這次婚禮的人都願意跟童爸爸結交一番，說不定以後可以拉點贊助。

陶曼玲也是打算帶著米樂來認識童爸爸的。結果不料她剛走過來，就因為身上的香水味讓童逸不停打噴嚏。陶曼玲裝成根本沒聽到童逸的那句話，笑呵呵地來問好，結果童逸太不給面子，直截了當地說了他們之間的恩怨。

陶曼玲也沒想到童逸居然是童總的兒子。如果知道，她也不會去學校找童逸的教練，也不會利用童逸讓米樂上頭條。

這是老早就得罪了大投資商的兒子？

米樂看了看童逸，又看了看童爸爸，站在陶曼玲的斜後方，看著尷尬的場面居然不覺得有什麼，忍不住偷偷笑了一下，還很幸災樂禍。

童逸頓時覺得米樂絕對是沒腦袋，他數落米樂媽媽，米樂還笑得出來？

米爸爸來了才化解當時的尷尬，他來了之後感嘆了一句：「哇！小夥子個子真高啊。」

童爸爸跟著吹自己的兒子：「我兒子排球隊的，都被國家隊看中了。」

「不錯不錯，後生可畏。」

說完，就帶著童爸爸去喝酒。

童逸還是第一次見到這些人的應酬，他看到米樂被陶曼玲帶去見其他人，聊了幾句之後就對米樂說：「樂樂，來，敬李總一杯。」

米樂也不怯場，笑呵呵地答應了，說了幾句什麼，拿起酒杯一飲而盡。

往往這個時候，會引來一群人的叫好聲。

喝酒有什麼厲害的，童逸有點不解。

後來新郎來了，也就是米樂的表哥，童逸再次聽到陶曼玲說：「小宇，一會兒你要是喝不了了就找米樂，米樂酒量好。」

「不用，沒事的。」米樂表哥笑呵呵地回答了一句。

然而，米樂還是被陶曼玲派去幫表哥擋酒了。

米樂今天穿的是西裝，屬於西裝三件套，裡面還有一件背心。

這種裝扮很要求形象氣質，不小心就會穿成是飯店服務生的樣子。米樂身材好，長得也很好看，氣質更是出眾，穿著這一身正裝尤其惹眼，這恐怕也是童逸一直盯著米樂看的原因。

童逸看到米樂在其他人不在意時，抬手按了一下自己的胃，終於有點坐不住了，嘖了一聲。

接著童逸走到一旁，找到服務生說了什麼，之後對米樂說：「米樂，我們單獨喝一點吧？」

其實童逸今天也很顯眼。一是因為他是童總的兒子，二是因為他是全場個子最高的人，站在哪裡都比別人高一顆頭。

米爸爸跟陶曼玲是希望米樂跟童逸關係不錯，這樣以後拉投資方便，立刻讓米樂過去了。

米樂到童逸的身邊，坐下後低聲問童逸：「你想幹嘛？別搗亂。」

「跟你喝酒啊，還能幹什麼？你不跟我喝，也得跟別人喝。」童逸說完，從服務生的手裡接過酒瓶，幫米樂倒了一杯。

米樂看著酒杯沒動。

威士忌，後勁滿大的，這是要整他吧？

「喝啊！」童逸對米樂說道。

米樂見陶曼玲時不時看向他們這裡，還是硬著頭皮喝了一口，接著又快速看向童逸。

童逸笑著也幫自己倒了一杯，還加了冰塊，跟著抿了一口，酣暢地說一句：「爽！」

米樂又好氣又好笑，坐在童逸對面整理了一下自己的領口。

杯子裡的不是威士忌，是冰紅茶。

米樂又喝了一口冰紅茶，對童逸說：「我可以坐在這裡休息一會兒，但是，總是這樣坐著說不過去。」

「你平時很有脾氣，怎麼這個時候就怕了呢？」

米樂的眼睛在陶曼玲的身上打了一個轉，最後嘆了一口氣：「畢竟是我表哥的婚禮，他平時對我不錯。不過……謝謝你。」

理由不願意說，但是童逸的好意米樂心領了。

「那就坐下陪我看綜藝，我可是用我漫遊流量看的，一共十二期，我看到第八期了。」童逸說完，坐在米樂的身邊拿出手機來，打開了他小時候參加的綜藝。

米樂立刻捂眼睛：「拿走拿走，我不想看。」

「多有意思啊。」

「就感覺我那個時候跟小傻子一樣，心裡不舒服。」

「我覺得不錯啊。」

「我勸你不要看，不然我容易滅口。」米樂再次警告。

童逸可是吃過虧的人。

米樂這個人先禮後兵，先跟你約法三章，不聽話就算計你。現在他要是不聽米樂的，回頭米樂說不定會怎麼收拾他。

「行，不看，流量不該浪費在這上面，不如……我們看點小黃片？」童逸問米樂。

米樂白了童逸一眼。童逸臭不要臉地嘿嘿直笑，明顯是在不正經。

兩個人就這樣坐在一起，聊一句就吵架，不說話還尷尬地坐了有三十分鐘。

表哥徹底喝傻了，過來拉著米樂，非要帶米樂去見見「他媽」，也就是自己媳婦。

米樂哭笑不得地跟著表哥走了，走到轉角處，表哥拍了拍米樂的肩膀：「回房間去吧，今天辛苦你了。」

「呃……」米樂愣愣地看著表哥。

「我今天真的是自顧不暇，其實不用你幫忙，我至少還是個大人。回去休息吧，我回去了。」

「嗯，好的，你也注意身體。」

「沒事，我也只結這麼一次婚。」

米樂回到房間，洗漱完畢後穿著浴袍，頭髮都沒完全乾就一頭倒在床上了。真的好累啊……又累又難受。

童逸剛睡一會兒，就進入了米樂的夢裡。

這次他更過分了，身體不受控制時居然在爬院子裡的圍欄，還真的把圍欄破壞得不像樣，來到米樂的院子。接著，他開始試圖打開米樂這裡的落地推拉門。

這一刻鐘裡，他就一直沒出息地拉門。米樂則是躺在房間裡的床上，眉頭微蹙，睡得特別難受。一刻鐘過去後，童逸終於停了下來，看了看門後，直截了當地把門打開。

他走進去後還有點不理解，他為什麼這麼久都打不開這扇門，明明裡面沒鎖啊。

米樂的夢怎麼老是這麼不合理呢？

他走到了床邊，看到米樂迷迷糊糊地睜開眼睛看向他。

「我在你夢裡就不能有一次有出息的時候嗎？」童逸沒好氣地問米樂。

米樂回憶了一下，回答：「太累了，所以夢魘了，進入了一種鬼壓床的狀態。潛意識想起來要再敷一個面膜，可就是起不來。好幾次都覺得自己醒過來了，可是身體就是動不了。」

「這關我什麼事啊？」

「然後就夢到你在試圖進我的房間，我就一直想醒過來趕你出去，可還是醒不過來。」米樂頹然地說。

「我在你印象裡到底是什麼樣子？怎麼淨幹這種缺德事呢？」

「我好睏啊。」

「那就睡。」

米樂躺在床上瞇著眼睛看童逸，遲疑了一下問：「要一起睡嗎？」

童逸本來不知道該幹嘛，被米樂問了之後真的遲疑了一下，清咳一聲回答：「也不是不行……」

米樂立刻後退了一些，掀開被子讓童逸可以躺進來。

童逸也沒客氣，脫掉鞋子就上了床，剛躺下米樂就湊了過來，抱著他的腰，靠在他的懷裡蹭了蹭。

「長得好看的小哥哥懷裡就是舒服。」米樂糯糯地說。

童逸被抱得心都要融化了，嘴角笑得直咧開。

他伸手抱住米樂，用鼻尖蹭米樂的頭頂：「你說你小時候那麼黏人，現在怎麼就變了呢？這麼愛撒嬌多好。」

「因為那個時候我爸還沒出軌。」米樂回答。

「呃？」

米大導演出軌了？這消息爆出來，能在頭條掛幾天吧？

「怎麼，很驚訝嗎？」米樂問。

「肯定啊！」

米樂依舊賴在童逸的懷裡不肯動彈，苦笑了一下繼續說：「我參加綜藝時家裡還好好的。那個時候我真的傻呼呼的，讓我現在都不想看到，每次看到心裡都會難受。」

「我並不知道這些。」童逸想到自己還叫米樂陪自己看，不由得有點尷尬。

「你怎麼可能會知道？這種事情怎麼可能會曝光。」

「你爸爸出軌，你媽媽知道嗎？」

「知道啊，當然知道。」米樂說到這裡，語氣裡帶著一絲恨意，「小三自以為我爸對她是真愛，只是礙於我媽才無法離婚，於是放了狠招。放出我媽早期的一些消息，說她靠潛規則上位，讓她的事業經歷了致命打擊，從那之後便人氣下跌。」

「我好像聽說過這件事，當年鬧得滿大的。」

「當時我媽的事業幾乎崩塌了，然後感情上也經歷了巨大的問題，就是她終於知道我爸出軌了，還有一個私生女。」

「我靠！」爆炸性八卦還有彩蛋？

「從那之後我媽就徹底崩潰了，精神都出現了問題，她每天歇斯底里地對我說，樂樂，媽媽就只有你了。」

童逸想到米樂家裡的情況就忍不住蹙眉，抱著米樂的手都下意識收緊了一些，問：「你媽媽為什麼不離婚？」

「不可能離婚的，他們都是公眾人物，如果我媽媽提出離婚，我爸一定會背負罵名。我媽呢，事業毀了，如果離婚了就會一無所有。而且我媽當時的想法也很極端，就是……絕對不能讓那個賤人得逞，她就是不離婚，那個賤人永遠都別想上位，以至於他們現在都在互相折磨。」

「我靠，我怎麼聽到會這麼生氣呢？」

「從那時候我就意識到了一點，如果有人一直在噁心你，那就是他真的過分。不要留面子，不要自作優雅，說不定什麼時候就會給你致命一擊。如果想要自己過得痛快，就得比他們更狠！」

「不不不，你的三觀不太對勁了，我們不能這樣，還是好人多，比如我。」

米樂在童逸的懷裡抬起頭來，看著童逸笑：「你是個屁好人啊，我剛開始時都討厭死你了。你想想看，突然打了一架，還害我經濟被封鎖，再見面還跟在我身邊嘮嘮叨叨的，在寢室裡還一而再再而三地招惹我，我能放過你才怪。」

「剛開始？」童逸找到了關鍵字，「那現在呢？」

「現在啊……」米樂捧著童逸的腦袋親了一下，「說不準，又愛又恨的。」

童逸看著米樂就覺得心疼，在米樂的額頭上親了一下，又問：「所以你的父母現在已經徹底決裂了嗎？那你呢？他們對你好嗎？」

「我媽的狀況時好時壞，為了捆住我，鬧過自殺，一直監視我，我不回她的訊息也覺得我也要拋棄她了。但是好時，又對我特別好。我有幫她找過心理醫生，但是她一直拒絕。」

「你爸爸呢？」

「他啊，過得滿好的，後宮和諧，簡直是個人生贏家一樣。」

「那個私生女呢？」

「那個小女生曾經找過我，跟我說她嫉妒我，因為我過得光鮮亮麗的，她卻只能隱藏身分，隱姓埋名。有什麼好嫉妒的，我都要煩死了。」

「其實她也是無辜的，她自己也不想當私生女。反正在這場鬥爭裡，最可憐的就是你們兩個人。」童逸這樣評價。

「我覺得那個小女生也不太正常了，她曾經有一次拿著刀來找我，說要劃花我的臉。」

「靠！這是神經病了吧？後來呢？」

「我坐在椅子上看著她，跟她說，妳這一刀應該捅在米唐的心口上，這樣我還能看起妳。然後她就開始哭，哭到一半被我的助理跟保全帶走了。」

童逸抱著米樂，就像在抱心肝寶貝一樣。

思量了一會兒，童逸才說：「你總是這樣也不是辦法，得想辦法改變現狀，不然你過得難受，我看著也心疼。」

「我就是心疼我媽，但是又有點恨她，很糾結。有什麼辦法呢，我是他們的孩子啊，遇到了，沒辦法。」

「對，看到米童kitty時我也滿崩潰的，但是沒辦法，遇到了，畢竟是自己生的，也只能接受了。」

提起這個，米樂就被逗笑了，半天停不下來。

童逸看到米樂笑就輕鬆多了，又揉了揉米樂的頭，接著說：「我覺得你多少被他們影響了，現實裡的性格有點焦躁，而且行為也有點偏激，以後我得幫你控制控制。」

米樂不解，問：「你要怎麼幫我？你自己都傻呼呼的。」

「老子有錢啊，沒有錢解決不了的事情。」

「突然覺得你說得很有道理。」

「揉揉我們小兔子的頭。」童逸又揉了揉米樂的頭。

米樂立刻推開了童逸的手：「你怎麼知道這個外號的？」

「我看了你的綜藝啊，那時候叫你小兔子，你就配合地蹦來蹦去的，多可愛，我喜歡死了。」

「滾滾滾，這是正常男生該有的外號嗎？」

「我滿喜歡的。」

「那摸摸我們雕雕的頭。」米樂立刻去摸童逸的頭。

「什麼雕雕？」童逸有點不解，為什麼叫這個？

「沙雕啊。你總在讓我爆發的邊緣大鵬展翅，一般人都沒有你這種水準跟膽量。」

「……」

米樂又在童逸懷裡賴了一會兒，微微蹙眉：「我胃不舒服。」

「因為喝酒吧，我看你很會逞強啊，喝酒時，厲害的樣子就跟動感超人一樣，現在知道痛了吧？」

童逸提起這件事就氣，起身嘟囔，「等我查查胃痛該怎麼辦。」

「我包包裡有胃藥，你幫我拿來。」米樂小聲說，還故意可憐兮兮地，讓童逸不能再發飆。

童逸拿米樂沒轍，掀開被子下了床，一邊找米樂的包包一邊嘟囔：「小子，你這是慣犯啊，還常備著藥。我跟你講，你要是以後還這樣我就收拾你，把你的小細腿掰斷。」

說完，他打開米樂的包包，首先看到了一條騷粉色的內褲，用透明的塑膠袋裝著。

「我靠……你很騷啊，這麼勁爆的顏色我都不敢穿。」

「放下，沒洗呢，洗完澡就直接塞包包裡了。」

「你……你不是潔癖嗎？怎麼這樣？」

「我在飯店時被私生飯偷過原味內褲跟襪子，都是太忙沒時間洗的，後來我就會收起來。實在是太累了，就隨手塞裡面了。」

童逸拿出胃藥來，想了想反應過來說道：「不對勁啊，你在夢裡吃藥有什麼用？」

米樂躺在被子裡，依舊是難受的樣子。

童逸開始想辦法，走到牆邊，試圖撞牆讓自己醒過來，上次生孩子他都沒這麼努力。

後來發現沒什麼用，乾脆走出去跳進游泳池裡。

他不會游泳。

童逸掙扎著醒了過來，還覺得自己要被淹死了，心有餘悸。他抬手揉了揉自己的頭髮，總算緩過來了。

他走到院子裡看著圍欄，發現這圍欄真難爬，主要是沒什麼支撐的地方。

最後童逸搬出一個椅子，又找衣架來支撐著身體，艱難地越了過去，接著輕盈地落地。

探頭探腦看了看，發現米樂還在房間裡睡覺，這才走到落地門前。他打開門，發現門真的沒鎖。

他直接走進了米樂的房間，打開米樂的包包，再次看到了塑膠袋，還真的跟夢裡一樣。

好在他已經知道藥的位置了，拿出藥來看了看後面的說明，擠出藥來到床邊，幫米樂倒了一杯水。

米樂說自己在夢魘，其實在童逸看來米樂睡得滿沉的。

他遲疑了一下，搬起米樂的身體，捏著米樂的臉，手指快狠准地將藥塞進了米樂的喉頭，接著開始灌水，一點也不溫柔。

他以前為貓餵過藥，就是要快狠準，他餵貓都沒餵過水，對米樂已經算是不錯了。

餵完水，米樂開始咳嗽，然後整個人蜷縮在被子裡，過了半晌又繼續睡了。

「我靠……」童逸小聲嘟囔了一句，心想這小子睡得真沉啊，家裡遭小偷了都不知道？

不過想想也正常，米樂喝了那麼多酒，再加上特別疲憊，腸胃還不舒服，人陷入了睡眠中就跟昏迷差不多了。

酒量再好，喝了那麼多也不可能一點事情都沒有。

童逸坐在床邊，自己把水杯裡剩下的水都喝光了，正要起身，米樂就迷迷糊糊地湊過來，抱住了他的腰。

他微微一愣，回過頭就看到米樂似乎醒了，然而還覺得自己是在作夢，分不清是現實還是夢裡，主動湊過來抱住了他。

嗯，在米樂那裡，他坐在這裡幫他餵藥，是跟夢裡連在一起的。酒精加夢魘，讓米樂迷糊了，分不清也不奇怪。

童逸沒動，但是心臟開始猛「砸」心口，有種做賊心虛的感覺。

這是他跟米樂在現實裡第一次這樣「親密接觸」，感覺要比夢裡刺激多了。

童逸猛地吞咽唾沫，大腦當機了一瞬間。

「再陪我睡一會兒。」

米樂依舊是那種撒嬌的語氣，童逸第一次在現實裡聽到米樂這樣說話。

「喔……喔。」童逸遲疑了一下，掀開被子在床上側躺下來，米樂再次湊到了他的懷裡，抱著他的腰，將臉埋在他懷裡睡覺。

米樂躺了一會兒，忍不住問：「你心跳怎麼這麼快？震耳朵。」

「它……它見到你開心，想活躍一下氣氛。」

米樂笑了笑，沒再說什麼。

童逸依舊在吞咽唾沫，低頭就看到米樂軟軟的髮絲，呼吸都有點跟不上節奏了。

如果米樂現在完全清醒了，米樂絕對會殺人滅口，讓他死得乾乾淨淨的，但是……但是他又不捨得走。

兩個人就此安靜下來，童逸壯著膽子，伸手抱住了米樂。

米樂沒掙扎，依舊躺在他懷裡睡覺。

他終於豁出去了，抱著米樂的身體，低下頭用鼻尖蹭了蹭米樂的頭頂，嗅到了米樂的味道，內心特別滿足。

完蛋了。

他曾經覺得他頂多覺得夢裡的米樂很不錯，現在竟然因為抱到現實裡的米樂而興奮得不行，簡直高興得要笑出聲來。

很開心，超級開心。

他還是直的嗎？不知道啊，反正他不想鬆開。

又抱了一會兒，他確定米樂再次睡著了才鬆了一口氣，接著試著挪開身體。下了床，童逸蹲在床邊，盯著米樂睡覺的樣子看。看了一會兒就忍不住捂臉，心裡念叨：別看了別看了，容易犯罪。

然而他還是忍不住，又看了一會兒，怎麼看怎麼可愛，米樂不盛氣淩人時真的非常誘人。

為了保命，童逸還是選擇了離開。

走時還收拾了東西，好像他從來沒來過一樣，關上門後又看了一眼房間裡，最後毅然決然地離開。

到了院子裡，他開始躊躇，最後是壯著膽子走進無邊泳池裡，從邊沿回到自己的院子。

他在泳池裡全靠個子高，全程是站著走過去的。

§

米樂第二天在上午九點多才醒過來，起來後去洗漱。結束後打開包包決定吃片藥，結果發現藥似乎少了一片。

他過來時特意看了一眼，拿來的是一片沒有吃過的，怎麼少了呢？

他突然想到，昨天夢裡童逸似乎餵他吃過藥，不過他很快就否定了。

不可能的，那只是夢，怎麼可能到現實裡來，有可能是他記錯了吧。

他之所以在夢裡大膽，是因為確定夢裡的事情跟現實無關，至少他能確定現實裡不會出現異能、跟童逸生孩子。

吃了一片藥後，他找來菜單，打電話幫自己點了一碗粥。

手機在這時收到了訊息，米樂拿來看了一眼。

童逸：我想吃飯，但是我語言不通。

米樂：餓死得了。

童逸：昨天我幫你擋酒了。

米樂：我忘恩負義。

米樂回完就覺得心情好多了，沒想到童逸居然直接來敲門了。

最可惡的是米樂以為是他的粥來了，直接開門，看到童逸後立刻打算關門。

童逸推著門，從門縫硬生生地擠了進來：「我們還是不是同學？」

「不想是。」

童逸掏出手機來給米樂看一張圖片：「你看看這張圖，我真是無力吐槽了。」

童逸拿出來是拍照翻譯的頁面，米樂仔細看了看上面的字，笑了。

上面的文字有：

『麵。』

『這是什麼意思？』

『我的意思是。』

『螺旋，糞便。』

『義大利麵。』

「我覺得這個翻譯軟體有點毛病，一個都沒翻譯對，還問我那是什麼意思？還有，那個糞便是什麼鬼？」童逸指著螢幕吐槽。

米樂忍不住笑了，扭頭拿來菜單問童逸：「你想吃什麼？」

「義大利麵，還有各種。」

「你早上能吃很多嗎？」

「我的食量大致是你的十倍，畢竟我的個頭不是白長的。」童逸回答。

「這是五種口味的義大利麵。」米樂指著一頁說。

「這不用你說我也能猜出來。」

「我勸你選保守一點的，不然不一定是什麼口味的香料，讓你無法接受，就黑胡椒跟番茄你選一個吧。」

「兩個都要。」童逸說道。

「還要其他的嗎？」

「有什麼？」

米樂繼續看菜單，接著對童逸說：「有披薩、各種蛋糕、切片麵包、果醬、沙拉、霜淇淋。」

「點個披薩吧，然後有雞胸肉的沙拉。」童逸回答。

「走，去你的房間點。」

「為什麼？」童逸不解。

「在我房間點會記我的帳。」

「你怎麼這麼小氣？」

米樂也不管，直接出門去了童逸的房間，用童逸的房間電話點餐。

童逸的房間還晾著昨天進入泳池時穿的衣服，如今還是濕漉漉的。不過米樂沒有特別在意，低頭看菜單。

點完菜要走時，他突然想到了不對勁：「我房卡忘記帶了。」

童逸看著米樂身上的浴袍，點了點頭：「好像是的。」

「能不能……」

「我忘恩負義。」

米樂再次去打電話，得知這一項需要米樂親自去櫃檯辦理，服務生不能私自幫他開門。

他再看看自己的浴袍，真是不想穿著這身去櫃檯，萬一被人拍到就不好了。

於是他嘆了一口氣，再次看向童逸：「借我一身衣服？」

童逸正在拍房間椅子上的鞋印，想了想還是點頭同意了，打開自己的背包，大方地問：「內褲要借嗎？」

「我穿了。」

「你要哪身？」童逸問。

米樂蹲下來看了看，忍不住問：「你不是只帶了一套衣服嗎？」

「我就是客氣客氣。」童逸差點忘了，另外一身穿在他身上呢。

米樂拿出這身衣服去了浴室，穿上後出來照了照鏡子。

黑色的上衣，印著「宇宙最強」的字樣，怎麼看怎麼中二。褲子是一般的休閒褲，穿上之後又鬆又垮又醜。

「滿好看啊。」童逸站在米樂身邊感嘆。

米樂回了一個嫌棄翻倍的眼神。

童逸看著米樂穿自己衣服的樣子還很高興的，有種竊喜的感覺。

他比較感興趣的人，穿著他的衣服，被他的氣息包圍著，怎麼想怎麼滿足。

米樂對著鏡子整理了一下自己的髮型，努力挽回被中二衣服敗壞的形象。好險在出來之前洗漱過，不然情況就更糟糕了。

確定形象沒問題，米樂才走出房間去辦理自己的房間手續。因為要再領一張卡，必須由房主親自簽字才可以。

米樂回來的功夫，童逸正在房間裡整理餐桌，上面擺了兩份早餐。

童逸的食物占地面積百分之八十，米樂的占地面積百分之二十，畢竟米樂只點了一碗粥。

「他們直接送我這裡來了，你跟我一起吃吧，碗還滿燙的。」童逸拿著刀叉，開始往一個空盤子裡裝東西。

兩種義大利麵都挑出來了一些，披薩切了一小塊，外加一點點沙拉。

「我的刀叉還沒用過，是乾淨的，你也一起吃一點吧。」童逸知道米樂的講究，特意強調了一下。

米樂遲疑了一下還是跟著坐下了，拿起勺子喝了一口粥回答：「我不吃。」

「這麼一點就跟餵雞一樣，我們隊裡的隊員早飯如果是吃粥，那絕對是一大盆的量，我也沒見到他們有多胖。」童逸把東西推到了米樂的面前。

米樂看著東西的確有點饞，不過還是故作矜持地問：「你語言不通，空盤子是怎麼要的？」

「我跟他比啊，指著盤子，然後再比一個一，他過一會兒就送過來給我了。」童逸說得還很興奮。

「優秀。」

「一會兒我們一起出去玩吧，我的機票是假期快結束才回去。」童逸突然提議。

童逸來這邊參加婚禮，本來就打算在當地玩幾天，就當作是旅遊。來之前是打算找當地導遊，由對方提供車，開車帶著童逸就可以到處去轉轉了，還能為他單獨講解。不過米樂在這裡，他就打算找米樂一起去了。

「你在一個旅遊景點一站，裝成在努力看風景的樣子不動，三十分鐘內，就會有三波國內旅遊團出現在你的身邊講解。如果你嫌棄有方言聽不懂，還可以再等等，說不定再過一會兒就有東北團過來用東北話講解了。」米樂對這個不感興趣。

「這麼神奇嗎？」

「對啊，國內熱衷於旅遊，買包包、買口紅，世界那麼大，到處去看看，做到這三點就彷彿進入了時尚圈一樣，是朋友圈發照片的第一選擇。」

童逸看著米樂的樣子，突然覺得米樂跟他漸漸熟悉起來了，不然在這之前，米樂怎麼可能跟他說這些。

說話的功夫，米樂吃了一小口義大利麵。

等米樂的一碗粥吃完，童逸撥過去給他的東西也差不多吃完了。

童逸突然後悔沒多給點，米樂要多吃點才能有點肉。他總覺得米樂就像那種工藝擺設，有個上身，然後腿是兩根繩子，吊著兩個腳丫子亂晃。

腿太細了，又細又長，在鏡頭裡好看，現實裡看著就有點讓人心疼了。

米樂吃最後一點東西時，童逸拿出手機，對米樂拍了一張相片。

米樂立刻蹙眉看著他，問：「幹什麼？」

「難得穿我衣服，我拍一張。」

「不許發動態，不許發微博。」

「滿好看的，男友視角。」童逸拿出手機給米樂看。

米樂聽到「男友視角」這個詞微微蹙眉。

現實裡，他對這個比較敏感，伸出手要搶手機：「還是刪了吧。」

「不。」童逸立刻鎖上了螢幕，將手機放進褲襠裡，「有能耐，你就掏。」

米樂：「……」

米樂回房間的功夫，童逸一直跟在米樂的身後念叨：「我們出去玩吧，全部我來買單，你想要什麼我也買給你。」

「不去，我要留下來看劇本。」

「我們去海邊玩也行啊。」

「不去，院子裡就有泳池。」

這時候，左丘明煦突然穿著薄薄的襯衫、一條花褲子來找米樂，看到他們就興奮地問：「我們出去玩吧？」

米樂：「……」

他以前怎麼不知道左丘明煦這麼不識相？

左丘明煦走過來問：「帕帕，你這身衣服不是你的風格啊。」

「這身衣服是我的。」童逸指著衣服說。

「哦？」左丘一副有八卦的樣子。

米樂立刻解釋：「不是你想的那樣。」接著快速說了一遍剛才發生的事情。

左丘明煦聽完後一直笑，點了點頭，比了一個「ＯＫ」的手勢：「了解。」

他跟左丘明煦是兒時玩伴，從小一起長大的。左丘明煦可能是唯一一個知道米樂是ＧＡＹ的人，所以米樂怕他想歪了。

三個人一起進了米樂的房間，左丘明煦還跟童逸特別和諧地聊著天，坐到他房間的沙發上。

米樂就盯著他們看，結果這兩人都不理他。

「我昨天就看到你了，特別震驚，你是怎麼混進來的？進來追星的嗎？」左丘明煦問童逸。

「我追什麼星啊，星都願意追我。」

「那你怎麼混進來的？」

「酒席上那個各種被人拉贊助的冤大頭老頭，是我爸。」童逸回答。

「我沒留意。」左丘搖搖頭，「我喝酒三杯倒，我就在人群中看到你一次，然後我就倒下了，再也沒爬起來。」

童逸嘿嘿直笑，然後看向米樂：「你趕緊收拾東西啊，我們都等你出去呢。」

「真的要出去？」米樂煩躁地問。

「不然呢？趁年輕享受一下人生，偶爾發發動態刷刷存在感，讓關心你的父老鄉親們了解你一下也不錯。」童逸開始餵特別五味的雞湯。

米樂終於妥協了，到行李箱前找衣服出來，又拿出一個小型的熨斗熨衣服，看得童逸都震驚了：「真精緻啊。」

「藝人嘛。」左丘明煦非常理解。「我以後也會這樣，畢竟我以後肯定比他紅。」

§

這裡是旅遊城市，就像米樂說的那樣，到處都是同一個國家的人，就連推銷員也說著流利的中文。

童逸到窗口前點了一杯熊貓果茶，又幫左丘明煦點了一杯檸檬紅茶，接著對店員說：「最後一杯你就倒一杯礦泉水，把杯子封上，插上吸管就行了，多少錢你開價。」

店員都震驚了，偷偷看了看這三個人。

左丘明煦還算是正常，但是童逸就很離譜了，戴著一頂帽子，還戴著一副墨鏡，大熱天還戴著個口罩，身上也是長衣服長褲子。

米樂也沒好多少，同樣是帽子跟墨鏡、口罩，穿得還算正常，至少長褲子是破洞的乞丐褲，露出大片白白的膝蓋來。

三個人捧著水離開的功夫，米樂忍不住問童逸：「你為什麼要擋得這麼嚴實？」

「一看就知道你不在意跟我的聊天內容，我跟你說過，我對紫外線過敏。」

米樂仔細回想才想起來有這麼一回事，點了點頭後笑了。

童逸扭頭看他，問：「你笑什麼？」

米樂指著前面的鏡面牆壁：「你自己看看，同樣的打扮，我是喬裝的藝人，你就像一個土匪。」

「不是，你喬裝完還像個藝人，那你喬裝有什麼用？」童逸問。

「只是不想被拍到很醜的相片，尤其是表情呆滯的，這樣好一點。」

「我想買點禮物給我女朋友。」左丘明煦對他們倆說。

「逛商場啊？」童逸聽完就有種翻白眼的衝動。

米樂看到童逸不高興，他就高興了，於是同意了：「行啊。」

接著三個人真的去了商場。

童逸後來才回過神來，到了商場裡面才問：「小明，你有對象啊？」

「有啊，我明天就回國侍寢去了。」

「你被小富婆包養了？」

「能不能想點好的？」左丘明煦真的是佩服童逸的腦回路。

「不好意思，我昨天被我爸洗腦了。」

「你爸跟你說了什麼？」

童逸看了米樂一眼，什麼都沒說。米樂被看得莫名其妙。

左丘明煦則是看著他們，噗哧一聲笑了，接著像沒事人一樣繼續逛。

他們走到二樓後，漸漸有粉絲認出了米樂。

實在是這三個帥哥走在一起太惹眼，會引人多看幾眼。

童逸進入室內後就拿掉了帽子跟口罩，只戴了一個墨鏡，只有米樂一個人圍得嚴實。然而米樂的粉絲眼睛就像有透視鏡一樣，還是很快認了出來。

「一般這種情況，需要玩命跑嗎？」童逸低頭問米樂。

米樂的嫌棄從墨鏡都能透出去：「跑什麼，我又不是賊。」

「那怎麼辦？」

「淡定啊，會被偷拍。」

「我需要躲遠一點嗎？」

「沒必要，身正不怕影子斜。」

童逸沒好意思說，他其實身子正，心裡斜，今天是故意約米樂出來的。

他自從知道米樂是GAY之後，心思就沒純潔過。只不過現實裡的米樂太難搞，稍微不留意就能被米樂廢了，童逸只能小心接近。

不過米樂沒多想，童逸也很膽小，不敢跟米樂說自己的心思，於是點了點頭。

於是他們逛街時就成了他們三個人在前面走，後面跟著一群迷妹拿著手機拍他們，弄得童逸頗為不自在。

商場裡在放音樂，此時成了熟悉的節奏。

米樂突然轉過身看向他們，然後扯下口罩露出嘴巴來，微笑著開始扭動身體。跟著音樂的節奏，最開始只是簡單的跳舞，後來幅度越來越大，說是演唱會的現場級別也不為過，與此同時還在跟著童逸他們走。

一邊走一邊跳舞，速度同步，居然還很自然，就好像排練過很多次一樣。

這一舉動引來迷妹們的一陣尖叫聲，簡直震耳欲聾。

童逸還叼著吸管，回頭去看米樂跳舞，嘴角微微含著笑，覺得米樂突然跳舞還滿有意思的。

這個時候有人朝米樂丟娃娃，童逸看到有東西突然飛過來，下意識地躍起，接著一巴掌把東西拍了下來。

娃娃啪噠地掉在地面上，顯露著孤獨、弱小、無助。

米樂跳舞的動作一頓，接著快速撿起娃娃，笑得特別誇張。

他把娃娃砸向童逸，被童逸接住了，與此同時他大笑著罵：「神經病啊！」

「職業病犯了。」童逸也滿無奈地隨口解釋了一句。

手裡拿著娃娃看了看，發現米樂沒有接下娃娃的意思，順手就把娃娃別在自己腰帶上了，走路時娃娃會亂晃。

被打斷後也米樂不再跳舞了，回身跟粉絲們道別，跟著他們繼續逛街。

左丘明煦一直在思考要買點什麼禮物給宮陌南好，走到玩偶的店門口站住，看著裡面的玩偶遲疑了一會兒。

米樂也跟著往裡面看，突然看到了一整面牆的 Hello kitty。

不知道為什麼，他看到 Hello kitty 的瞬間就笑出了聲，然後朝那面牆走過去，似乎 Hello kitty 對他有特殊的吸引力。

童逸也跟著看過去，看到 Hello kitty 就下意識地覺得肚子疼。

那不是簡單的 Hello kitty，在童逸的心裡，那是他崩塌的男人尊嚴。

然而，他看到米樂捧起一個 Hello kitty 公仔笑，童逸又很快忘了痛，只覺得米樂此時笑得特別好看，像個天使一樣。

米樂看到 Hello kitty 之後根本就忍不住，腦袋裡全是童逸懷孕時那副氣急敗壞的樣子，怎麼想怎麼有趣，連平時不感興趣的玩偶都十分順眼。

「幫我包一個這個。」米樂下意識地說，接著想到是在國外，立刻用英語複述了一遍。

童逸突然也有點想買，畢竟當過他的閨女。可是他又怕米樂發現什麼，扭頭就看到了哆啦 A 夢，接著對米樂說：「我要買那個，最大的那個。」

米樂愣了一下，問：「呃……不太好拿吧？拿回國很麻煩。」

「我扛回去。」

「為什麼要買這種東西？」米樂多問了一句，眼神在童逸的身上亂看，下意識地想蹙眉。

「你為什麼要買啊？」童逸反問。

「送給我的工作室員工。」

「我送給司黎。」

「為什麼？」

「因為他跟大雄一樣傻，適合。」

「……」

米樂難免多想了一些，不過很快就覺得自己的想法很荒謬，立刻否定了。怎麼可能。

米樂幫童逸跟店員溝通，幫童逸買了一個大號的哆啦A夢。

左丘明煦之前在別的地方逛，看著他們兩個人包了玩偶，總覺得他們都不太正常。他是要買玩偶送女朋友，這兩個人是怎麼回事？

「童心未泯？」左丘明煦問他們。

「送朋友。」他們異口同聲地回答。

不過米樂的身後還是有粉絲跟著，因為他們光顧，店裡也一下子變得擁擠起來。

左丘明煦的禮物都沒挑選完，就被米樂推出了店裡。

「要不然你找個地方休息一會兒，我選完禮物去找你們？」左丘明煦提議。

「我也休息一會兒，逛街只要超過五分鐘我就累了。」童逸立刻跟著附議，他特別需要休息，明明訓練這麼多年都堅持過來了。

米樂跟童逸互相看了對方一眼，雖然彼此嫌棄，卻還是妥協了。

他們為了躲避粉絲，特意找了一個非常偏僻的地方，靠著小河。

室內可以吹空調的位置都有人了，兩人在戶外的陰涼處坐下，身邊還放著玩偶。

為了避免開口就吵架，他們坐下後就一起玩手機，誰也不理誰。

也不知道是不是他們兩個人都靠著玩偶，顯得他們十分「少女心」，有點娘了，還是米樂露出的小細腿實在顯得柔弱，他們居然引來了劫匪。

米樂只在一些新聞上看過，說是這邊很亂，甚至會有人在白天明目張膽地入室搶劫。

他還是第一次真的遇到。

三個匪徒站在他們兩個身前，怕他們語言不通，反覆地重複著幾句話。

童逸扭頭問米樂：「他們嘮嘮叨叨地幹嘛？跟你要簽名啊？」

「不是，他們跟我們要錢，讓我們把包包和手機、錢都給他們。」

童逸又看了看三個劫匪，思考了一會兒才問米樂：「你說，我在國外打架算違反紀律嗎？」

「算了，破財消災吧，強龍不壓地頭蛇，把錢給他們，讓他們滾蛋。」

「行吧。」童逸說著，推開身上的玩偶站起身來，摘下眼鏡，手放進口袋裡掏了掏，用中文問他們，「可以刷卡嗎？要多少？」

三個人的腦袋幾乎是一齊從低頭到仰頭，接著面面相覷，片刻後罵了一句就跑了。

童逸覺得莫名其妙：「怎麼回事？」

米樂看著逆光的童逸，那張侵略感十足的帥臉上全是迷茫，完全不知道他只要拿下墨鏡，站起身展現直接的身高，就比那三個劫匪更像打劫的。

童逸坐下時酷愛癱著，身上還抱著一個大大的玩偶，坐下來時感覺不到什麼，站起來就好像立了一個彩電塔。

「估計是被你氣場壓制了？」米樂猜測。

「那我要追過去給他們錢嗎？我現在起跑應該還追得上。」

「別了，我怕他們報警。」

「這是什麼意思啊？」童逸嘟囔了一句後坐下，繼續抱著自己的哆啦A夢，陷入了沉思。

米樂坐了一會兒突然覺得好笑，但是又不知道笑點是什麼。

單手掩著嘴笑，笑容很淺，卻純粹。

童逸探頭看他，納悶地問：「你笑什麼呢？」

「你別跟我說話。」

「為什麼？」

「看到你就想笑。」

童逸覺得莫名其妙，他真的有很認真地去思考每一件事，但是米樂的笑點他真的搞不懂。

「為什麼呢？」童逸又問。

「沒有為什麼，你把嘴閉上。」

回去後，米樂回到房間把Hello kitty丟在床上，拿起手機就看到左丘明煦傳來的訊息。

左丘明煦：你跟童逸的關係突然變得滿不錯的，他用冬天裡的一把火燃燒了你嗎？

米樂看著手機遲疑了一下，回答：**你想太多了。**

童逸回到房間就接到了許哆哆的電話，這個小神婆能掐會算，甚至能算到什麼時候打電話給對方合適。

他踢掉鞋子，躺在床上大剌剌地接聽電話：「喂？有事？」

『你收拾完你室友了沒？我把共夢取消了啊！』

童逸一聽就急了，直嚷嚷：「別別別！」

『怎麼？還沒進去夢裡？』

「不是，就是還沒收拾完，我打算慢慢收拾他。」

『我就沒聽說過報復一個人還需要柏拉圖的，實在不行，我給你一張符吧，可以讓一個人連續作噩夢七天，你只要放在他的枕頭下面就行了。七日後，絕對會讓他神經衰弱、食欲不振一陣子。』

「不用，我覺得作夢的這個滿好的。」

『你怎麼有點怪怪的？』

「我能有什麼奇怪的？一切都正常，需要取消時我打電話跟妳說。」

『我怎麼搞不懂你了呢，不能入夢時不覺得無聊嗎？』

童逸有點不知道該怎麼回答了。難不成要告訴自己的青梅竹馬，他看上夢裡的死對頭了？還差一點就能在夢裡纏纏綿綿到天涯了？

前幾天，童逸還想過要跟許哆哆說，收回這個東西。但是現在跟童逸提，童逸是八百個不願意，甚至根本不想停止了，他想就一直這麼繼續下去。

他不想跟米樂就這樣結束，之後再無關聯。

「不無聊，妳跟妳的小男朋友怎麼樣了？」童逸開始轉移話題。

『還是那個樣子啊，維持吧。』許哆哆提起自己的男朋友，也不知道是什麼心情，看起來還滿複雜的。

「還是我跟妳有點接觸，他就吃醋？」

『嗯……』

「妳說他怎麼那麼會吃醋呢？正經的老爺們，哪有幾個沒事就亂吃醋的？」

『算了，不跟你聊了，掛了。』許哆哆說完就掛斷了電話。

童逸丟掉手機，看著哆啦A夢，想了想後才忍不住嘟囔：「幸好我生的不是你，你比Hello kitty的頭還大呢，你的腦袋畫一畫可以當地球儀了吧？」

不過他很快就去洗漱完畢，開心地等待入夢了。

米樂走到鏡子前，看了看自己的造型。

居然是童逸那種中二的打扮，頭髮還梳成了油頭，就差在頭頂上圍一個制霸的頭巾了，就像收保護費的小混混。

他忍不住嘖了一聲，回頭就看到童逸在等他，站在璀璨的霓虹燈下，同樣是中二的造型，還戴了一副蛤蟆鏡。

童逸似乎特別適合這種放蕩不羈的形象，身體靠在路邊的欄杆上，手裡夾著一根菸，就這麼靜靜地看著他。

這種不切實際的場景，讓米樂自己都能夠意識到他又開始作夢了。

米樂走到童逸的身邊，對童逸說：「走，哥哥今天帶你快活去。」

童逸又吸了一口菸，居然對著他的臉吐煙，問：「誰是哥哥？」

「行，我帶著小哥哥去快活，行嗎？」米樂居然妥協了。

「怎麼個快活法？」

米樂看了看周圍，指著一個方向說道：「看到沒有？那邊是一個夜場，裡面有不少都是出來賣的，過去跟他們悄悄聊天，他們就能告訴你價格。」

童逸有點不解：「這是什麼意思？」

「我去找鴨，你去找雞，我們去浪一把。」

「我靠？」

童逸現在的身體不受控制，只能跟著米樂走，腦袋裡一直迴旋著一句話。

——正經的老爺們，哪有幾個沒事就吃醋的？

第五章

讓夢在現實中成真！

童逸能夠自主時，已經坐在酒吧的座位上了，身邊是跟黃鼠狼一樣的米樂。

米樂拄著下巴看著那群人，似乎是在搜索目標。

童逸立刻不爽了，問米樂：「你來這裡幹什麼？」

「我仔細思考了一下……」米樂回答到一半，就被童逸打斷了。

「仔細思考了之後，決定來找鴨？你不仔細思考時，是不是能睡遍整個H市啊？」

米樂白了童逸一眼，接著回答：「其實在跟你坦白之後，我也仔細思考過。我覺得我有可能不是喜歡你，只是老是夢到你，所以懷疑我喜歡你。」

「怎麼這麼難懂呢？」童逸覺得他寧願去解一道小學的算術題。

「所以我就想試試看，在夢裡找一個我喜歡的類型，然後去釋放一下，說不定我就不惦記你了？萬一我在夢裡得到了滿足，就不會再夢到你了呢？世界上那麼多帥哥，我不需要只跟你在夢裡耗著啊，反正都是夢，跟誰不是夢呢。」

童逸聽到氣得很，尤其是米樂還說得理直氣壯。

「你這是打算找一個鴨，然後滿足一下，滿足了之後我該幹嘛就幹嘛去？」童逸問他。

「對。」米樂回答得毅然決然的，頗有些「若一去不回，便一去不回」的悟空氣質。

不過……這是什麼好事嗎？

「你……」童逸氣得手都抖了。

但是童逸能怎麼樣呢？米樂想找鴨，他揍米樂一頓？

其實按照他們現在不清不楚的關係，米樂該幹嘛就幹嘛，真的不關童逸什麼事。

米樂還要好地帶童逸過來了，全程現場直播，童逸能怎麼辦？

「我就喜歡那種成熟穩重的。」米樂還跟童逸分享起了自己的想法，「就是那種年紀比我大一些，大致大個五到十歲吧，平時衣冠楚楚，說話時溫文爾雅的。」

童逸沒好氣地冷哼：「你們在一起，他還能彌補一下你欠缺的父愛嗎？」

米樂搖了搖頭：「不，我喜歡讓他們變得淩亂的樣子。」

童逸不太懂，問米樂：「這是什麼專業術語嗎？」

米樂在夢裡越來越放得開了，平時絕對不會做的事都做了，平時絕對不會跟別人說的事他也敢說。

米樂壞笑地湊到童逸的身邊說：「你想像一下，把這種類型的人壓在床上操哭，呼吸淩亂，斷斷續續地叫我的名字，求饒著叫我老公，不覺得很帶感嗎？」

「你是攻啊？」童逸突然反應過來這一點，都震驚了。

「不錯啊，你現在都知道攻受了？」

「我還知道耽美文了呢！」

「對啊，我是一號，你要知道，在我們圈子裡也算是遍地飄零的，我要是真的入了圈子，也是寶貝一樣的存在。」米樂回答完嘿嘿直樂。

「你說人家都那麼大歲數了，你就不能放過人家嗎？」童逸忍不住問。

「說不定就有喜歡我這種年下的呢？」

「還年下……」童逸揉了揉自己的心口，半天緩不過勁來。

這個時候，已經有人來跟米樂喝酒了，還真的就是一個成熟穩重的年長型。

這個男的穿著西裝，戴著一副眼鏡，身材屬於瘦的，穿西裝還滿好看的，有種斯文的感覺。

他給人的感覺就是一個白領上班族，不過是屬於那種稍微成功的人士，畢竟談吐不凡。

米樂問他：「一個人來的嗎？」

那個人有點靦腆地笑了：「嗯。」

「第一次來？」米樂又問。

那個人朝米樂看了看，又看向童逸，快速躲閃了目光：「對，早就聽說過這裡，第一次過來。」

「我請你喝一杯吧？」米樂還滿大方的，明明之前對童逸那麼小氣！

童逸直接翻了一個巨大的白眼。

「不用不用，我不太敢喝別人給的東西。」那個人立刻拒絕了，接著試探性地問，「你們……是什麼價格？」

米樂想了想，才明白這位是把他們當鴨了，笑了笑後回答：「我們也是來找的。」

「喔……那……那真不好意思……」

「我們可以聊聊天啊。」米樂還滿主動的。

聊了沒一會兒，就浩浩蕩蕩地來了一群人，看到跟米樂聊天的男人就直接揍。

米樂嚇了一跳，問：「怎麼回事？」

「這小子每次都來這裡裝成客人，其實是個裝腔作勢的老鳥，身上還有傳染病，媽的！不少人都被他傳染了，他就是一個報社的。」

米樂立刻連退幾步，童逸則是快速拉著米樂往一邊躲：「你別管，躲遠一點。」

「我差點就約他了，裝得可真像！」

「比你一個演員的演技都好？」

「我沒往那邊想啊。」

兩個人心有餘悸地打算離開，結果店老闆來跟他們道歉了，還招待進了ＶＩＰ包廂。

進去之後，老闆說：「我這就去幫你找幾個有健康證的零號過來，各種類型，保證你滿意！」

「你還不死心？」童逸在老闆離開後問米樂。

「不然就白來了！」米樂還滿委屈的。

童逸又不爽了，卻沒多說，只是坐在米樂的身邊生悶氣。

沒一會兒真的來了一群零號，進來後就輪番跟他們打招呼，做自我介紹。

這群零號看到來了兩個這麼帥的一號，興奮得不行，還真是難得碰到極品。

米樂還沒忘記童逸：「我找到喜歡的，就幫你找美女，你先等一會兒。」

「我不用，我不空虛寂寞冷。」

「那你就在外面喝兩杯。」

「我不愛喝。」

「那你就滾蛋。」

「……」

這群零號為了爭搶能夠幫米樂侍寢的機會，開始表演節目，比如鬼哭狼嚎的唱歌，聽得米樂汗毛都立起來了。

接著就有四個零號開始跳舞，一邊跳一邊往下拉衣服。最後只剩下一個罩子擋著鳥，那個罩子還連著一根線，按鈕在後穴的位置，一夾就亮了，還是七彩的，各種閃爍。

他們四個跳舞時，就看到七彩的小罩子甩來甩去的。

米樂震驚得表情都變了，童逸更是忍不住問米樂：「你居然還喜歡這種的？」

米樂連連搖頭：「不不不，這不是我想要的。」

可是想像力控制不住，後面的節目越來越離譜。米樂嚇得趕緊丟下一疊錢，拉著童逸拔腿就跑。

兩個人跑了好一會兒後才停下來，米樂累得氣喘吁吁，靠著牆壁休息。

童逸還在生悶氣，走到角落從口袋裡摸出一包菸，抖出一根後點燃，抽了起來。

兩個人都沒說話。

米樂還在後怕。先是碰到一個戲精傳染病源，然後碰到了一群神經病。

不對啊……不該這樣啊，難不成又是他腦袋裡的一種暗示？

這些人都不可靠，找童逸吧。

他覺得他就是空虛寂寞冷了，對戀愛嚮往，對啪啪這種事也到了好奇的階段，才會總是夢到童逸，甚至幻想跟童逸發生點什麼。

所以他想試一試，在夢裡跟其他人能不能也交往。如果不是童逸，是不是還能好一點，至少能夠確定他不喜歡童逸。

但是今天簡直就是一場鬧劇，讓米樂徹底失去了再撩一個人的興趣。

另一邊，童逸抽完了兩根菸後丟掉菸蒂踩滅，朝米樂看過來，問：「鬧夠了沒有？」

米樂有點委屈，卻還是點了點頭回答：「夠了。」

「鬧夠了就過來，抱抱。」童逸說完，張開手臂站在原處等待米樂過去。

米樂立刻跑過去，撲到了童逸的懷裡。

果然還是抱著童逸最舒服。

童逸看著米樂一陣無奈，雖然氣得不行，但是看到米樂這幅樣子又消氣了，一點原則都沒有。

他也抱著米樂，低下頭看著米樂，柔聲問：「我們別折騰了，我也滿喜歡你的，我們交往吧？」

我們交往吧，這句話滿樸實的。

也真的是童逸的肺腑之言。

喜歡就喜歡吧，管他是男的還是女的，管他家庭背景有多複雜，喜歡就上，自己看上的就寵著。

這是童逸的想法，簡單明瞭。

米樂抬頭看著童逸，就覺得心口一下子有種被戳到了的感覺。

明明不是什麼浪漫的場景，也不是什麼動聽的情話，但是他還是被瞬間撩到了。

這句話讓他忍不住笑了，嘴角上揚，眼眸彎彎的，笑得特別開心。

「交往啊？嗯……我考慮一下。」米樂故作矜持。

「你別氣我了，我現在還氣得腦袋發痛，太陽穴那裡突突直跳。」

「那怎麼辦啊？」

「我吃醋了，你哄哄我。」

童逸的腦袋裡似乎又飄過自己說過的那句話——正經的老爺們兒，哪有幾個沒事就亂吃醋的？

童逸就覺得那個小巴掌在啪啪地打他的臉，但是他就是控制不住，他看到米樂跟那個斯文戲精聊天的時候，就恨不得去找斧頭了。

心裡酸得要命，他真的是特別在乎。

吃醋，就是吃醋了，要米樂親親抱抱才會好。

米樂也算懂事，立刻在童逸的嘴唇上快速親了一下。

「我厲不厲害？我能碰到嘴。」米樂問童逸。

「你很厲害，還能當著我的面找鴨呢。」

「也是有壓力……」

「有什麼壓力？」

「你是生活在我身邊的人，我們之間還在傳一些花邊消息，如果我喜歡上你，我會有心理負擔，說不定你也會覺得噁心。我很想否定我的想法，找很多的方法讓我斷了這個念頭，畢竟這個想法真的很危險。」

「所以才想試試找個鴨子？」

「對，說不定做個春夢，發現內心滿足了就沒有這些事了呢？」

童逸一百個不樂意：「我！不！許！」

米樂又笑了，接著湊到童逸耳邊，小聲說：「你好啊，我的男朋友。」

童逸差點硬了。

童逸是一個憑藉直覺做事的人，充分地體現了自己的原始本能，當初會親米樂也是如此。凡事都不會想太多，至少現在跟米樂戀愛了，也沒想過以後的事情。

他只知道，此刻的他是狂喜的。

他很想去跑幾圈，高呼米樂是他男朋友了，他單身十九年的生涯正式結束了。

他還想告訴很多人，比如排球隊的成員：校花我不喜歡，但是校草被我拿下了。

他想告訴他爸，讓他爸準備錢，他想結婚了。

不就是荒郊野外的小別墅嘛，只要米樂喜歡，童逸就跟去住，反正別想甩開他。還有……都滾一邊去吧。

童逸推米樂到牆邊，按在牆上就開始啃。

米樂是他男朋友，他親得理直氣壯，這是他們戰勝了友誼、化解死對頭的一種慶祝方式。依舊是他個人風格的吻，霸道中帶著蠻橫，不顧一切，肆意掠奪。

米樂在夢裡多少有點寵童逸，知道童逸的興奮也沒拒絕，反而抱著童逸不鬆開。

對啊，就是想親他，看到了就會忍不住。

喜歡才會想親，看到就想親，是因為越看越喜歡。

是因為喜歡上了啊！

他們從酒吧跑出來時，特意挑選了偏僻的巷子躲著。巷子裡昏暗、狹窄，跟熱鬧的街道格格不入。

偶爾有店裡的招牌燈光照進來，留下紅的、藍的、綠的光影，在兩個人的身上掃過，讓畫面帶著些許迷幻的感覺。

斑駁的牆壁似乎有點不應景，粗糙的質地，米樂在現實都不願意靠近，此時卻靠在牆壁上。

現實裡，米樂甚至不敢在外界露出其他表情，因為娛樂記者會用他的微表情大做文章。好在這裡是夢，他可以在室外抱著童逸，任由童逸撒野，只要童逸喜歡就好。

米樂談戀愛了。

或許這聽起來有點荒謬，但是，米樂竟然覺得很開心。開心到鼻尖有點發酸，眼睛帶著些許潮濕，這些年來他第一次放縱自己。

但願不要後悔。

但願不是錯誤的選擇。

米樂突然推開童逸，問童逸：「我的嘴唇是不是又破了？」

童逸終於回過神來，看著米樂的嘴唇終於意識到了自己的過分，吞了一口唾沫回答：「還真的破了。」

「你屬狗的？」

「實不相瞞……我們估計是一個生肖。」

米樂推開童逸還不忘記抖一抖自己的衣服，沒一會兒童逸就又貼了過來，黏黏糊糊地抱著他不鬆手。

「不對勁啊。」米樂忍不住說道。

「怎麼了？」童逸像抱著大布娃娃一樣，還揉了揉米樂的頭頂，動作有點像在擦花瓶，一個一百八十五公分的男生在童逸懷裡都顯得袖珍了。

「談戀愛不該是怦然心動，牽手都小心翼翼的嗎？我們怎麼還沒交往之前就這麼轟轟烈烈的？」

「不一樣的，電視劇裡如果是我們這種進度，估計一部劇都撐不過三集。他們是為了劇情，我們是為了愛情。」

「我還沒體驗過那種互相猜測、羞澀的曖昧、內心萌動的感覺呢！」米樂再次推開童逸。

童逸真搞不懂了，交個往怎麼就這麼費勁呢？

「不是，我們還得去操場壓跑道，還是再曖昧一段時間，眉來眼去的那種？」童逸問。

「不行，我們得循序漸進。」米樂說完就甩開童逸，往巷子外面走。

童逸看著米樂，有點不解，問：「怎麼個進法？」

米樂差點一個平地摔，童逸的一個問題，他竟然想歪了。

回頭瞪了童逸一眼，接著狠狠地說道：「過來，我們一起散步。」

童逸還真的滿無奈的，只能跟在米樂身邊垂頭喪氣地跟著走。

兩個人並肩走在城市車水馬龍的街道上，就好像好兄弟一樣，也沒牽手，也沒勾肩搭背，只是沉默地一起走。

米樂忍不住瞪了童逸一眼：「跟我一起壓馬路就像要了你的命一樣？」

講道理，他們現在不應該算是熱戀期嗎？怎麼就這麼惹人生氣呢？

童逸也不知道在想什麼，他恨不得進入夢裡就跟米樂擰成一團，親親熱熱，醒了再出去，這樣才不算是浪費時間。

現在卻要跟米樂玩柏拉圖，他有點反應不過來。

「不是，我在努力讓我自己變得成熟穩重。」童逸回答，根本不能說自己齷齪的真實想法。

「為什麼有種賭氣的感覺？」米樂敏銳地察覺到了。

童逸幽怨地說：「都快早上了……」

他還沒親夠呢。

「嗯，我們就跟夢姑夢郎一樣。」米樂也跟著感嘆，等醒過來，夢裡的童逸就又消失了。

童逸乾脆坐在路邊的長椅上，不動了：「我不走了。」

米樂走過來拉著童逸的手拉他起來：「起來，我們再一起走一會兒。」

童逸順勢抓住了米樂的手，壞笑著問：「你看，這不就牽到手了嗎？」

米樂愣了一下子，接著就被童逸拉了過去，順勢拉到自己的懷裡，讓米樂坐在他的腿上。

「你看，這不就抱到你了嗎？」童逸再次挑眉問。

米樂居然被撩了。

他笑著問童逸：「你小子是不是一下子打開任督二脈了？」

「別說那些沒用的，米樂我告訴你，我們是我們，他們是他們，我們跟他們的感情不一樣，別非得弄得跟別人的套路一樣。」

「我就是想試試正常戀愛是什麼樣子。」米樂又開始用撒嬌的語氣說話了，著實要命。

「你想談戀愛，這方面我都可以盡可能滿足，別那麼刻意行嗎？」

米樂想了想後點點頭，接著問：「所以你想怎麼樣？」

「我還沒親夠呢。」

「你的發情期是跟雕一樣還是跟狗一樣？」米樂忍不住問他。

「有特殊要求的，首先得看到你，其次得你願意。」
「我要是不願意呢？」
「那我再想想辦法。」
米樂忍不住笑，接著開始手不老實：「其實我很早就好奇了，你腳那麼小，那傢伙小不小？」
童逸之前放得開，米樂伸手就拉他褲子卻讓他有點慌了：「你這尺度也太大了吧？」
「我要開箱驗貨！」米樂依舊執著於拉童逸褲子。
「等等等等！」童逸一個勁地擋米樂的手，兩個人你來我往了半天也沒有什麼進度。
「你該不會是……」米樂用手指指著童逸，笑得很有內涵。
「不，我們隊裡比過，我比李昕的大。」
「哦？」
「要是之前，要我跟你並排尿尿都行，但是現在不一樣了。」
「然後呢？」
「硬了怎麼辦？」
「那我更想看了。」米樂笑得越來越燦爛了，還舔了舔嘴唇。
童逸慌得不行，繼續抵擋，結果沒控制好力道，竟然把米樂推下自己的腿，讓米樂仰著往後倒了下去。
然後米樂就消失不見了。
童逸看著米樂消失，就知道米樂摔醒了。

他忍不住捂臉，心中感嘆：幸好是在夢裡，如果是在現實裡真的會被分手，順便被米樂打死。要是交往不到一個小時就被甩了，他豈不是開創記錄了？

米樂都不知道自己是摔醒的，還是被氣醒的。

果然，童逸在他的心裡就是一個奇行種，夢裡都在做不可靠的事情。

交往沒多久就把他推倒了，身體摔下去，還是後腦勺著地的那種。他醒來時，絕對是從夢中驚醒的。米樂甚至想拿出小本子記錄，交往第一天就已經有了分手的理由。

真的交往一陣子，會羅列出一百八十條的分手理由來吧？

米樂起床刷牙洗漱，照著鏡子看自己，刷著刷著突然噗哧一聲笑了。

又想到童逸生氣的樣子了。

他怎麼一想到童逸生悶氣、直捶胸口的樣子就想笑呢？明明齜牙咧嘴的，但是又有點可愛。

心裡有一絲絲甜蜜的感覺一點一點漾開，在米樂不經意間，就進入了他的四肢百骸。

心情不錯。

他洗漱完畢，又在房間裡看了一下劇本。

盯著窗外看了看後，發現天氣出奇的好。米樂開始換泳褲跟防曬上衣，塗抹了半天的防曬，打算去院子裡的游泳池游一會兒。

正興奮地要往泳池裡衝，突然看到隔壁院子露出半個頭來，正幽怨地往他這邊看，嚇得米樂腳下打滑，差點摔進泳池裡。

「你幹嘛啊？」米樂被嚇了一跳，聲音不受控制地發了出來，尾音還在發顫。

「能教我游泳嗎？」童逸問。

「你在那裡站多久了？」

「沒多久，我本來就在泡腳，聽到開門聲才站起來的。」

「你不是紫外線過敏嗎？」

「這回你終於記住了？」

童逸的確是一直埋伏在院子裡等米樂，半天等不到，就時不時站起身往這邊看一看。之前還忐忑米樂是不是出門了，看到米樂後終於安心了。

他一個紫外線過敏的人，打扮整齊地在陽光下暴曬了半天等米樂，也真的是滿拚的。

「我不教，你找別人去。」米樂立刻毫不留情地拒絕了。

「我聽不懂他們說話。」

「遍地會說中文的，你放心去吧。」

「我過去你那邊了？」童逸問。

「我不會幫你開門的。」

童逸忍不住嘟囔：「我過去還需要走門？」說著就打算爬牆過來。

這個圍欄說高不高，但是也的確不矮，米樂到了旁邊也只能露出頭髮。

米樂看到童逸直接就要跳下來，趕緊過去接。

童逸有把握輕鬆落地，畢竟爬過一次了，也算是有經驗，結果米樂突然跑過來接他，他立刻一慌，兩個人就這樣跌在了一起，摔了個四仰八叉。

米樂都被童逸砸傻了，被童逸壓著時還在罵：「童逸……我去你大爺！」

童逸趕緊撐起身體來，俯下身去看米樂。

米樂痛得直蜷縮著身子，繼續罵人：「你就是一個災難！」

童逸手忙腳亂地幫米樂揉，還問他：「你傷到哪裡了嗎？肋骨沒被砸斷吧？」

「滾滾滾！」

「行了，問你正事呢，滾字都比平時翻了三倍，我感受到你的熱情了。」

米樂停下來自己揉了揉胸口，又揉了揉後腦勺，沒有什麼深刻的痛，就是被壓了一下身體難受而已。

確定自己沒問題了，一抬頭就看到童逸還撐著身子看著他，這樣子就像事前預備動作一樣。

「滾開！」米樂立刻推開了童逸，左右看看有沒有偷拍的狗仔隊。

米樂經歷過最驚心動魄的一次偷拍，就是跟蹤空拍。

那天他心情不好，回到房間裡找了個彈弓把空拍的機器打下來，之後被那家狗仔隊拚命黑，黑了大半年。

他起來之後就開始找能隱藏的地方，後來發現正對面就是泳池，前面不遠就是大海。周圍除了左右的院子，還真的沒有可以偷拍的地方了。

米樂這才放心下來，起身白了童逸一眼：「你土匪啊？」

童逸也跟著站起來，確定米樂沒事了，才指著自己的膝蓋說：「都磨破皮了。」

「活該！」

「你怎麼那麼瘦？揉了兩下都只摸到你肋骨。」童逸就像載了盜版電影，看完後嫌棄畫質不好的人一樣，得了便宜還賣乖。

「誰讓你亂摸了？」

「你先下去撲水，我看著你，說不定我就學會了。」童逸指著游泳池說道。

米樂原本只是打算過來放鬆一會兒，結果被人砸得直迷糊，院子裡還多了一個討厭鬼，立刻煩得不行。

「滾蛋！」

童逸扠著腰，回答得理直氣壯：「我們一起經歷過劫匪，四捨五入就是一起出生入死過的好兄弟，你怎麼能這麼對我？」

米樂終於無奈了，指著泳池對童逸說：「你下去自己琢磨吧，等你快淹死時我會去救你的。」

童逸還真的下水了，進去之後站在泳池裡，水只到他的腋下位置：「淹死難，但是我也不會游啊，我只會在裡面走來走去。」

「個子高是犯規啊。」米樂都忍不住感嘆，「好好的一個泳池，你進去就像浴缸一樣。」

「我要怎麼橫過來？」

「你變成屍體後，就是橫著飄在上面的，畢竟你腦袋裡空蕩蕩的，可以懸浮在水上。」

童逸以前嘴賤，童逸自己都承認。現在他真的覺得米樂嘴也滿賤的，句句都是以吵架為目的去的。

不過童逸也賤，現在居然越看米樂越順眼了，嘴賤他都覺得滿可愛的。

童逸在水裡撲騰了兩下後，米樂還是忍不住了，跟著下了水，到童逸身邊說：「你扶著這邊的扶手，試著起來。」

童逸跟著米樂說的做，米樂會在一邊扶著童逸的腰。

「糟糕，踩到邊了……」童逸驚呼了一聲。

「……」米樂又被這傻子逗笑了。

童逸扶著泳池的扶手努力飄起來，在米樂扶著的情況下抬起腿，手臂加上身高的長度，成功踩到了無邊泳池的玻璃板。

場面一度非常尷尬。

「你適合去大海裡學游泳。」米樂忍不住抱怨。

「不行啊，我老是看新聞說，在海裡有什麼水母或者什麼東西，碰一下就死掉了。」

「你每天看的都是什麼新聞？」米樂下意識地問，接著就意識到不對勁，童逸似乎在夢裡也說過這種話，是生孩子的新聞。

「就是每日推薦啊。」童逸還沒察覺到，隨口回答了一句。

米樂愣了一會兒，又一次覺得自己多慮了。

小時候他還總是覺得自己會做預知夢，因為現實裡發生的事情，恍惚間好像在夢裡夢到過。等到長大了，就覺得有點扯了。

米樂伸手把童逸往下按，童逸立刻鬆開手撲騰起來，勉為其難地起身後，擦了一把臉上的水：「你要殺人啊？」

「就是剛才的那種感覺，這樣游就對了。」

童逸走到邊沿，抱著欄杆心有餘悸：「別人教游泳要錢，你教要命。」

「不喝幾口水，都跟沒學過游泳一樣。」

「你學會時喝了很多嗎？」

「我鼻子裡進水，嗆得不行，大概是……呃……五歲？」

童逸依舊怨婦似的扶著欄杆，嘆了一口氣：「讓我緩緩。」

這個時候，卻聽到童逸房間裡傳來一個男人的聲音：「兔崽子？在哪裡呢？」

童逸立刻爬了上去，在圍欄邊探頭看，叫了一聲：「爸！你怎麼進來的？」

童爸爸看到童逸的腦袋有點迷茫，問：「我進錯房間了？」

「沒有，我在我同學這裡玩呢，你怎麼進來的？」

「你搬進來之前，我要了另外一張房卡。」

「喔。」

童爸爸走到院子裡，看了看圍欄邊的椅子還有旁邊扶著的衣架，問童逸：「你這是在你們中間搭了個門嗎？」

「過來方便。」

童爸爸也跟著探頭往這邊看，看到了米樂。

米樂還是點頭問好：「叔叔好。」

「喔，你是跟我們家熊玩意兒喝酒的同學吧？」

「嗯。」米樂那天跟童逸喝了半天「酒」，童爸爸不可能沒注意到。

「那你們先玩吧，我也沒什麼事。」童爸爸立刻懂了什麼，扭頭就打算走，想了想後又回過頭看米樂，問：「你爸的新戲需要投資吧？」

米樂根本不知道這些事情，他並不關心米唐的電影，只是隨便回答一句：「我也不是很清楚。」

「這樣啊，讓你爸打電話聯繫我吧，我跟他聊聊天。」童爸爸笑呵呵地說完就走了。

米樂總覺得童爸爸的眼神怪怪的。而且，為什麼突然就說這個，是想要他跟童逸好好相處嗎？

「你在這邊住得還習慣嗎？睡覺都正常嗎？」米樂問童逸。

「還行啊，玩玩遊戲就睡覺了。」

「你這樣的人是不是都很快入睡？」

童逸點了點頭：「還真的是，說睡就睡，一夜無夢，醒過來就第二天了。」

童逸回答時都沒多想，他本來就是睡覺很快，而且從來不作夢的人，下意識就回答出來了，還真的沒撒謊。

但是米樂是有意試探，聽到童逸都不作夢，就忍不住自嘲地笑。

他真是做賊心虛，居然會擔心這麼離譜的事情。

童逸跟米樂學游泳，兩個人後來又吵了一架。主要的原因是童逸學習時賤，把水往米樂的身上潑，想來一齣水中嬉戲。

米樂一開始沒在意，但是說了三次別鬧了之後童逸還鬧，米樂就惱了，直接開始動手。

童逸最近讓著米樂，根本不會還手，被米樂收拾得不行，就趕緊跑了。

打理好了之後，童逸去了童爸爸的房間，進去就嚷嚷：「爸！我餓了！」
「你找我就沒別的事？」童爸爸沒好氣地問。
「我又曬傷了，你看看我脖子都脫皮了。」童逸彎腰給童爸爸看。
童爸爸一巴掌拍了上去。
「你看中的是米唐家的小子？」童爸爸問童逸。
童逸立刻一顫，趕緊說：「爸，你別幫倒忙啊，米樂要是知道會殺了我。」
「你一廂情願？」
「也不算吧，反正事情非常複雜，你做生意就賠的腦袋是不會理解的。」
「那等你成功了以後跟我說吧，我爭取跟米唐那邊找個機會談談。」
「怎麼樣，他還能把兒子讓出來給我包養？」
童爸爸聽完，冷笑了一聲：「我以前沒進這個圈子時，我也不覺得會有這樣的人，但進來後就覺得是大開眼界。外面表現出一套，實際做的事情又是一套。」
童逸想起米樂說的家裡情況，又忍不住蹙眉了。
「一開始米唐肯定不會同意，不過不同意不是因為在意兒子，而是想加價。」童爸爸說完，又問童逸，「你是想正經八百地戀愛，還是包養人家兒子？」
「我……八字還沒一撇呢。」
「你不用多想，一切阻力到時候爸幫你搞定，你努力你自己的事情就行了。無論是哪種交往方式，我都能想到辦法。」

「你能有什麼辦法？」

「我有錢！」

童逸撇了撇嘴。

「不過米唐家那孩子是長得不錯，人也白淨，就是太瘦了。」童逸提起米樂就想笑，似乎對米樂很滿意，「那小子叫什麼來著？」

「米樂。」

「名字不怎麼樣。」

「我名字就好了？」

「我覺得很好，好記。」

不過童逸聽到有人誇米樂，他就覺得高興，笑嘻嘻地點了點頭：「你了解他就會發現，他其實滿不錯的。」

「我不用多了解，你了解就行了。」童爸爸走到一旁拿來菜單，遞給童逸問，「能看懂嗎？」

「看不懂。」童逸回答得特別理所當然。

「你這個大學白上的，這個都看不懂？」

「我怎麼進去的，你心裡沒數嗎？你這幾天怎麼吃的？」

「天天有人請我吃飯，今天才結束。你說你都二十幾歲了，就不能跟你爸好好說話？」

「我十九歲。」

「我說你在這方面怎麼這麼認真呢？我也只是一個語氣詞。」

童逸倒是急了，直接嚷嚷起來：「我要是二十幾歲，進國家隊都是一員老將了！」

「把你同學叫過來，讓他幫忙看看菜單。」

童逸一聽就來勁了，立刻傳訊息給米樂。

童爸爸直嘆氣，瞧瞧這沒出息的樣子，以後也會是個「潑出去的水」。

米樂收到童逸的訊息時，正在跟左丘明煦聊天呢。

左丘明煦都回國去為宮陌南侍寢了，兩人節假日才能在一起一陣子，結果氣得左丘明煦看到美女女友都沒多開心。

花兒子：你粉絲怎麼那麼可恨呢？

花兒子：我難得跟你蹭一次熱度，還單獨把我截掉了。

花兒子：最後我是在評論裡找到了一張三個人的圖，相片還糊得跟祖傳的一樣，我看起來就像一個圍觀的路人。

米樂看了看最新的熱搜，之前還是後排，現在已經殺到了中游，不知道後期會不會越來越往上。

每次他跟童逸的消息只要上去，就有點不受控制，原因是CP感太強。

這一次，米樂的團隊沒再行銷他們的消息了，這個熱搜全是靠自己的一身「邪」氣上去的。

他在商場裡回應粉絲、突然跳舞能上熱搜米樂不覺得奇怪，誇張時，他屁大點的事都能上熱搜。

可是配的文字為什麼是「我在鬧，他在笑」？

然後截取的動圖裡還有童逸捧著一杯飲料，還在喝東西，回頭看他跳舞，模樣笑咪咪的，被粉絲譽為最寵溺的笑容。

寵溺個屁啊，童逸明顯只是笑呵呵地在看熱鬧！

米樂又點開影片看了一眼，這一次著重在裡面找左丘明煦。

他發現影片裡有幾次抖了幾下，左丘明煦才被拍了進去，大家的關注點果然都是他跳舞以及童逸的身高。

瀾卿。未輝：其實米樂平時多少有點緊繃，這估計跟他一直有壓力有關，稍微做不好什麼就會被批評，他承受了太多。但是他對童逸不是這樣，跟童逸在一起時顯得很開心，也很放得開。看過米樂所有的綜藝，也沒見過米樂大笑著跟誰這樣打鬧。

原色：我的關注點有點偏，童逸走過去時，盯著童逸的那兩個妹子表情好好笑。發現她們的身高只到童逸的腋下後互相對視了一眼，接著捂著臉跑走了。

九醉哥哥保護你：這三個人真的好高啊，看影片裡走過去時，周圍的人都比他們矮一截。尤其是童逸，米樂都比他矮一截，米樂可是一百八十八公分啊！

米樂在官網上寫的身高是一百八十八公分，為的是不暴露別人虛報的身高，這就顯得童逸有點太高了。

童逸以後會是運動員，身高、體重不會虛報，之後再看身高，真的就是分分鐘打臉。

往下仔細翻，才看到幾個誇左丘明煦也很帥的，是他們喜歡的類型。

還有人說是米樂跟童逸單獨約會的評論，下面會回覆說，旁邊其實還有一個人呢！

全程左丘明煦都沒有姓名，只是一個陪襯而已。只有在澄清時，大家才想起來還有他。

米樂點開第一個聊天視窗就回覆了一個：**淡定**。

童逸：？？？

米樂看到名字發現不對，往上看了一眼發現是童逸傳來的訊息。

童逸：過來幫我們看看菜單吧，我跟我爸都不會。

米樂：淡定。

童逸：？？？

米樂朋友少，微信好友也少，平時只會跟左丘明煦聊幾句，有點恍神時居然弄錯了人。

米樂：你們沒有翻譯嗎？

童逸：沒有啊，多麻煩，你過來吧。

其實陶曼玲有交代過讓他跟童逸好好相處，也是因為童逸他爸。

陶曼玲放棄了炒他跟童逸的緋聞上熱搜，也是因為童逸他爸，不然現在這個影片早就上頭條了。

米樂遲疑了一會兒還是過去了，走進房間就聽到這對父子在吵架。

「你趁你還能說話，趕緊找幾個護工，久病床前無孝子，你自己喝酒喝成傻子了，就別想要我伺候你。」童逸打開門時還在回頭跟他爸嚷嚷。

「現在應酬哪有不喝酒的？」

「喝酒厲害啊，你見過喝酒的正規比賽嗎？這玩意兒值得推崇嗎？」

米樂走進房間，還沒說話，童逸扭頭跟著罵了他一句：「還有你，以後再亂喝酒我就收拾你，揍不死你。」

什麼叫躺槍？這就叫躺槍。

米樂被凶得莫名其妙的。

「喲，小米過來了？」童爸爸看到米樂就笑呵呵地打招呼。

「什麼小米，像在叫一個品牌一樣。」童逸先覺得不好聽了。

「行，小老弟過來了？」

「嗯。」米樂立刻笑著應了一聲。

童逸站在一邊一愣，他爸叫米樂小老弟，他得叫米樂什麼？

他爸是不是少根筋啊？隨便給他降輩。

米樂翻菜單跟童爸爸簡單介紹時，童爸爸強烈要求米樂留下來吃飯：「一起吃吧，大家都是哥兒們。」

「誰跟你是哥兒們！」童逸在一邊扠著腰說。

「你一定要在你同學面前展現你的不孝順嗎？」童爸爸忍不住問童逸。

「我從來沒說過我是孝子好嗎？」

「我就不……」米樂想要拒絕，又被童逸打斷了。

「你就隨便點我們吃的吧，你的食量，估計每個東西吃一點就飽了。」童逸到米樂身邊跟著看根本看不懂的菜單。

米樂只能妥協，打電話點完東西，這對父子又聊了起來。

他甚至覺得自己在免費看雙口相聲，後來畫風一轉，似乎開始不經意地開始炫富了。

「你來這邊，買點紀念品了沒？」童爸爸問童逸。

「買了個大娃娃，很大，帶回去費勁。」童逸說的應該是哆啦A夢。

「這算紀念品？」

「算吧。」

「要不然我讓助理整理一點房地產資訊，你在這裡買套房子吧，就當作買紀念品了，正好把你的破娃娃扔在那裡。」

「不，我要帶回去。」童逸回答，對哆啦A夢還滿執著的。

「那房子不要了？」

「我覺得這個飯店不錯，你幫我買了吧？」

「行，我問問他們賣不賣。」

米樂看得目瞪口呆，到童逸身邊問：「你有很多套房子？」

「應該有不少吧……」童逸似乎記不清楚究竟有多少了，扭頭問童爸爸，「爸，我有幾套房子來著？」

童爸爸正在傳訊息問人，不耐煩地回答：「我哪記得這種破事？」

「名下有多少套房產，這玩意兒能去哪裡查一查嗎？」童逸扭頭問米樂。

「應該可以查吧，具體我也不清楚。」

「我其他的房子估計都荒廢成陰宅了吧。」童逸突然想到自己還真的有好多房子沒住，不由得有點發愁了，不提都想不起來。

「買那麼多房子幹什麼？」米樂十分不解。

「我爸土財主一個，投資什麼賠什麼，幹什麼買賣就什麼搞砸，只有那麼幾個礦撐著。我們一直在未雨綢繆，就怕哪天家裡沒錢了，這樣我們也有地方住，有點後路，房子這玩意兒賠得不厲害，不知不覺就買多了，還賺了不少，自己都算不清楚究竟有多少了。」童逸解釋完還在查詢怎麼查自己的名下房產。

「呃……礦讓你們堅持了這麼久？」

「可不是，每年都捐出去好多，到現在都沒捐完，還越來越多，我們父子都不知道我們家到底有多少錢。」

米樂沉默了許久，總覺得這對父子的錢至今沒被騙光也是個奇跡。

童爸爸在這時問米樂：「我一看就覺得你聰明，要不然你來我們家幫幫忙，看看錢怎麼花？」

這是一個誠摯的邀請，邀請米樂來他們家花錢。

多麼樸實無華啊。

米樂趕緊笑著拒絕了：「不了，我也不擅長這個。」

童爸爸笑了笑沒再說話，飯剛送過來，童爸爸就又被叫去吃飯了。

這次吃飯聊的內容是：買飯店。

米樂目送童爸爸離開，童逸已經坐在桌子前開始吃飯了。

「來來來，吃你的雞食了。」童逸開始幫米樂挑東西出來。

米樂還是坐在童逸對面，沉默了半天才又問：「還真的買啊。」

「不知道，反正買完沒多久就忘了這回事了，都是交給別人經營。」童逸說得特別無所謂。

神奇的一家人。

○

米樂當天晚上又作夢了。

童逸剛出現就世界末日了，直接大地震，許多房子都塌了。

童逸站在米樂身邊，看著動盪的世界整個人都傻了，似乎沒想到這次的夢這麼大陣仗，米樂去看二一二了？

米樂看著童逸說：「怎麼辦？你們家的後路都沒有了，房子都塌了。」

童逸愣了一會兒後大笑起來，明白米樂為什麼做這樣的夢了。不過他似乎不在意，回答他：

「所以我現在什麼都沒有了，只有你了，你就更不能離開我了。」

米樂開始思考，是不是他的夢裡太理想化了，才會讓一個直男動不動就撩到他。

他盯著童逸看了半晌，還是沒忍住，湊過去親了童逸一口。

兩個人還沒展現「就算世界末日了我依然愛你」，就聽到了不對勁的聲音。

童逸個子高，從圍牆探頭出去，直接說了一句：「我靠！」

「怎麼了？」米樂問他。

「歪歪扭扭地來了一群喪屍！這……怎麼辦？」

米樂拉著童逸就找地方跑，還叮囑童逸：「你別跑丟了，聽到沒？」

「全世界都是喪屍，我們能活幾分鐘？」童逸陷入了思考。

「我絕對不會讓我以外的人咬你一口，喪屍也不行！」米樂回頭就說了一句。

「醋勁真大啊。」

「怎麼？不服？」

「沒有，真棒！」

漆黑的房屋，倒塌的牆壁讓這裡進入了斷電的狀態。

童逸的身高進入這樣的房屋有點難受，米樂還在門口努力挪東西擋著門。

門外有成百上千隻喪屍被他們吸引過來，他們只能衝進了一間房子裡，以求自保。

童逸先去裡面探路，片子看多了，就變得特別謹慎，一直抹黑探路，輕手輕腳的，生怕又突然蹦出什麼來。

米樂從後面跟上他，問：「裡面能走嗎？這要是沒水沒食物的，我們可就要在這裡待好久了，估計就是等死。」

童逸回頭看向米樂問：「我們要不要趁沒人，幹點什麼？」

「你的腦袋裡能不能想點其他的東西？」

「好不容易談個戀愛，還沒開始甜甜蜜蜜呢，就突然世界末日了……」童逸也覺得委屈，小聲抱怨。

「童逸小哥哥保護我！」米樂突然從童逸的身後抱住了童逸的腰。

童逸立刻被取悅了，笑呵呵地說：「沒問題。」

兩個人又試探性地往裡面走了一段，發現裡面是死路一條。

童逸站在廢墟前面陷入了沉思，米樂還以為童逸在思考怎麼求生，童逸卻問了另外一個問題：「我們都在交往了，你怎麼還叫我童逸小哥哥？」

「你問問你自己的心，你更想叫我什麼？」

「冤家。」

「那叫大雕？」

「我不喜歡。」

「小冤家，你幹嘛像個傻瓜？」米樂還唱了一句，「不過你不是像，你就是。」

「你確定不說兩句好的？不然我把你扔到喪屍群裡去。」

「那叫雕雕？」

童逸沒好氣地掐了一把米樂的腰：「叫老公。」

「要不要臉？就你那三寸金蓮配袖珍小雞雞，還好意思當老公？」

「誰告訴你我袖珍了？」

「不是袖珍的，為什麼不讓我驗貨？」

「我那玩意兒從來沒被別人碰過。」

「你都能跟李昕比，怎麼就不能讓我碰？」

童逸站在思考了一會兒又問：「你這是吃醋了？」

「沒有！」

「那我就放心了。」

「……」

「都世界末日了，說不定我們現在隨便看一眼都是最後一眼了，你就不能滿足一下我最後的遺願嗎？」童逸還在糾結這個問題。

「那你準備叫我什麼？」

「我早就想好了，叫米老婆。」

「啊？」

「是不是很好聽？」

「神經病啊？不讓你爸叫我品牌，你自己叫我品牌名？」

「我特別喜歡吃米老頭的小棒子，我估計我以後也會喜歡吃米老婆的小棒子。」童逸回答得正經八百的。

米樂沒忍住，噗哧一聲笑了：「你確定你曾經是直男？直男可沒有你這種覺悟。」

「所以你得叫我逸老公。」

米樂看到不遠處有一扇窗戶，爬上碎石往窗外看，回頭對童逸招手：「寃家，你過來。」

「我不去！」他對這個稱呼很不滿意。

「外面可有意思了。」米樂看得直笑。

童逸跟著爬上去，蹲在石頭上往外看，忍不住問：「混戰了？」

「仔細看他們頭上。」米樂說。

童逸瞇著眼睛使勁看，看到有一批喪屍的頭頂纏著一塊布，寫的是「黑粉」，也就是攻擊過他們的喪屍。另外一批頭上的布是紅色的，寫的是「真愛粉」。

兩批喪屍就這麼打了起來，真愛粉的戰鬥力極強，並且有團隊意識，會組團作戰。黑粉則是零散的組織，漸漸就被打敗了。

接著就看到真愛粉喪屍們開始舉起燈牌，甚至立起了一面大旗，大旗上面寫著「我樂逸」三個大字。

「多感人啊，都成了喪屍還繼續粉我們，世界末日還高舉CP大旗，可見他們的真愛程度。」米樂忍不住感嘆。

「所以我們現在可以出去了嗎？」

米樂搖了搖頭：「不，更可怕了。還是人時還能保持理智，但是如果是喪屍了，看到自己喜歡的人，估計會生吞活剝。」

「這麼可怕？」

「如果你變成喪屍了，看到我會怎麼樣？」

「會保護你。」

米樂立刻身子一歪，靠在童逸的身上：「我不一樣，我一定會一口一口吃掉你，免得便宜別人。」

童逸打了個冷顫，總感覺這對於米樂來說不一定是一個噩夢，但對於他來說，這絕對是一個噩夢。

米樂看到童逸害怕的樣子，笑嘻嘻地咬童逸的耳垂：「怕了？我真實想法有很多更可怕的。」

「比如呢？」童逸轉過頭看著他。

他依舊懶洋洋地靠著童逸，然後用慵懶的聲音說：「我在腦袋裡構思了好多種上你的姿勢。」

「別扯了行嗎？親我都得踮著腳，還想上我？我跪在床上，你都得在膝蓋下面墊兩顆枕頭，不然真的搆不到。」

米樂立刻不爽了，抬手拍了童逸的後腦勺。

結果他一下子就把童逸拍倒了。

「別碰瓷，我沒多用力。」米樂立刻警告道。

「我怎麼突然渾身沒力呢？還覺得特別熱。」

「所以我現在要脫褲子嗎？」

「能不能正經點？」童逸立刻夾緊大腿。

米樂伸手摸了摸童逸的額頭，發現童逸的腦袋真的很燙，這才慌了：「末世症狀吧？」

「我要死了？」

「我不會讓你死的！」

米樂立刻伸手去扶童逸，然後去看那個窗戶，想要帶著童逸出去。

米樂懼怕死亡。

他曾經看過陶曼玲半死不活的樣子，一直有心理陰影，所以他也不會看著童逸死亡。

他扶童逸從窗戶逃出去，立刻吸引了喪屍。

童逸此時身體沒力氣，米樂扶著童逸這個大個子，速度慢了不少。

「要不然你扔下我先跑了，我可不想連累你，跟我一起被喪屍一口一口吃了。」童逸嘟囔著開口。

「別廢話，不可能！」

他們兩個人慢速前行，身後跟著一群高舉他們CP大旗的喪屍真愛粉窮追不捨。

原本已經絕望了，居然從遠處開來了一輛車，接著有人拉著米樂上車，問：「你朋友被喪屍咬了？如果被咬了就拋棄他。」

「他的身體突然沒有力氣，還有點發熱，不過並沒有被咬過。」

「是變異。」

童逸就被拉上車。

這是一輛裝甲車，他們在城市裡尋找生還者，裡面還坐著其他幾個人，也是被救的。

米樂進去後就扶著童逸，問救他們的軍人：「為什麼是變異？」

「事情已經發生兩天了，我們隊伍裡也有人發生了變異，我們將他們的變異概括為三種類，α、β、Ω。其中，α的戰鬥力最強，還會演變出各種異能……」

米樂一擺手，說道：「行了，不用說了，我知道了。」

米樂沒想到，他不但做了末世夢，還是個ABO的類型。

現在童逸首先變異了，他還沒有半點反應。

童逸入圈晚，看過的文也少，不懂這個，於是小聲問米樂：「這是什麼意思啊？」

「你會變成Ω，然後我標記你，你就是我的人了，之後我們可以生葫蘆娃跟飛天小女警了。」

「還生？你繁殖癌啊？我不想要小孩。」

童逸氣得不行，靠在車裡閉目養神。

米樂還有點期待童逸會變異成什麼，等把他們送到了安全區，有醫生來幫童逸檢查。

童逸漸漸地覺得自己好多了，坐起身來活動了一下身體：「我怎麼感覺狀態比以前還好了？」

「因為你是個α。」醫生回答。

「喔，最厲害的那種？」童逸興奮地問，眼睛裡直冒星星。

醫生點了點頭，對旁邊的軍人說：「我們的隊伍裡又多了一個強勁的戰鬥力。」

軍人也很激動，走到童逸身邊拍了拍童逸的肩膀說：「好同志，看看你有什麼異能。」

童逸不怎麼敢在別人的面前展示，生怕這次又是變出一堆鮮花的騷異能，於是拉米樂到了人少的地方。

童逸開始試驗自己的異能，很快就出現了奇跡。

他的手一甩，一陣颶風襲來。

他的手一落，立刻暴雨來襲。

「呼風喚雨啊，厲害！」童逸興奮得不行，扭頭看向米樂，「我之後就能保護你了。」

米樂微微蹙眉，突然有種不好的預感。

童逸看著他，問：「怎麼了？」

「不知道我會變異成什麼？」

米樂的夢都有點暗示性。

之前米樂極力否認童逸是自己喜歡的類型，就出現一個夢，親自把童逸打造成自己喜歡的類型。米樂極力否認自己喜歡童逸，說不定隨便一個人都可以，就出現一個夢，出現一群亂七八糟的人，證明只有童逸才可以。

這兩天，米樂極力否認他跟童逸在一起以後自己會是零號。現在作夢了，還是ABO的夢，難不成最後童逸會是強力α，而他是Ω？

他的夢在告訴他，他其實是Ω號？

不不不，不可能，之前他還夢到過童逸幫他生孩子，所以他還是一號才對。

童逸試完異能，回去展示了之後，整個安全區都沸騰了。

他們還是第一次見到這麼厲害的異能，大家都覺得他們的安全有了希望。

軍人想童逸拉攏的意思很強烈，打算拉童逸入夥，還發了身衣服給童逸。

夢就是夢，十分離譜，童逸換了身軍裝居然還很合身。

特種兵的迷彩服，還穿著一個黑色的背心，背心上配有各式武器。童逸還戴著眼鏡，走過來時威風凜凜的，彷彿走路帶風，帥得米樂合不攏嘴。

童逸走過來，米樂還在幫童逸整理髮型：「你怎麼這麼帥呢？我現在親親你算褻瀆嗎？」

「沒事，不算。」童逸說著還俯下了身。

米樂立刻捧著他的臉親了一口，緊接著就覺得一陣頭暈目眩，倒在了童逸的懷裡。

「身上沒有力氣……」米樂虛弱地說。

「沒事，你這是要變異了，一會兒你也有異能了，我們打一架，上次變花出來打得不爽。」

米樂忍不住翻白眼，他的男朋友真的很簡單粗暴，不是想幹他，就是想幹他。

兩種意思，都是動詞。

米樂恢復過來後，聽到了嘆息聲。

「是個Ω，但願不會成為累贅。」

「本來以為也會是個α，沒想到……」

「看起來不像Ω啊。」

童逸就在旁邊，聽到他們議論就不樂意了：「小嘴那麼會說，怎麼就說不出好聽的？人家是用來吃飯，你們用來噴屎，都他媽給我滾蛋。」

童逸現在是整個安全營內異能最強大的存在，在這個動盪的時期，人人都希望自保。關乎到性命，強烈的求生欲展現出來，就不像平日一樣在乎尊嚴，而且也不會在意那麼多，態度惡劣也無所謂。自然不會招惹所有人都在努力巴結的對象，立刻笑呵呵地說：

「如果是Ω，有一個α保護也是可以，只要你標記了他就行。」

「就是就是，我們也沒有其他的惡意，你們先聊。」

那群人離開了，米樂卻蜷縮著身體不肯動彈。

他不喜歡這樣……為什麼他是一個Ω？

米樂的自尊心很強，人也特別好勝，不願意輸給任何人。他看到童逸那麼厲害，自己卻成為了一個弱小的存在，心裡多少有點不舒服。

童逸在這個時候將他扶起來，抱進懷裡小聲安慰：「米老婆乖，別聽他們亂說，沒事，我保護你呢。」

「走開，很煩！」

童逸也知道米樂的性子，只能盡可能地安撫：「沒事，這次打不成了，我們下次再打，乖，不氣啊。」

米樂還是緩不過來。潛意識在告訴他，他跟童逸在一起註定是個零號，這樣的話，他整個人的觀念都崩塌了。

「你很得意是不是？」米樂突然瞪了童逸一眼。

童逸算是知道李昕的「心驚膽戰」了，被米樂瞪一眼，把他嚇得夠嗆，趕緊回憶自己是不是哪句話說錯了，與此同時還要思考怎麼做才能讓米樂開心。

這是一個難題，畢竟米樂的夢不受他控制。他被米樂的夢安排得明明白白的，米樂被自己的夢安排了，還不高興了，這要怎麼哄？

「要不然這樣吧……」童逸終於下定決心，拉著米樂的手伸進自己腰帶裡，「讓你驗貨。」

米樂真的碰到了童逸的那裡後，先掂量了一下大小，接著就發現小童童因為他的碰觸，居然茁壯成長起來。

童逸有點不好意思，將頭扭到一邊，小聲說：「反正不袖珍就是了。」

對，不袖珍，還分量驚人。真的把童逸剁了，都能瞬間減輕大半斤。

而且長度跟身高成正比，跟腳不成比例。

童逸以為滿足米樂那種奇奇怪怪的要求，米樂會高興一點，誰知道米樂更不高興了。

「那裡大，了不起是吧？跟我炫耀你的大雕是吧？」米樂竟然嚷嚷起來。

米樂會高興就怪了，主要是童逸太不會挑時機了。

米樂的世界觀正在崩塌，童逸再度用事實告訴他，他不但是一個零號，他老攻的那玩意兒還很大。

米樂氣得想打人，接著一揮拳就是「小拳拳捶你胸口口」的效果，氣得要昏厥。

啊啊啊啊啊啊，太氣人了！

童逸看到米樂生氣的樣子陷入了迷茫。

為什麼生氣呢？為什麼越來越生氣了呢？

為什麼呢？這究竟是為什麼呢？

童逸的腦袋裡蹦出一百個問號，一個都沒得到解答，立刻覺得：啊，戀愛好難啊。

結果沒一會兒，米樂就開始鼓搗小童童了，弄得童逸一陣受不了。

真要命，這種感覺在夢裡也該死的真實，尤其是第一次被米樂碰，還由米樂幫他弄。

童逸一直緊緊地抱著米樂，把臉埋在米樂的肩頭，生怕被米樂看到自己難以自制的表情。

米樂倒是沒太在意，只覺得童逸抱得太用力，讓他覺得有點痛。

一次結束後，童逸慌亂地找東西擦乾淨，結果米樂又過來了。

「再來一次。」米樂湊到童逸的身邊，瞇著眼睛，目光中透著一股狡黠，讓童逸稍微有點不安。

「你怎麼突然這麼積極？」

「榨乾你，讓你沒辦法標記我。」

童逸不太懂其中的深意，只是伸手握住了米樂的手，幫米樂捏手掌，問他：「手累不累？」

「呃……還行吧，沒那麼金貴。」

「我怕你手累，不然我心疼。」

米樂盯著童逸的傻樣看了半天，氣也消了一點。他主動爬回童逸的懷裡，開始服軟撒嬌：「世界末日了，我還變弱了，我們家雕雕要好好保護我。」

「肯定的，自己老婆得自己疼。」

「不會讓你得逞的。」才不會做你老婆，他是要做老公的人！

「？？？」

「哼！」也就這個夢了！

又生氣了？童逸特別迷糊。

這時候，安全區響起了警報，有人通知說有大批喪屍靠近，他們需要緊急撤離。

童逸趕緊起身，結果看到米樂還在慢吞吞的，立刻問：「弱到腳都不行了？」

「使不上力氣。」

童逸立刻走過來，橫著把米樂抱起來，快步走出他們單獨的小房間。

兩個人這種架勢走出去，吸引了不少人側目。

一個強力α，抱著一個剛剛變異完畢的Ω，很多人都有點羨慕這個Ω。

不過他們來之前就是戀人了，Ω在α變異時也不離不棄的，現在真是走大運了。

他們緊急撤離是分散到幾輛車。

童逸跟米樂的車上有包括他們在內的兩個α、一個β、兩個Ω，還有幾個還沒有變異的普通人。

童逸跟米樂坐在中間那排，米樂發現他變成Ω之後，就立刻變得跟林黛玉一樣，手不能拿，腳不能抬的，米樂乾脆一直賴在童逸的懷裡，兩個人恩愛了一路，車上的其他人只能裝成什麼都沒看見。

車子在一處地點停下來，前面的人下車，走到車前說：「這附近是安全的，我們看到前面有一處還算完好的地點，周圍有很高的牆壁，說不定可以做下一處落腳點。」

童逸點了點頭：「喔，滿好的。」

「所以我們準備派一隊α去房子裡探路，看看是否安全。」

「你們去吧，我陪我老婆。」童逸回答得理直氣壯。

這些人面面相覷，都覺得有點尷尬。

他們最想帶去的人就是童逸，異能強大，身體素質看起來也好，會是強大的幫手。

於是軍人繼續勸：「我們會留下三名α駐守，β也會全員留下，這裡的安全不用擔心，我們還是希望你能一同過去。」

童逸也有點糾結，扭頭問米樂：「我是要走劇情啊，還是陪著你？」

「我沒有那麼矯情。」米樂倔強地回答。

「那我去了？」

「你要回來喔，ABO設定裡，Ω是會被分配給α的。如果你不回來，我說不定就會被分配給其他α，然後當成繁殖機器，生好多小孩。」

童逸一聽就急了：「那肯定不行啊！要是這樣，我寧願滅世。」

米樂在童逸的臉頰上親了一口，說：「你安全回來就行。」

童逸猶豫了一下，還是點了點頭，去了。

童逸跟著這群人走到那處房子，有人取出儀器檢測裡面的情況。

童逸四處看了看，就發現稍遠處的地方有些模糊了，似乎是在遠離米樂夢境的地方。

「裡面似乎很安全，沒有喪屍移動的跡象。」軍人突然說道。

童逸忍不住蹙眉，心中「咯噔」一下，立刻覺得不妙。

這裡是米樂的夢，夢以米樂為中心，劇情安排也會是這樣。

所以只有米樂出現的地方才會出現危險，才會有喪屍！

想到這裡，童逸立刻往回趕，果然看到有大批喪屍正在朝他們的車子彙聚。

童逸開始調用自己的異能，幻化出六道龍捲風，頃刻間將這些喪屍捲走，帶向遠方。

消滅喪屍也只需要一瞬間，這就是呼風喚雨的厲害。

童逸找到米樂的車，就看到車裡的人都下來了，只有米樂一個人在車裡，車門緊閉。

「怎麼回事？」童逸問。

「這個Ω進入發情期了。」一個人回答。

「啊？」童逸不太懂。

「一般來講，一個Ω進入發情期，會散發出大量的費洛蒙，從而吸引來大批的喪屍。剛才那群喪屍就是因為這個Ω的費洛蒙過來的。」那個人再次回答童逸的問題。

「那要怎麼做？」

「就是……就是標記他就可以了。」

「怎麼標記啊？」童逸窮追不捨。

「那個……那個……情侶之間的，你懂的。」

「我靠，還有這種好事？」童逸都震驚了。

一開始他還以為是一個噩夢，沒想到最後成了一個春夢。

童逸試著打開車門，發現從裡面反鎖了，接著聽到米樂暴躁的聲音：「滾開！」

「你們都走遠點。」童逸回頭對他們說。

「你也滾！」米樂繼續喊。

米樂簡直要崩潰了！成為Ω就夠了吧，居然還有這種事？

他都羞愧到要開槍掃射了。

因為羞愧感太過強烈，原本還在旁邊的其他人突然全部消失不見了。

米樂不想要周圍有其他人，執念太過強烈，直接就讓這些人消失了。

童逸站在車外無奈地嘆氣，接著一拳打碎車窗，從外面開鎖進去。打開車門，就聞到了誘人的費洛蒙味道。

進去後看到蜷縮在座椅上的米樂，笑呵呵地問：「性感米樂，線上發情？」

「滾！」

「放心吧，現在整個世界只有我們兩個人了，不用那麼害羞。」

米樂偷偷看了看車外，確定真的沒人了才看向童逸。

因為羞愧，因為難受，米樂的雙眸之中甚至含著晶瑩的眼淚，卻沒有落淚，而是噙著淚向童逸求助：「讓我醒來吧。」

童逸在米樂的唇瓣上親了一下，回答：「不捨得。」

接著又吻了上來。

這個吻很甜，帶著費洛蒙甜膩的味道，讓童逸的心神都隨之一蕩。

米樂在這個時期變得特別柔弱，尤其是碰觸到童逸後，立刻乖順了下來。就好像被順毛的小動物，一瞬間變得乖順，還會跟你撒嬌。

米樂的眼睛濕漉漉的，閉上眼睛時睫毛上還掛著水珠，看起來楚楚可憐。他的臉頰泛著些許粉紅，恐怕也是被這種特殊的反應影響了。

因為童逸的接近，讓米樂覺得渾身的燥熱下降了一些。猶如在炎炎夏日吃了一口甜滑的霜淇淋，或者是在寒冷的冬日，手裡捧著一個甜甜的、熱呼呼的烤番薯。

因為迫切的需要，所以才顯得特別可貴。

也會特別喜歡。

童逸的手碰到米樂的身體，都會讓米樂身體一顫。想要拒絕，尊嚴上米樂不允許這種事情發生，可是特殊的反應讓他來不及思考，甚至有那麼一點期待。

這種糾結讓米樂難受極了。

童逸還算是溫柔地握住了米樂的手，生怕弄痛米樂。此時的米樂柔弱得像一堆纖維一樣，用力碰說不定就壞掉了。

「你想我怎麼做？」童逸問米樂。

米樂再次睜開眼睛看他，因為遲疑，眉心擰成了一個川字，剛剛親吻過，還有些濕潤的唇瓣也在微微顫抖。

童逸見到米樂這樣，問：「我也用手行嗎？」

米樂依舊不說話，眼神裡卻有了點猶豫。

「你別小看我了，我也有幾年的經驗，畢竟是單身老狗了。」童逸在米樂面前晃自己的手，纖長的手指讓米樂愣了愣。

童逸的手不算是細膩，常年打排球甚至有繭，手掌心也有一點粗。但是手的輪廓好看，而且手指很長，看起來也不差。

見到米樂沒拒絕，童逸伸手探進去，還沒碰到，米樂就小聲提醒：「Ω不是這裡，是後……」

米樂還沒說完，童逸就搶答了：「我看過小說，是後穴是吧？」

「……」米樂真是服了這小子的直白與接受能力。

童逸想了想，還是坐在椅子上，把米樂扶到自己的懷裡。

米樂的身體很柔軟，蜷縮在他的懷裡，加上身材瘦，竟然也不違和。吞了一口唾沫，童逸才敢伸手。

米樂靠在童逸的懷裡，感受到了童逸的動作並未拒絕，手一直緊緊地抓著童逸的衣襟。

過程中，米樂好幾次輕微地顫抖，發出十分微弱的聲音，最後又吞回肚子裡。後期，還有十分微弱的抽泣聲。

童逸低下頭看米樂，也不知道米樂是羞愧到哭，還是因為舒服或不舒服而哭的，只能去吻他的眼淚安慰。

米樂本來就愛哭，小時候更是一個愛哭鬼。長大了以後雖然有點討人厭，但是在親近的人面前，還是在夢裡就不會隱藏自己。

米樂越哭越厲害，童逸有點慌：「很痛？」

其實這個時期的米樂承受能力極強，所以這根本沒有什麼。但是，米樂簡直是心中構建的堡壘崩塌了，他從發覺自己是GAY開始，就確認自己是個一號，如今卻發生這樣的事情。

該死的是，他還真的接受了。

他的男朋友又該死的帥，手指又該死的長，最該死的是他居然開始覺得舒服。

穿著一身制服就算了，還突然從傻子變成溫柔型了，小心翼翼、分外珍惜的樣子又讓米樂覺得十分心動。

「乖，沒事，我在這裡呢。」童逸再次安慰。

「嗯……」米樂乖巧地應了一聲。

童逸還是第一次知道，在後方運作，前方也能完成使命。

幫米樂整理乾淨時，童逸第一次看到了米樂害羞的樣子，又開始猛咽唾沫，心裡癢得厲害。

米樂這幅樣子比平日壞笑時更讓童逸喜歡。

整理好了，童逸再次抱住米樂，用臉蹭米樂的肩窩：「米老婆，我好喜歡你啊。」

米樂挪了一個姿勢，對童逸亮出自己的脖子：「這裡，標記了。」

「那……那我輕一點？」

「嗯。」

童逸輕輕地咬了一口，進行標記。

那一瞬間，童逸有著爆棚的滿足感，懷裡這個可愛到過分的傢伙是屬於他一個人的了。他標記了米樂，米樂是他的。

米樂覺得身體好多了，靠在童逸懷裡休息，還委屈巴巴地擦眼淚。

童逸繼續像抱著大寶貝一樣抱著米樂，喜歡得不行。

「上次你生孩子，這次我被標記，我們扯平了。」米樂突然說道。

「嗯嗯。」

「我也只讓你這一次。」

「嗯嗯。」童逸得了便宜，立刻變得乖乖的。

「才不是看你制服帥才心動的。」

「呃……嗯。」童逸開始忍笑，自己媳婦，得讓著。

「一點也不帥。」

「你說得對，我一點也不帥。」

結果童逸就挨了一巴掌，並不重，就是示威性的：「只許我說，你自己不許說。」

「這麼霸道？」

米樂終於笑了，抬手環住了童逸的脖子，盯著童逸的帥臉看，半天都看不膩。

「我也喜歡你。」米樂說。

童逸一聽到這句話，整個人都蕩漾了，開心地點了點頭：「我們是兩情相悅。」

「我們親到醒吧。」

「我十分樂意奉陪。」

接著又吻在了一起。

米樂難得睡懶覺，夢裡的氣氛讓他不捨得醒過來。

十點多他才醒過來，起床洗漱時還在回憶昨天晚上的夢，然後伸手用自己的手指試了試，感覺非常差。

他果然還是無法當零號，很快就放棄了。也就是在夢裡，現實裡絕對不行。

很快他就忍不住在浴室裡偷笑，童逸穿軍裝的樣子真帥，溫柔起來也不錯。是不是找一個傻呼呼的男朋友也不錯？

米樂快速洗漱完畢，出來後開始收拾行李。他是下午兩點的飛機，之後就要回國了。

而童逸醒過來之後就奔向洗手間，坐在馬桶上自己ＤＩＹ了兩次才緩過來。

夢太有感覺了，弄得他現實裡也有點受不了了。

坐在馬桶上恍神的功夫，童逸又開始想夢裡的事情。

怎麼想怎麼覺得米樂可愛，然後忍不住捶胸口：「我媳婦怎麼這麼可愛？」

不過很快就意識到米樂只有夢裡才是他的媳婦。現實裡的米樂，童逸光想想就覺得頭疼。

他現在能夠達成的就是努力跟米樂套近乎，盡可能熟悉，讓米樂別那麼排斥他。

但是其他的進展基本上等同於無。
首先，米樂是藝人，這些藝人談戀愛都非常謹慎，尤其是同性之間。
其次，米樂的家庭背景非常難搞，讓米樂下意識地疏遠童逸，也算是對童逸的一種保護。
最後，也是最重要的一點，是現實裡的米樂在努力回避對他的情愫，就是想盡辦法地否認、遠離，這是最難搞的。
米樂只是想在夢裡放縱一下，並未想過在現實裡也戀愛。
童逸第一次動用自己的腦子運轉，接著決定：現實裡先保持朋友關係，不讓米樂越來越討厭他就可以了。
然而……人算不如天算，幾天後，他們現實裡的關係就再度惡化了。
憑藉努力把好感度刷到了十，又憑藉實力把好感度刷到了負一百。
事發當時，已經過了國慶假期，重新開學。
事發地點依舊是寢室。這次不是米樂找碴，而是童逸蠢。
當時童逸正在玩遊戲，打排位正是關鍵時刻，眼睛盯著螢幕看得目不轉睛，手指一個錯誤操作都不敢有，所有的時機、招式都要分毫不差。
勝敗在此一舉。
門口突然有人用力地敲門，童逸連頭都沒抬，就當作寢室裡沒有他這號人。
米樂原本在浴室裡洗漱、卸妝，頭上還紮著小啾啾就走了出來，看到童逸玩遊戲的熊樣也沒叫他，自己走到門口問：「誰啊？」

「我們找童逸那個孫子！」

米樂忍不住蹙眉，遲疑了一會兒小聲問童逸：「開門嗎？」

童逸都沒空搭理米樂，依舊沒說話。

米樂站在門口回答：「他不在寢室，你們明天去排球館找他吧。」

「我們眼睜睜看著那個孫子進來的。」說完居然開始撞門。

米樂看這種架勢一愣，寢室的門鎖都搖搖欲墜了。然後米樂更不敢開門了，生怕鬧出什麼事情來，對著門外喊：「再這樣，我叫寢務老師了。」

門還是被撞開了，兩個精壯的男生走進來看到米樂，又看了看童逸，忍不住嘲諷：「大明星幫童小浪子打掩護，好大的面子，不愧是H大第一CP啊，真他媽噁心。」

米樂立刻蹙眉，這句話引起了他的強烈反感：「滾出去。」

他們的目標也不是米樂，立刻開始罵童逸，無非是之前的舊恩怨，加上童逸最近又犯賤，讓他們很生氣。不過語言組織水準低，罵人都是半天罵不到重點，讓米樂聽不懂。

童逸也不理人，繼續低頭玩遊戲。

米樂就站在一旁看著，有點無奈，特別不想參與。剛想出去，就看到這兩人拎著水桶進來，往床鋪上潑水，還速度很快地把四個床鋪都潑勻了。

「學校後面臭水溝裡的水，你們好好享受吧。」說完就要走。

米樂直接把門一踹，擋住了兩個人的去路，接著一拳砸向其中一個人，還順手拎起自己的椅子就朝另外一個人砸過去。

兩個人也不是吃素的，立刻開始還擊。

童逸一看打起來了，立刻喊了一句驚天地泣鬼神的話：「米樂，你先撐住，等我打完這一把。」

米樂平常也確實會偶爾多管閒事，當初就是幫了那名女藝人，才會惹出一大堆麻煩，也因此跟童逸有了過節。

但是童逸被收拾，也是米樂想看到的，所以根本不會去管，然而這兩人一進來就牽連九族就非常過分了，最離譜的是還把米樂這個死對頭都算進去了。

米樂不算什麼好脾氣，後期的一些經歷，讓一個愛哭鬼變成一個睚眥必報的人，還是加倍奉還的那種。這樣的人被人惹火了，自然不會善罷甘休。

之前的陣仗已經引起圍觀了，都在門口探頭探腦地看是怎麼回事。

米樂關上門，沒有目擊者方便他動手。米樂也不是什麼好人，真的跟體育系打架也應該沒有什麼問題，偏偏被童逸那句話氣到了。

米樂的確能應對一下子，但是也只能勢均力敵，也就是他能打對方，對方也能讓他受傷，應對不及時還是掛了點彩。

重點被打到的是臉。

童逸放下手機走過來就看到米樂往後退了一步，揉了揉臉，臉頰青了一塊。

童逸立刻就急了，他跟米樂打架那麼多次都捨不得打臉，這兩個傻子居然打臉。

兩個人跟對面兩個人打架，漸漸有了優勢。沒一會兒就變成他們暴揍兩個來挑釁的人，是這兩個人鬼哭狼嚎地引來了人，過來勸架。

混亂時米樂還有點氣，扭頭就開始揍童逸。

童逸被米樂打得發愣，問：「你這是怎麼了？」

「你就是惹事精！」米樂大罵。

童逸也不擋了，轉過身，亮自己的後背給米樂揍，最後米樂被李昕架走了。

本來是勸架，但童逸看到李昕將手伸到米樂腋下，像拎小孩一樣拎走了米樂還不高興。

「放手，放手，我們祖宗打得正高興呢！」童逸立刻對李昕說道。

米樂扭頭就罵：「滾！」

李昕他們都是聽說田徑隊的人過來了，臨時跑回來的。整個排球隊沒啥夜生活的也只有沉迷遊戲的童逸了，所有人都是跑回來救場的。

走進寢室，他們就有點愣住，根本不知道誰跟誰是一夥的。先是童逸跟米樂一起收拾人，扭頭米樂又開始童逸，打得不分敵我的。

陣仗大，這次就壓不住了，一群人很快都被帶走了。

走在路上，童逸一直在米樂身邊問米樂：「痛不痛？」

「滾！」

「等等你就會跟上次一樣，哭。」

「你閉嘴吧。」

童逸小心翼翼地拉了拉米樂的袖口，米樂很快抽了回去。

「反正就我們四個人，你就說我先動手的，你就是在勸架。」童逸說。

「你又不要你的前途了？」

「你前途比我的前途重要，我實在不行還能回去繼承家產。」

「滾。」

這火爆脾氣。

童逸以前一聽到米樂說滾就生氣，現在卻沒脾氣了，還垂頭喪氣地解釋：「我要是不打完那一把，我不就是豬隊友了嗎？」

「那你在我這裡就不是豬隊友了？」

童逸仔細一想，立刻恍然大悟：「好像還真的是這麼回事？」

「傻子。」

「對，我傻子，我豬隊友，我們等等去老師面前要有默契一點，統一口徑。到時候雙方各執一詞，誰都不承認，老師也沒轍。等我教練來了，我後臺都到了。」

米樂白了童逸一眼，怎麼看怎麼不順眼。幸好他現實裡不會看上這種傻子，不然他無時無刻都會被氣得折壽。

到了辦公室，有老師來處理他們的問題，單獨叫走了田徑隊的兩個人。

童逸跟米樂兩個人在外面罰站，整個屋子裡就他們兩個人。

米樂長這麼大還沒罰過站呢，真是人生頭一遭了，站得很是委屈。

「你跟田徑隊的為什麼不對盤？」米樂得知道這個，不然連打架的原因都不知道。

「這個事情呢，說來簡單也簡單，說複雜吧，也真的很複雜。」

「趕緊說！」米樂凶巴巴地吼。

「別生氣，我說。」童逸點了點頭，開始說他跟田徑隊的恩怨，「體育系的男生傻子多，渣男也多。家裡真的有什麼女孩的話，一定要告訴她找體育系的男生要慎重，跟傻子交往會被氣死，跟渣男交往會被渣死。」

「扯遠了吧？」

「就是剛才那兩個孫子，看上了一個美女。當時我們體育系還在杭北校區，還有其他幾個院，那個妹子跟我關係還算可以，被這兩個孫子糾纏煩了，就求我幫忙擺平。」

「英雄救美？」米樂挑眉問童逸。

「算是吧，妹子就是太單純了，這兩個孫子送她禮物，她盛情難卻，就全部都收了，請吃飯什麼的也都不知道該怎麼拒絕，也都去了。這兩個孫子就覺得事情算是成功了，結果表白被拒絕了。」童逸繼續解釋。

米樂聽了，冷笑：「這不就是綠茶婊嗎？」

「嘿，你怎麼突然罵人啊？」

米樂一聽到這句，火氣就冒出來了。

童逸英雄救美很帥氣，他就要跟著遭殃？救的還是一個綠茶婊，他都覺得這一架打得非常不值！他怎麼這麼生氣呢？更想再揍童逸一頓了。

米樂忍不住嘲諷：「還很護著對方啊。」

「就算是事實也不能說出來，我們得為妹子留點面子。」

「呵呵。」

「我幫完忙，這兩個孫子就覺得他們跟妹子沒成功，是因為我橫刀奪愛，我還渣了妹子。」童逸繼續說。

米樂笑得更燦爛了：「妹子段數真高啊，兩邊都不得罪，還都很心疼她，錯的不是她，是這個世界，是你們。你跟他們互相殘殺，她跟個沒事的人一樣？」

被米樂提醒了，童逸才反應過來，再次恍然：「好像還真的是。」

「一群傻子。」

「剛才那個哭得最凶的，是另外一個體育系部長。」童逸還不忘記跟米樂介紹。

「真納悶，你們這麼傻，怎麼加入學生會的？」

「你真的以為學生會是什麼好事啊？我是大一時被騙進去的，大二就不想幹了，天天在群組裡標記你，還得收到後回覆一聲，搞得像在開演唱會一樣，唱著唱著還得喊一句：微信對面的你們，讓我聽到你們的掌聲。」

米樂這次忍耐得很好，沒有中計，不然又會在跟童逸吵架的途中被逗笑。

「都是這樣，我不太理。」米樂回答。

「我當時乾脆就退群了，結果退群了，這個副部長還是我，推給別人都沒人要當。大一還沒開始選呢，估計選了新人我才能被換下去，真麻煩。」童逸吐槽完還嘆了一口氣。

「喔。」米樂冷淡地回應。

「你為什麼要參加學生會啊？明明當明星跟什麼社長已經非常忙了。」

「不是我自願參加的。」

童逸愣了一下，突然就明白過來了。

估計是參加學生會，傳出去名聲好吧？是米樂的家裡幫他報名的。

「這樣啊。」童逸感嘆。

米樂沒說，不僅僅是參加學生會跟戲劇社還當社長，就連大學都不是他自己選的。

他考H大能上頭條，能幫陶曼玲洗白一波。

米樂沒再說話，氣得胃疼，童逸則是低頭看手機。

過了一會兒，他們聽到有人敲窗戶玻璃，童逸立刻轉身打開窗戶。

米樂都看傻了，他們這裡是二樓。

往外看，就看到司黎騎在李昕肩上，遞東西給童逸。

童逸笑嘻嘻地說：「辛苦了。」

送完東西，李昕跟司黎的雜技二人組就離開了。

米樂還沒回過神來，童逸就整理好冰袋走到米樂身邊，把冰袋按在米樂的臉上：「靠臉吃飯的人，得護著一點。」

米樂盯著童逸看了半晌，伸手準備拿過來，自己扶著。

「我幫你拿著，很冰，你別凍到手，我皮糙肉厚的，沒事。」童逸不給他。

米樂繼續靠著窗臺站著，童逸則是站在他的身邊，幫他扶著冰袋，還時不時偷偷瞄他一眼。

米樂都感覺到了，但是沒搭理。

老師過來後童逸眼疾手快，冰塊立刻揣進了口袋裡，就像沒事的人一樣。但是口袋裡陣陣涼風，還是讓童逸有那麼一點不舒服。

老師問了一句：「幹嘛？還很親近？戰友情誼？」

「米樂同學被打哭了，我正在安慰他呢。」童逸回答。

米樂一聽，這小子是在安排劇情啊。

「我聽說你們打得很激烈啊，還哭了？」老師看了一眼米樂問道，說完後坐下了，手裡還拿著一個本子記錄。

「老師，你仔細想想，他們是田徑隊的，寢室跟我們隔著一棟樓呢，出現在我的寢室裡打架，會是我主動挑事嗎？」童逸跟著坐在老師的對面。

「讓你坐下了嗎？」老師冷聲問。

童逸又灰溜溜地站起來了。

「說說看吧，怎麼回事？」老師說。

童逸繼續搶答：「總的來說就是他們找不到對象，怨我太優秀，吸引了太多小女孩。老師，我不針對整個田徑系，但是吧，這兩個真的不是什麼好玩意兒。」

「他們說，是你送人家小女生很貴重的禮物，小女生心裡過不去，就跟他們借錢買好的禮物回禮給你，不想欠你人情。他們覺得你糾纏人家小女生，才過來收拾你的。」

童逸一聽都愣了：「啊？」

這是什麼時候發生的事情？他最近都忙著搞米樂，真的沒時間搞別的啊。

「怎麼，兩波人追一個小女生，最後大打出手？」老師繼續問童逸。

「沒。」

童逸都不知道該說什麼好了，這都是什麼事啊，他幫完忙，結果弄得他裡外不是人？

他都不知道此時該怎麼解釋了。

米樂站在一邊看戲，打算看著童逸自食被綠茶婊戲耍的惡果。結果童逸沒招了，回頭對他擠眉弄眼的：「哭啊……」

「我並不認識他們。」米樂突然開口。

其實米樂不傻，知道要用什麼樣的招數應對什麼樣的人。哭對這位老師明顯不適用，童逸還傻呼呼地以為米樂只要哭了就能扭轉乾坤。

老師終於抬頭看向米樂。

米樂在他們學校裡特別有名，放棄名校、報考H大，在老師的印象裡也特別好。所以看到米樂，老師的態度頓時好了起來：「但是你也動手了。」

「他們突然動手打人，我難道要老老實實地挨打嗎？」不動聲色地甩鍋，是他們先動手的。

「蓋聞以殺止殺，聖人之不得已。以暴易暴，悍夫之無所成。」老師回答，一開口教什麼的都能聽出來，《商君書》都出來了。

「可是很早就有一句俗話，路見不平拔刀相助，既然拔刀，便是用了極致的方法。」

接著，兩個人就展開了一場辯論。

無非是老師的想法是：以殺止殺，以暴易暴不可取，米樂這樣的方法是不對的。米樂的觀點則是對立面，對面欺負到頭上來了，不能就一直忍著。既然要制止，哪怕是用極端的方法也在所不辭。

童逸聽了半天，覺得自己彷彿活在夢裡。

他們在說什麼？學術探討嗎？

老師看著米樂，眼神突然有點怪，最後點了點頭：「把你的聯繫方式告訴我。」

米樂愣了愣，問：「通知後續處分嗎？」

「你的想法有點偏激啊，孩子，等這次事情過去後，我們找個時間單獨聊天。只是聊天，你一直保持這種極端的想法以後容易出問題。」老師對米樂說道。

童逸一聽就有精神了：「對對對，他脾氣可火爆了。」

米樂抿著嘴唇，遲疑了一會兒還是拒絕了：「不用了。」

童逸不管，低頭問老師：「老師，您把聯繫方式告訴我吧，我之後聯繫您。」說完想了想又補充：「不過這件事不能說出去，米樂到底是公眾人物，幫他的火爆脾氣留點隱私，脾氣也是要面子的。」

老師一聽就笑了：「還需要你告訴我？」

「老師您貴姓啊？」童逸繼續套近乎。

「我記得你大一聽過我的講座。」老師突然蹙眉，這是連他都不認識？

童逸一聽就縮了縮脖子，好多講座都是被逼著去的，他都沒聽完過。講座上具體說了什麼、上面的人是誰，他都不記得。

「我姓左。」老師無奈地回答。

「老師你認識左丘小明嗎？你們八百年前說不定是一家。」童逸跟老師套近乎，左丘明煦也成了左丘小明。

老師都被氣笑了：「好好學習啊，以後當運動員了也不能太丟人。」

「是是是。」

「左丘明吧，其實至今都沒辦法說他究竟是姓左丘，還是姓左又或者是姓丘，不過最廣泛的說法是他名字單字一個明字，住的地方名為左丘……」左老師居然開始講課了。

「老師，我打架了。」童逸忍不住提醒老師。

老師清咳了一聲，點點頭說：「嗯，對，我們繼續談以殺止殺不可取這個問題。」

童逸點了點頭，終於明白為什麼剛才問那兩個人用了那麼久，這個老師是說教型，一點一點地感化你，提到一個話題就能幫你講一課。

米樂則是一直抿著嘴唇站在旁邊聽著，沒再說過什麼

沒多久，田徑隊的教練跟排球隊的教練都殺過來了，一邊走路，兩個教練就吵起來了。

左老師起身又開始勸說兩位教練。

呂教練看到童逸，氣得不行：「又是你！又是你！你看我回去怎麼收拾你。」

童逸剛才跟左老師聊得樂呵呵的，恨不得去幫左老師倒茶。結果呂教練一來，立刻從大雕變成了鵪鶉。

之後呂教練就跟個精神分裂患者一樣，跟左老師好聲好氣地道歉，扭頭就粗暴地揍童逸，扭過頭再繼續道歉，跟恨鐵不成鋼的家長一樣。

童逸點頭如搗蒜，還跟著附和：「對對對！」

另外一邊也特別熱鬧，田徑隊的兩個人看到教練就哭了，喊著：「教練，我們差點被打死了，要是沒人拉著，上次訓練就是您見到我們的最後一面了。」

「你們兩個傻玩意兒，身高一百七非得去惹兩公尺的？」田徑隊教練狠狠地罵。

扭頭又罵呂教練：「老呂，你隊員怎麼回事？我隊員的腿都被踢青了，一會兒我就帶他們去拍X光，你們的隊員少不了處分。」

「你們隊的還往我們大明星的臉打呢！」童逸對田徑隊教練嚷嚷。

呂教練立刻阻止了童逸：「需要你幫忙罵嗎？當我罵不過他們是不是？」

「不是不是，抱歉啊教練，影響你發揮了。」童逸立刻退後了。

呂教練這才對田徑隊教練說：「真的要處分，三個一起來，你們這兩個小子還是主動找碴的，我們家孩子是正當防衛，看誰事大。」

兩人就這樣對罵起來，左老師笑呵呵地想勸解，愣是半天都沒插上話，顯得十分尷尬。

米樂就站在一旁看著，有點不耐煩。

最後呂教練終於跟田徑隊的教練統一了口徑。兩邊都是他們非常重視的隊員，這件事情不能鬧大，影響他們的未來。兩邊孩子都有了認錯的態度，寫個悔過書，再給他們一個口頭警告，這件事就這樣過去了。

左老師也聽說過童逸跟田徑隊的兩個人，都是為學校爭過光的人。左老師開始苦口婆心地勸他們：

「你們啊，年輕氣盛，碰到漂亮的小女生就亂了分寸，不值得的。小女生要好好追，不能這麼極端，人家小女生也不喜歡你們這麼粗暴的樣子。」

童逸聽完點了點頭：「對，我回頭就打電話罵她，什麼玩意兒啊，淨搞事。」

田徑隊的兩個人本來都老實了，結果聽到又火了：「你還好意思罵她？」

「我沒送過她禮物，是她看上什麼東西好就來跟我要錢，我前前後後拿快五十多萬給她了，也沒收到什麼回禮啊。」童逸也很無奈的。

「多少？」呂教練一聽都急了。

「那個女生是柳緒。」童逸解釋。

呂教練似乎是懂了，喔了一聲。

什麼情況？米樂看著他們，忍不住多想了一些。該不會是童逸曾經搞大過女孩的肚子吧？

田徑隊的兩個人突然沒了聲音，好像現在沒給柳緒花個幾十萬都不好意思出聲了。

「這就有點多了……」左老師一聽就覺得有點過分了。

「其實就是被那個丫頭耍得團團轉，我前陣子有比賽，已經有四個多月沒跟她聯繫過了。」童逸說著還拿出自己的手機，打開微信給田徑隊的兩個人看，「聊天記錄你們自己翻，發現曖昧我現在就表演跳樓。」

田徑隊的兩個人還真的看了，看了半天，表情都變了。因為他們看到柳緒跟童逸告狀說他們又糾纏自己了，跟和他們聊天時根本不是同一個畫風。然後童逸這邊則是清一色的轉帳記錄，都是柳緒說自己看上什麼了，童逸就問要多少，接著匯錢。

誤會這回算是解除了。

「你怎麼轉這麼多給她？」其中一個人忍不住問。

童逸也很無奈地回答：「沒辦法，欠她的。」多餘的就不願意說了。

解開誤會後，雙方開始道歉，接著一起悶頭寫悔過書。

米樂坐在一旁看著，連悔過書都不願意寫。

「抱歉啊，兄弟。」田徑隊的對米樂說。

米樂冷哼了一聲，扭頭看向一旁，不理他們。

他們理虧，不敢再出聲了。

「你們不去罵柳緒？」童逸問他們。

「長得太好看了，不捨得罵。」一個人回答。

「丟人。」童逸忍不住數落，拿起手機就發語音罵柳緒，「妳個綠茶婊，再惹事我就打妳。」

米樂坐了一會兒，問左老師：「我能回去了嗎？」

左老師盯著米樂看了一會兒，看出了米樂的抗拒心理，還是點點頭。

等米樂走了，童逸立刻跟左老師說：「老師，沒事，之後我聯繫您。」

「你還滿關心室友的。」

「不是，他天天脾氣那麼火爆，我會受連累。」

米樂回到寢室時，就看到李昕在寢室裡忙。

米樂剛進來，李昕就解釋了：「童逸讓我們買了新的被子，我們不會挑，就買了整個商場最貴的回來。我不敢碰你的床，你自己換吧。」

他看了看放在寢室裡的包裝箱，又看了看自己的床鋪，最後只能動手去換。等換完被子，收拾完床鋪，童逸也寫完悔過書，哼著歌回來了。

進來寢室，童逸就拎著幾個袋子對米樂晃了晃：「我買了三杯奶茶，涼的、溫的、熱的，你要哪一個？」

童逸記得他進入米樂夢裡時，他幫米樂買過奶茶。米樂喝了，就證明米樂想喝奶茶。但是他當時是拎著袋子，不知道是什麼溫度的，所以乾脆買了三杯。

他平時喜歡熊貓果茶，不喜歡喝奶茶，這次純屬是為了米樂。

「我不要。」米樂立刻拒絕。

「無糖的。」

「不要。」

「喝一口嘗嘗呢？」

「你怎麼這麼煩？」米樂終於抬頭看向童逸，問道。

童逸知道他今天算是惹到米樂了，好不容易建立起來的友誼又破碎了，只能盡可能彌補。

「我錯了，我以後再也不惹事了，真的出現什麼情況也不會連累到你。」童逸誠摯道歉。

「你都道歉多少次了，有效果嗎？」

「……」

「我跟輔導員申請了，估計這個月末就會換寢室，之後你們就好一點了。」米樂回答完，就下了床去浴室洗漱。

童逸一愣，立刻覺得心口都被揪緊了。

以前他希望米樂搬走，現在聽到米樂要搬走，童逸的心都跟著空了。

——下集待續

高寶書版集團
gobooks.com.tw

FH 012
每天都夢到死對頭在撩我（上）

作　　者　墨西柯
插　　畫　MN
責任編輯　陳凱筠
設　　計　莊捷寧
內頁排版　賴姵均
企　　劃　鍾惠鈞

發 行 人　朱凱蕾
出　　版　朧月書版股份有限公司
　　　　　Global Group Holdings, Ltd.
地　　址　台北市內湖區洲子街88號3樓
網　　址　gobooks.com.tw
電　　話　(02) 27992788
電　　郵　readers@gobooks.com.tw（讀者服務部）
傳　　真　出版部(02) 27990909　行銷部 (02) 27993088
郵政劃撥　19394552
戶　　名　朧月書版股份有限公司
發　　行　朧月書版股份有限公司
初　　版　2021年11月

本著作物《每天都夢到死對頭在撩我》，作者：墨西柯，由北京晉江原創網絡科技有限公司授權出版。

國家圖書館出版品預行編目(CIP)資料

每天都夢到死對頭在撩我/墨西柯著. -- 初版. --
臺北市：朧月書版股份有限公司, 2021.11
　面；　公分. --

ISBN 978-626-95289-4-3(上冊：平裝). --
ISBN 978-626-95289-5-0(下冊：平裝). --
ISBN 978-626-95289-6-7(全套：平裝)

857.7　　110017665